Elizabeth von Arnim

Ein Chalet in den Bergen

Roman

Aus dem Englischen von Angelika Beck

Insel Verlag

Originaltitel: *In the Mountains* (1920)

Erste Auflage 1996

Satz: Fotosatz Otto Gutfreund, Darmstadt
Druck: Ebner Ulm
Printed in Germany

Ein Chalet in den Bergen

22. Juli

Ich brauche jetzt Ruhe.

Wie eine kranke Ameise schleppte ich mich heute morgen vom Tal herauf, kämpfte mich zu dem kleinen Haus am Hang hoch, das ich seit jenem ersten August, als der Krieg ausbrach, nicht mehr gesehen habe, und ließ mich davor ins Gras fallen, so müde, daß ich nicht einmal mehr Gott für meine Heimkehr danken konnte.

Noch einmal bin ich hier, bin allein in das Haus zurückgekehrt, in dem es immer so fröhlich und lebhaft zuging, daß seine Holzwände fast zu bersten schienen von dem Lärm, den seine Bewohner veranstalteten. Nie hätte ich mir träumen lassen, daß ich allein zurückkehren würde. Wir reich ich doch an Liebe war vor fünf Jahren! Und wie arm bin ich jetzt, aller Liebe beraubt, die mir einst entgegenschlug! Doch es ist egal. Alles ist egal. Ich bin zu müde. Ich brauche jetzt nur Ruhe. Bis ich nicht mehr so müde bin. Wenn ich nur Ruhe finden könnte . . .

23. Juli

Gestern lag ich den lieben langen Tag im Gras vor der Haustür und beobachtete, wie die weißen Wolken nach und nach gemächlich und in weiten Abständen über die Spitzen der Rittersporne zogen — der Reihe von Ritterspornen, die ich vor all den Jahren pflanzte. Ich dachte an nichts; ich lag einfach in der warmen Sonne, blinzelte zum Himmel hoch und zählte die Sekunden, die die Wolken von einer Spitze bis zur nächsten brauchten. Ganz bewußt nahm ich das intensive Blau der Rittersporne in mich auf, die kerzengerade in den Himmel ragten. Welch eine Bläue! Und doch nicht so blau, so tiefblau, so leuchtend blau wie der Himmel, der sich hinter ihnen wie ein großes Becken auftat, gefüllt mit jenem durchsichtigen Blau der Luft, jenem lieblichen, von violetten Schatten durchsetzten Blau; denn der Berg, auf dem ich nun bin, fällt jäh ab vom Rand meiner winzigen Terrasse, und der gesamte Raum zwischen mir und den gegenüberliegenden Bergen ist den ganzen Tag mit blauem und violettem Licht gefüllt. Nachts hat man den Eindruck, der Talgrund sei ein großer See und die Lichter, die in dem Städtchen hingestreut liegen, die zitternden Reflexe der Sterne.

Verwundert frage ich mich, warum ich über diese Dinge schreibe. Als ob sie mir neu wären! Warum halte ich schriftlich etwas fest, das ich doch längst kenne? Das Gebirge und das überbordende blaue Licht — sind sie mir nicht bestens vertraut? Vermutlich weil es so einsam ist, andauernd mit sich und seinen Gedanken allein zu sein. Man muß aus sich heraus und sich mitteilen. Und wenn es niemanden gibt, dem man sich mitteilen könnte, stellt man sich ein Gegenüber vor — so als schreibe man an jemanden, der einen liebt und der, besorgt und ungeduldig, wie Liebende nun einmal sind, wissen möchte, was man macht, und wie es dort aussieht, wo man gerade ist. Man fühlt sich dann nicht ganz so einsam und schreibt seine Eindrücke nieder, als seien sie für einen Freund bestimmt, der an einen denkt. Ich habe Angst vor der Einsamkeit, schauderhafte, panische Angst. Damit meine ich nicht das gewöhnliche physische Alleinsein, ich habe London ja verlassen, um mit mir allein zu sein und in der Abgeschiedenheit zu genesen. Ich meine vielmehr die schreckliche innere Einsamkeit, das Schlimmste, was einem im Leben zustoßen kann. Wenn man soweit gekommen, in diese tiefste Tiefe gefallen ist, ohne einen Ausweg zu sehen, dann stirbt man. Man hält es einfach nicht mehr aus und geht daran zugrunde.

24. Juli

Sonderbar ist jener Mitteilungsdrang, jenes Bedürfnis, die eigenen Gedanken in Worte zu fassen. Wenn ich nicht allein wäre, würde ich natürlich nicht schreiben, ich würde reden. Aber fast alles, was ich würde sagen wollen, wären Dinge, die ich nicht sagen könnte. Es sei denn, ich hätte als Gegenüber einen wunderbaren Zuhörer, der mich völlig verstünde – etwa so einen, wie man sich in den Tagen, da man noch betete, Gott vorzustellen pflegte. Doch auch wieder nicht ganz wie Gott, denn der besagte Zuhörer würde manchmal eine freundliche, aufmunternde Zwischenbemerkung machen und einem ab und zu ein wenig die Hand streicheln, um zu zeigen, daß er verstehe. Von den äußeren Umständen her ist es ein Segen, allein zu sein. Nach all dem, was geschah, ist es ein großer Segen. Vielleicht komme ich hier oben wieder auf die Beine, allein. Vielleicht werde ich nach und nach wieder gesund, einfach indem ich auf diesen nach Honig duftenden Hängen sitze. Ich werde da sitzen und meine Wunden lecken. Ach, ich möchte so schrecklich gern wieder gesund werden. Ich möchte so schrecklich gern wieder an das Gute im Menschen glauben können!

25. Juli

Seit drei Tagen tue ich nichts anderes, als in der Sonne zu liegen. Nur wenn mir die Mahlzeiten in die offene Tür gestellt werden, stehe ich auf, widerwillig, wie ein schläfriges Tier, esse und gehe wieder nach draußen.

Abends ist es zu kalt und feucht, um im Gras zu liegen, also stelle ich mir einen Stuhl in die Tür und sitze da und starre auf den dunkler werdenden Himmel und die funkelnden Sterne. Um zehn Uhr schließt Antoine, das Faktotum, der sich während des Krieges, als es hier so still war, um das Haus gekümmert hat, alles zu bis auf diese Tür und zieht sich in sein Zimmer zu seiner Frau zurück. Bald darauf gehe auch ich hinein, verriegele die Tür hinter mir, obwohl es nichts auszusperren gibt als die erhabene Nacht, und schleppe mich die Treppe hoch und schlafe sofort ein, kaum daß ich im Bett liege. Freilich, tagsüber komme ich mir nicht viel wacher vor als nachts. Ich bin so müde, daß ich immer nur schlafen möchte, einfach schlafen; jahrelang schlafen, immerzu schlafen.

Es gab eigentlich nichts auszupacken. Alles war so, wie ich es vor fünf Jahren zurückgelassen hatte. Vor fünf Jahren nahm jeder von uns nur mit, was er tragen konnte. An der Biegung des Weges winkten wir dem Haus zum Abschied zu, und wie die deutschen Soldaten ihrer Heimat riefen wir den Zurückbleibenden zu: »An Weihnachten sind wir wieder hier!« Deshalb kam ich nur mit dem, was ich tragen konnte, zurück und hatte nichts auszupacken. Ich brauchte meine kleine Tasche nur auf den nächstbesten Stuhl und mich ins Gras fallen zu lassen, und in dieser Lage verharrten wir beide, bis es Zeit war, schlafen zu gehen.

Antoine wundert sich über gar nichts. Er wunderte sich nie über meine Fröhlichkeit, die ihm doch, gewöhnt an den prosaischen Ernst der Bauersfrauen hierzulande, übertrieben vorgekommen sein mag; und mein Schweigen jetzt überrascht ihn auch nicht. Er erkundigte sich, wie es den anderen Mitgliedern jenes hoffnungsfrohen Grüppchens, das ihm vor fünf Jahren zum Abschied winkte, gesundheitlich etc. gehe, und ließ keine Überraschung erkennen, als die Antwort auf fast jeden Namen lautete: »tot.« Er hat inzwischen geheiratet und kein einziges jener fünf Kinder bekommen, die er gut haben könnte, und scheint auch darüber nicht erstaunt zu sein. Ich schon. Ich hatte mir vorgestellt, wie sich das Haus während meiner Abwesenheit zusehends füllte, und wie ich bei meiner Rückkehr überall kleine Schweizer Babys verstreut finden würde; denn schließlich hätten es auch zehn sein können, gesetzt den Fall, Antoine besäße zufällig ein natürliches Talent zur Zeugung von Zwillingen.

26. Juli

Die Ruhe hier oben ist ganz erstaunlich. Es gibt kaum Vögel. Es ist fast völlig windstill, kein Blatt regt sich, und das Gras bewegt sich kaum. Die Grillen zirpen fleißig, und der Klang von den Glocken der in höheren Gebirgsregionen weidenden Kühe schallt zu mir herunter; aber sonst herrscht hier nur himmlische, sonnendurchflutete Ruhe.

Als ich in London losfuhr, regnete es. Die *Peace Day*-Fahnen, die immer noch entlang der Straßen gehißt waren, hingen schwer herab in der feuchten Luft, die einem November alle Ehre gemacht hätte, so naßkalt und so düster war es. Ich hatte mich schon darauf eingestellt, bei meiner Ankunft einen jener Gebirgsnebel zu erleben, die alles hier manchmal tagelang einhüllen — breite Streifen feuchten grauen Zeugs, das einen wie eine kalte, klamme Flanelldecke die Sicht auf die gegenüberliegenden Berge und das Tal und die Sonne nimmt. Statt dessen empfing mich Sommer: so schön und klar, so frisch und warm zugleich, wie nur der Sommer hier oben auf den honigduftenden Matten sein kann, wenn die Bauern mit der Heuernte beginnen — denn hier oben ist alles einen Monat später dran als im Tal. Und wenn man noch höher steigt, holt man den Juni ein, und wenn man immer höher und höher steigt, soweit einen die Füße tragen, kommt man wieder in den Frühling. Aber in meinem Zustand steht einem nicht der Sinn danach. Man will nur bleiben, wo man ist.

27. Juli

Wenn ich nur das Denken abstellen könnte — wenn ich mich nur von meinen Erinnerungen lösen könnte —, wie sollte ich hier in dieser schönen, sanften Umgebung nicht wieder gesund werden? Ich habe den ganzen nächsten Monat und den September, und vielleicht ist ja auch noch der Oktober warm und golden. Danach muß ich nach London zurück, weil die Übergangszeit zwischen den milden Herbsttagen und der köstlichen Stille des alpinen Winters in dieser Höhenlage unfreundlich und trostlos ist. Aber ich habe zwei volle Monate; vielleicht sogar drei. Bis dahin werde ich wohl widerstandsfähiger und robuster sein. Zumindest werde ich mich doch bestimmt besser fühlen?! Ich könnte dem Winter in London nicht die Stirn bieten, wenn meine Seele noch immer von dieser Mutlosigkeit und diesem Zweifel am Leben befallen wäre. Ich mag nicht von meiner Seele sprechen. Ich hasse das geradezu. Aber wie soll ich mein innerstes Ich nennen, das Etwas, das solche Wunden abbekommen hat, das so verletzt wurde und so hinfällig geworden ist, daß ich große Angst habe, es könnte aufgeben und zugrunde gehen, gänzlich erlöschen und mich allein im Dunkel zurücklassen?

28. Juli

Es ist fürchterlich, so eine Art Hiob zu sein. Wie ihm hat man mir alles genommen, was das Leben liebenswert macht. Wie er habe ich innerhalb kürzester Zeit, in der ein Unglück das andere jagte, fast alles verloren, was ich liebte. Und das lag nicht nur am Krieg. Gleich einem schrecklichen Wirbelsturm, der alle Hoffnung und Fruchtbarkeit niederwalzt und nur Blut und Trümmer zurückläßt, ging der Krieg über mich hinweg wie über alle anderen; aber es war nicht bloß der Krieg. Im Krieg selbst mit seinen Verlusten, der täglichen Angst, Freunde zu verlieren, hatte man den grausigen Trost, einer Leidensgemeinschaft anzugehören; aber davon abgesehen, ist mir das Leben zu einer Wüstenei geworden. Ja, ich komme mir vor wie Hiob, und ich empfinde es als unerträglich. Es ist so demütigend, so angeschlagen zu sein. Ich komme mir ebenso lächerlich wie elend vor; als habe mir jemand das Gesicht in den Staub gedrückt.

Und dennoch klammere ich mich wie Hiob immer noch an den Glauben an das Gute im Menschen, denn wenn ich den aufgäbe, bliebe mir ja nur der Tod.

29. Juli

Ach, was soll das ganze Gerede vom Tod? Heute wurde mir plötzlich klar, daß alles, was ich seit meiner Ankunft hier geschrieben habe, ein einziges Gejammer ist, und daß ich jeden Tag, während ich jammerte, eigentlich von wunderschönen Dingen umgeben war, im Grunde so geborgen und umsorgt wie ein Baby, das das Glück hatte, in die richtige Familie hineingeboren worden zu sein. Sollte ich mich nicht schämen? Natürlich sollte ich mich schämen, und das tue ich auch. Denn wenn ich die Stunden Revue passieren lasse, jede einzelne, die ich hier erlebe, so ist an ihnen nichts auszusetzen. Warum sollte ich mir diese Stunden, die Gegenwart, dadurch vergällen, daß ich die Erinnerung, die schmerzende, qualvolle Erinnerung an jene düsteren wachhalte, die hinter mir liegen? Die sind sowieso für alle Zeit vorbei; und die Stunden, die nun vor mir liegen, sind ausgesprochen schön. Und was Hiob betrifft, der mir gestern andauernd im Kopf herumspukte, so unterscheidet mich doch einiges von ihm, denn zumindest mußte ich bis jetzt noch nicht zu einer Topfscherbe greifen, mich auf die Erde setzen und kratzen. Aber vielleicht sollte ich das lieber nicht beschreien, denn man muß in diesen Zeiten vor Gott auf der Hut sein.

Madame Antoine, eine zierliche Person von fünfundzwanzig, die von Antoine, diesem Experten in Sachen Problemvermeidung, ein auf ihre Körpergröße abgestimmtes Butterfaß bekommen hat, mit dem sie täglich kleine, auf meine Körpergröße abgestimmte Butterstückchen produziert, da es in der Schweiz überhaupt keine Butter zu kaufen gibt — Madame Antoine also schaute heute, als sie das Abendessen herausbrachte, zu mir herüber und lächelte mich an, als sich unsere Blicke begegneten; und so habe ich denn zurückgelächelt, und sie fing zu reden an.

Bisher ist sie stets auf Zehenspitzen umhergehuscht, als habe sie Angst, mich aufzuwecken, und ich hatte schon gedacht, sie bewege sich immer so und sei von Natur aus so schweigsam; aber heute, nachdem wir einander angelächelt hatten, blieb sie mit einer Schüssel in der einen Hand und einem Teller in der anderen neben mir stehen und verbreitete sich ausführlich und fröhlich wie eine jubilierende Amsel über die Sorgen und Nöte, die sie und Antoine und jedermann während des Krieges zu erdulden hatten. Je schlimmer die Leiden gewesen waren, die sie schilderte, desto fröhlicher jubilierte sie; und mit einem abschließenden Tirili, das klang wie eine muntere Flöte, beendete sie ihre Ausführungen wie folgt:

»Ah, ma foi, oui – il y avait un temps où il a fallu se fier entièrement au bon Dieu. C'était affreux.«

[»O ja, wirklich – es gab eine Zeit, wo man sich ganz dem lieben Gott anvertrauen mußte. Es war schrecklich.«]

30. *Juli*

Es stimmt schon, die Erinnerung an glückliche Tage schmerzt dann am meisten, wenn man nicht mehr glücklich ist, und vielleicht stimmt es auch, daß einen zurückliegende Schicksalsschläge mit einer gewissen Befriedigung erfüllen. Allein schon die Tatsache, daß sie überstanden sind, hat zur Folge, daß man sie mit Gelassenheit betrachtet. Bereits heute denke ich lächelnd und nicht, ohne einen keineswegs unangenehmen Schauder zu verspüren, an meine Kümmernisse, die mir vor ein paar Jahren ganz schrecklich vorkamen. Aber mein jetziges Elend — der Kummer, der mir jetzt zu schaffen macht, sitzt er nicht zu tief, geht er nicht zu unbarmherzig an die Wurzeln meiner Existenz, als daß er mir jemals ein Lächeln entlocken könnte? Ich kann es mir jedenfalls nicht vorstellen. Die Erinnerung an dieses Jahr wird wohl stets wie ein Messer jedes kleine Glück durchschneiden, das ich mir vielleicht zusammenkratzen mag. Du siehst, was geschehen ist, hat mir meinen Glauben an das *Gute* genommen — ich weiß nicht, wer *du* bist, dem ich immerzu erzählen will, aber ich muß es mir einfach von der Seele schreiben. Ja, das hat es getan; und der Riß geht viel zu tief, als daß er geheilt werden könnte. Doch ich weiß, die Zeit ist ein merkwürdig Ding, das alle Wunden heilt. Ich bin lange genug auf der Welt, um das erkannt zu haben. Sie ist sehr heilsam. Sie bereinigt alles. Nie verfehlt sie ihre sterilisierende, reinigende Wirkung. Gut möglich, daß ich einmal als eine lebenskluge alte Dame ende, die nach ihren regelmäßigen Mahlzeiten äußerst munter über ihre Seelenqualen von einst plaudert und sich dabei bestens unterhält, ja, sogar amüsant ist. Sie sind ja weit weg, ein für allemal überstanden, werden sich jedenfalls nie wiederholen. Gewiß werden die eigenen Kümmernisse mit der Zeit, mit den Jahren irgendwann einmal zum Gegenstand der Unterhaltung. Aber so alt, so weise und so abgeklärt ich auch sein mag, ich werde bestimmt immer den Stich in den Rücken, den Würgegriff am Herzen spüren, den einem die Erinnerung an ungetrübtes vergangenes Glück versetzt. Verloren, unwiederbringlich verloren, vorbei. Und man lebt dennoch weiter und steht nach wie vor jeden Morgen vorsichtig auf, knöpft sämtliche Knöpfe zu und begibt sich zum Frühstück hinunter.

31. Juli

Ich stand einmal auf recht vertrautem Fuß mit einem Bischof — oh, nichts, was uns beide in irgendeiner Weise kompromittiert hätte —, und der sagte zu mir: »Liebes Kind, du wirst in deinem Leben immer glücklich sein, wenn du ein guter Mensch bist.«

Ich fürchte, er war wohl nicht ganz offen zu mir, oder aber sehr naiv, denn ich bin noch nie so schrecklich gut im Sinne des Bischofs gewesen wie in den letzten drei Jahren, habe mir jeden Wunsch verkniffen, war furchtbar selbstlos, treu, ein richtiges Ungeheuer an Tugendhaftigkeit. Und auf Schritt und Tritt wurde ich vom Unglück verfolgt.

Viel lieber ist mir da schon das, was ein anderer zu mir sagte (kein Bischof, aber trotzdem klug), dem ich einst von dem wirklich übersprudelnden Glücksgefühl erzählte, mit dem ich allmorgendlich erwachte, von der erstaunlichen Freude, die mich mit jedem neuen Tag erfaßte, von der innigen Dankbarkeit, die mich durchströmte, daß mir soviel Glück vergönnt war — das war vor dem Krieg. Er erwiderte, wobei er ganz wie der Bischof begann, es aber gegen Ende zu an Zartgefühl vermissen ließ: »Liebes Kind, das liegt daran, daß du einen gesunden Magen hast.«

Der letzte 1. August, den ich hier oben verbrachte, war der des Jahres 1914. Es war ein Tag wie heute – blau, heiß, eine einzige Farbenpracht und alles in wundervolles Licht getaucht. Fernab vom Lärm und hektischen Treiben einer Welt, die sich mit Begeisterungsschreien in den kollektiven Selbstmord stürzte, völlig abgeschnitten auf unserem steilen Berghang hoch überm Tal, in dem sich die staubigen Schweizer Soldaten sammelten und allerlei Gerüchte wie Flammen um sich griffen, verlebten wir in diesem Haus einen ganz normalen wunderschönen Tag, lasen, plauderten, kletterten in den Kiefernwäldern herum, aßen romantische Gerichte draußen in dem kleinen Garten, der sich wie ein Blumensaum an der Felskante entlangzieht, waren ahnungslos, heiter, voller Lebenszuversicht. Gerade so wie heute reckte sich der Rittersporn leuchtend blau und reglos auf seiner Kante, und zu seinen Füßen hätten sich dieselben roten Stiefmütterchen drängen können. Niemand kam, um uns Bescheid zu sagen. Wir lebten im tiefsten Frieden. Natürlich hatte es selbst hier oben eine leichte Beunruhigung über den Mord an dem Erzherzog im Juni gegeben, und gegen Ende Juni war die etwas bange Frage laut geworden, was wohl daraus noch werden würde; aber Beunruhigung und Ungewißheit verflüchtigten sich im alltäglichen Leben, das von einer vermeintlich unerschütterlichen, fortdauernden Sorglosigkeit geprägt war. Diese Sorglosigkeit saß zu tief, war zu fest verankert, zu groß, als daß man sich eine nachhaltige Störung hätte vorstellen können. Es würde vielleicht Gefechte geben, aber sie wären dann bestimmt örtlich begrenzt. Na, allein schon die bloße Versorgung der riesigen modernen Armeen würde doch etc. etc. Wir waren damals sehr naiv und blauäugig. Im Rückblick kommt mir unsere Haltung so rührend vor, daß ich fast weinen könnte.

Nun, ich will nicht wieder daran denken. Man wendet sich angeekelt und voll Überdruß von der Erinnerung ab. Wenigstens bin ich dankbar, daß wir uns in der Gegenwart befinden und nicht in der Vergangenheit. Dieser 1. August hat den großen Vorteil, daß alles, was nach jenem 1. August kam, hinter, anstatt vor einem liegt. Zumindest hat an diesem 1. August das Töten, das Hinschlachten junger Körper und strahlender Hoffnungen weitgehend aufgehört. Die Welt ist immer noch ganz entsetzlich, aber es gibt nichts Entsetzlicheres als den Krieg.

2. August

Das einzige, was man mit seinem alten Leid machen kann, ist, es fein säuberlich in ein Leichentuch einzupacken und sich von seinem Grab ab- und der Zukunft zuzuwenden.

Genau das habe ich nun vor. Heute ist mir zumute wie einem Rekonvaleszenten. Ich wage es kaum, mich dieser Hoffnung hinzugeben, aber ich habe heute Dinge getan, die tatsächlich nach Genesung aussehen; habe sie getan und es genossen; Dinge, die zu tun ich bis heute nicht das leiseste Verlangen verspürt hatte.

Ich habe einen Spaziergang gemacht, einen ganz ordentlichen Spaziergang in den Wald hoch, wo das Wasser über Felsen sprudelt und die Luft von Harzgeruch geschwängert ist. Und dann, als ich wieder zu Hause war, wühlte ich in meinen Büchern herum, ordnete die Bände neu und genoß es, sie anzufassen. Seit zehn Tagen bin ich nun hier, und bis heute habe ich mich nicht von der Stelle gerührt; bis heute lag ich bloß herum, ohne das geringste Bedürfnis nach Bewegung zu empfinden, ohne jeden Wunsch, es sei denn, keinen Wunsch zu haben. Ein paarmal schämte ich mich vor mir selbst; und ein paarmal stahl sich in den schläfrigen Dämmerzustand meines Gemüts der Schimmer eines Verdachts, daß das Leben vielleicht doch noch schön ist, daß es vielleicht doch noch so schön ist wie immer, wenn ich nur bereit wäre, die Augen aufzumachen und zu schauen. Aber der Schimmer erlosch schnell wieder, erstickt von der gruftartigen Atmosphäre des Ortes, in den er geraten war.

Heute ist irgendwie alles anders; und ach, wie froh wäre ich, wenn ich froh sein *könnte*! Es hat, glaube ich, noch nie einen Menschen gegeben, der so gern glücklich war wie ich. Damit meine ich, daß ich mir deutlich bewußt war, glücklich zu sein, daß ich es zu schätzen wußte, daß ich mich nie langweilte und stets unentwegt dankbar war für alles, was mir die Welt an köstlicher Schönheit bot.

Es muß bestimmt ungewöhnlich erscheinen, sich nie gelangweilt zu haben. Das wird mir immer klar, wenn ich andere Leute reden höre. Ich habe mich weiß Gott nie gelangweilt, wie es bei anderen Leuten anscheinend der Fall ist, wenn sie mit sich allein sind und von außen keinerlei Unterhaltung erfahren; und was die Langweiler betrifft, Menschen, die offenkundig Langweiler sind, sie haben mich nie gelangweilt, ich fand sie interessant. Die Tatsache, daß sie nicht merkten, wie langweilig sie sind, hat mich immer mit Staunen erfüllt. Zudem waren sie gewöhnlich sehr nett; und außerdem waren sie, so beschämend es klingt, Langweiler wie ich, und es berührt mich immer, wenn ich gemocht werde, und sei es auch von Langweilern. Zuweilen zwar mußte ich vorübergehend zu dem Zuflucht nehmen, was Dr. Johnson so zuträglich fand — ihnen meine Aufmerksamkeit entziehen, aber das ist gefährlich, weil das unvermeidlicherweise mit verschleierten und schweifenden Blicken einhergeht. Dennoch, man kann viel machen, wenn man es versteht, die passenden Antworten zu geben und gleichzeitig seinen eigenen Gedanken nachzuhängen.

Unmittelbar bevor ich London verließ, lernte ich einen Mann kennen, dessen jahrelanges Los es gewesen war, Tag für Tag in den Gerichtsstuben zu sitzen und Urteile zu fertigen, und er sagte mir, daß er immer einen Band mit Gedichten bei sich trage — vorzugsweise Wordsworth — und darin lese, daß er ihn aufgeschlagen auf seinen Knien unter dem Tisch liegen habe, zur Erbauung und Stärkung seiner Seele; und dennoch entging ihm nie ein Wort, das gesprochen, oder ein Standpunkt, der vertreten wurde, so fabelhaft verstand er es, seine Aufmerksamkeit zwei Dingen gleichzeitig zuzuwenden. Ja, es gibt schon nette Leute auf Erden. Der Mann gefiel mir wirklich. Ich fand es so klug und angenehm, dem Staub jener tristen Orte, zu denen sich einstmals verliebte Paare begeben, weil sie nun wütend aufeinander sind, mit den sanften Wassern der Poesie zu benetzen. Ich bin sicher, dieser Mann gehört zu jener Kategorie von Ehemännern, bei deren abendlicher Heimkehr das Herz ihrer Ehefrauen einen Satz macht.

3. August

Wie könnte man an diesen glutheißen Augusttagen, wenn man in einer solchen Pracht aus Licht und Farbe lebt wie im glühenden Herzen eines Edelsteins, nicht dankbar sein? Ich bin so froh und dankbar, hier zu sein, hierherkommen zu können. Wirklich, ich glaube, ich beginne, mich anders zu fühlen — weitab von den alten unglücklichen Geschichten, die mich fast zu Tode stranguliert hätten, wiederhergestellt, fast so, als könnte ich eines Tages mein inneres Gleichgewicht wiederfinden. Zur Zeit haben wir Vollmond. Abends ziehe ich mir einen Mantel über, lasse mich im Liegestuhl auf der Schwelle nieder und betrachte den Mond, und manchmal vergesse ich eine ganze halbe Stunde lang, daß das Glück, an das ich glaubte, für immer dahin ist. Ich sitze gerne hier und mag es, wenn ich ab und zu kleine Duftwölkchen übers Gesicht schweben fühle, als ob es jemand im Vorübergehen tätscheln würde. Manchmal ist es der Duft gemähten Grases, das den ganzen Tag über in der Sonne geschmort hat, aber meistens ist es der Duft einiger Madonnenlilien direkt vor der Tür, die von Antoine in irgendeinem September während des Krieges gepflanzt wurden.

»*C'est ma maman qui me les a donnés*« (»Mama hat sie mir gegeben«), sagte er; und als ich meiner Freude über ihre Schönheit und ihren Duft Ausdruck verliehen und das Verhalten seiner Mutter, meinem Garten zum gegenwärtigen Zustand verholfen zu haben, mit Worten der Anerkennung bedacht hatte, entgegnete er, sie habe sie ihnen gegeben, damit er und Mrs. Antoine sich von eitrigen Wunden heilen könnten, indem sie die Blätter abkochten und das Gebräu im rechten Augenblick applizierten.

»Aber Sie haben doch gar keine eitrigen Wunden«, wandte ich erstaunt und ernüchtert ein.

»Ah, pour ça non«, sagte Antoine. *»Mais il ne faut pas attendre qu'on les a pour se procurer le remède.«*

[»Ah, vorläufig nicht, aber man sollte nicht erst warten, bis man sie hat, um für ein Heilmittel zu sorgen.«]

Na, wenn er jede künftige Unwägbarkeit mit derselben Vorsicht angeht, hat er schön was zu tun! Aber vermutlich haben die langen Kriegswinter hier oben in ihm eine schweizerische Familienmentalität mit einer Robinson ähnlichen Findigkeit entwickelt, um sich auf Eventualitäten einzurichten.

Welch schöne lange Wörter habe ich da eben geschrieben. Mit meiner Genesung kann es also noch nicht soweit her sein, wie ich dachte. Wirkliche Stärke faßt sich kurz, davon bin ich überzeugt. Man sagt nicht »verdammt noch mal«, wenn man auf dem Zahnfleisch geht; man bewegt sich zwischen kläglichen blutleeren Wörtern wie bedauernswert und unglückselig.

Aber da ich in meinem Oberstübchen sehr anpassungsfähig bin, denke ich, es liegt in Wirklichkeit vielleicht an den älteren Büchern, die ich in den letzten Tagen gelesen habe, daß ich mich ihnen in meiner Ausdrucksweise anpasse. Keine alten Bücher — ältere. Geschrieben im großen Viktorianischen Zeitalter, als sich die Gefühle keusch in lange Sätze hüllten und die kruden Vereinfachungen der kurzen vermieden.

Es gibt in diesem Haus ein absonderliches Sammelsurium von Büchern, eine durch Zufall zustande gekommene kunterbunte Bibliothek, und ihre Autoren würden sich wohl zuweilen zwischen ihren Buchdeckeln winden, wenn sie wüßten, wie wahllos sie Antoine einsortierte, nachdem er während meiner Abwesenheit die Regalbretter jeden Frühling abgestaubt hatte. Manche stehen auf dem Kopf — Antoine hat keine vorgefaßte Meinung, wie herum ein Autor stehen muß —, die meisten mehrbändigen Ausgaben sind falsch eingeordnet, und gestern entdeckte ich einen Band meiner Henry James-Ausgabe, der sich von den restlichen Bänden verirrt hatte, ja sogar, so sah es aus, auf Abwege geraten war, denn er steckte zwischen zwei Damen. Bei den Damen handelte es sich um Ouida und Ella Wheeler Wilcox. Sie würden ihn schwerlich freigeben, so fest hatten sie ihn zwischen sich einklemmt. Ich zog ihn heraus, er war ein bißchen lädiert, und stellte ihn wieder, immer noch etwas zerknittert, obwohl ich seine Seiten sorgfältig glattgestrichen hatte, an seinen angestammten Platz. Es war der Roman *Son and Brother*; und monate-, vielleicht sogar jahrelang hatte er auf Tuchfühlung mit den beiden Damen gestanden. Schrecklich.

Wenn ich zum Frühstück runterkomme und der *Café au lait* noch nicht fertig ist, gehe ich in den Raum, wo die meisten Bücher stehen — obzwar eigentlich überall Bücher herumliegen und sich sogar in den Gängen breitgemacht haben —, und überbrücke die Zeit, bis mich Mrs. Antoine ruft, mit unaufschiebbaren Rettungsaktionen. Aber ich bringe es nicht fertig, die Bücher zu ordnen, ohne schließlich inmitten eines großen Chaos auf dem Boden zu sitzen und zu lesen. Der Kaffee wird kalt und das Ei widerwärtig, aber ich lese immer noch weiter. Nachlässig schlägt man ein Buch auf und liest dann:

Die schreiendsten Abartigkeiten schienen ihnen keinerlei Kopfzerbrechen zu bereiten, noch wollten sie auf irgendwelche Argumente hören, daß sie durch ihre Verrücktheit Geld und Glück vergeudeten. Ich konnte ihnen ins Gesicht sagen, daß sie sich ihr Leben lang selbst etwas vormachten, und sie entgegneten mir, das sei durchaus richtig, lasse sie jedoch kalt.

Da liest man natürlich weiter.

Nachlässig schlägt man ein anderes Buch auf und liest: *Unsere Bewunderung für König Alfred ist mächtig gestiegen aufgrund der Tatsache, daß wir so wenig über ihn wissen.*

Da liest man natürlich weiter.

Nachlässig schlägt man ein weiteres Buch auf und liest: *Organisches Leben, so wurde uns erzählt, hat sich allmählich vom Protozoon bis zum Philosophen entwickelt, und diese Entwicklung, wird uns versichert, ist unzweifelhaft ein Fortschritt. Leider ist es der Philosoph, der uns dies versichert, nicht das Protozoon.*

Natürlich liest man dann weiter.

Man schlägt – ach, ich könnte den ganzen Tag so weitermachen, was ich auch tue, wenn ich unter Bücher gerate, und nur das ferne besorgte Gezirpe Mrs. Antoines, die ums Haus herum zur Vordertür kommt, um das Frühstück abzutragen, und sieht, daß es noch gar nicht angerührt wurde, vermag mich daraus zu befreien.

Vielleicht sollte ich die Bücher lieber erst nach dem Frühstück ordnen. Jene vogelhafte Mrs. Antoine macht sich sonst wahrscheinlich nur Sorgen und fürchtet, ich könnte, wenn ich meinen Kaffee nicht trinke, solange er heiß ist, wieder in jenen Dämmerzustand verfallen, der sie offenbar ungeheuer beunruhigte und schreckte. Sie hatte vermutlich nicht damit gerechnet, daß sich die Herrin des Hauses, wenn sie schließlich doch wieder zurückkehrte, wie ein seltsamer fremdartiger Faulpelz benimmt, der sich nur deshalb den Berg hochgeschleppt hat, um zwei Wochen lang die meiste Zeit reglos in der Sonne zu liegen. Nachdem ich die ersten beiden Tage so verbracht hatte, hörte ich, wie sie sich in diesem Sinne gegenüber Antoine äußerte, der jedoch keiner Erklärungen bedurfte, weil er die gottähnliche Eigenschaft besitzt, sich über nichts zu wundern, und ihre Erklärung lautete *c'était la guerre* [das ist der Krieg] — die passende Erklärung, die man während der letzten fünf Jahre parat hatte, um viele Dinge zu entschuldigen, die noch unnatürlicher und schrecklicher waren als der Umstand, daß sich ein Mensch wie ein Faulpelz benimmt.

Nein wirklich, dieses zufällige Nebeneinander in meinen Bücherregalen! Gerade eben entdeckte ich George Moore (seine *Memories of my Dead Life* mit ihren etwas heiklen unmoralischen Passagen, ihren köstlichen Blasphemien) zwischen einem Buch mit dem Titel *Bruey: A Little Worker for Christ* von Frances Ridley Havergal, und einem amerikanischen Buch mit dem Titel *The Unselfishness of God, and How I Discovered It.*

Vor Überraschung, diese drei gewissermaßen Arm in Arm auf dem Regal stehen zu sehen, war ich dem Lachen näher als seit Monaten. Wenn jemand bei mir gewesen wäre, hätte ich wirklich gelacht. Ist es möglich, daß ich heute schon so weit auf dem Weg der Genesung fortgeschritten bin, daß ich mich langsam wieder nach einem

Gegenüber sehne? Nach einem Menschen, mit dem man lachen kann? Aber wenn es so ist, dann ...

Doch mache ich mir lieber keine allzu großen Hoffnungen.

4. August

Heute vor fünf Jahren! Welch ein Schauer durchlief uns damals hier oben, wie stolz waren wir auf England, zu England zu gehören, erfüllt von jenem übersteigerten Patriotismus, der alle erfaßt, die fern der Heimat sind.

Für die im Ausland Lebenden ist es fast wie die Erneuerung einer alten Liebe, das Wiederaufflammen einer alten Leidenschaft. Wirklich kluge Leute gehen oft auf Reisen, obgleich freilich Auslandsaufenthalte gut geplant sein wollen. Zu oft weg zu sein, ist beinahe so schlecht wie zu wenig — nein, das stimmt nicht. Ich sollte besser sagen: auch zu häufiges Wegsein hat seine Nachteile, zumindest am Anfang. Wenn man jedoch durchhält, verwandeln sich diese Nachteile in Vorzüge; denn fühlt man sich am Ende nicht richtig frei, wenn man lange genug von zu Hause weg ist? Ich glaube allerdings, daß sich die meisten Menschen in völliger Freiheit verloren vorkommen, daher sollte man nur so lange im Ausland bleiben, bis man den nötigen Abstand gewonnen hat, um wieder klarzusehen. Nur eben ein kleiner Rückzug ab und zu, damit wieder jene guten Eigenschaften ins Blickfeld treten, die wir einst so liebten, damit man sieht, daß es sie noch gibt, daß sie noch immer im alten Glanz erstrahlen.

Wie soll man etwas erkennen, wenn man es direkt vor der Nase hat? Ich weiß, als wir in England lebten, inmitten des hektischen Lebens und Treibens, ganz irregemacht von den täglichen Schlagzeilen der Zeitungen, betäubt vom Geschrei der Politiker, aufgewühlt von den Verlautbarungen, Anklagen und Beschimpfungen, die die Öffentlichkeit erschütterten, und wir ständig den trostlosen Nieselregen auf den Bürgersteigen vor Augen hatten und Örtlichkeiten wie Cromwell Road und Shaftesbury Avenue und Ashley Gardens, die immer da waren, immer gleich, große häßliche Häuser, auf die der Regen prasselte, düstere Wohnstätten auf Zeit für ganze Generationen von Menschen, die viel von sich reden machen und dennoch innerlich tot sind — ich weiß noch, als wir mittendrin lebten, direkt mit der Nase auf all diese Dinge stießen, da hatten wir keinen Blick für die Größe Englands, und sie geriet in Vergessenheit.

Aber als England in den Krieg eintrat, waren wir nicht dort. Seit Monaten hatten wir schon im Ausland gelebt, und unser Patriotismus hatte wieder ein Ziel. Nun war es wieder der kostbare, ins silberne Meer gelegte Stein, das zweite Eden, das irdische Paradies, England, mein England, das herrliche Stückchen Erde, das so großartige Dichter hervorgebracht hatte, die Hoffnung und das Herz der Welt. Schon längst hatte es zum Schwert gegriffen — wie man doch in die altertümliche Diktion verfällt! —, schon seit langem redete dort alles vom Krieg, und nur der bloßen Tatsache, daß wir weit weg waren, hatten wir es zu verdanken, wieder jene eigentümlich aggressive und überhebliche Haltung einzunehmen, die man Patriotismus nennt. Wir mochten die Schweizer, wir schätzten sie; und wenn wir nach Italien hinüberfuhren, fanden wir auch die Italiener sympathisch, obgleich wir sie weniger schätzten — ich glaube, weil sie den Eindruck machten, weniger sparsam zu sein und das Leben mehr zu genießen, und wir waren immer noch in der alten Meinung befangen, daß freudlose Sparsamkeit als solche etwas Gutes sei. Aber unsere Sympathie und Achtung für die Leute hier kam doch etwas von oben herab. Insgeheim fühlten wir uns stets überlegen, insgeheim dünkten wir uns etwas Besseres. Mit jedem weiteren Tag, den wir fern von England, unserem England, verbrachten, gewann diese köstliche, uns nur teilweise bewußte Selbstgefälligkeit an Stärke. Dann, als es am 4. August »eintrat«, ruhmreich eintrat, weil es Belgien sein Wort gegeben hatte, entlud sich in dem kleinen Haus hier ein solcher Sturm der Begeisterung und des Stolzes, daß man meinte, die Wände krachen zu hören.

Was werden wir bloß machen, wenn wir alle in den Himmel kommen und nicht mehr unserem Patriotismus frönen dürfen? Dort wird man uns bestimmt endlich in eine einzige große Familie zusammendrängen. Aber ich kann mir vorstellen, daß immer dann, wenn Gott nicht herschaut, bei jedem der ursprüngliche Patriotismus durchbricht, und das wird in alle Ewigkeit so weitergehen, und irgendein elender englischer Landstreicher, der nur deshalb in den Himmel eingelassen wurde, weil er für die Hölle einfach nicht Manns genug war, wird die Gelegenheit beim Schopfe fassen, einen gepflegten Schweizer Geschäftsmann aus Bern anpöbeln zu können, der sein Erdenleben untadelig mit der Herstellung von Kuckucksuhren verbracht und eine so enorme technische Erfindungsgabe besessen hat, daß er sich sogar — dieses himmlische Gerücht machte unter den sanften, erstaunten Engeln die Runde — auf maschinelle Weise fortgepflanzt hatte. Der Landstreicher wird diesem Ehrenmann zuzischen, daß er, der Landstreicher, ein b – Brite sei, und wenn er der b – b – b – Schweizer (ich glaube, Landstreicher sprechen immer in b's, jedenfalls wird das in Zeitungen und Büchern behauptet), das in Zweifel ziehe, er — na, dann solle er mal besser mit ihm nach draußen kommen und er, der Landstreicher, werde es ihm schon zeigen.

Worauf der gepflegte Schweizer, der aufgrund der örtlichen himmlischen Ruhe mit seinen Gedanken ganz woanders ist, plötzlich ein wütendes mechanisches Surren von sich gibt, das viel schlimmer ist und den Landstreicher viel nachhaltiger einschüchtert als jeder Fluch, und mit einem langen markerschütternden *whrrrrr* die Macht und Herrlichkeit der Schweiz leidenschaftlich verteidigt.

5. *August*

Ich möchte mit jemandem reden. Ich muß wieder auf die Beine kommen.

6. *August*

Freilich könnte sich selbst der Geschundenste, der vom Unglück am unbarmherzigsten Verfolgte nicht ewig dem alles durchdringenden Segen dieses Fleckchens Erde verschließen. Ich weiß, daß es da draußen in der Welt immer noch genauso erbärmlich und gemein zugeht wie früher — Herzlosigkeit allerorten, Menschen, die einander mutwillig Leid zufügen, Liebe, die mit Füßen getreten wird oder in Verzweiflung endet, schrecklicher Vertrauensbruch, das Allererbärmlichste überhaupt. Wenn ich mich über meine Terrassenmauer lehnte, könnte ich diese wohlvertrauten Scheußlichkeiten vielleicht drunten im Tal herumkriechen und in einem wüsten Durcheinander übereinander herfallen sehen. Aber zumindest leiste ich momentan keinen Beitrag zu der allgemeinen Erbärmlichkeit dort unten. Meinen schleppte ich mit herauf, zog ihn hinter mir her, nicht weil ich es wollte, sondern weil er einfach mitkommen wollte. Ich werde ihn doch aber wohl hier zurücklassen? Es kommt bestimmt der Tag, wo ich imstande sein werde, ihn in ein ordentliches Bündel zu schnüren und dieses Bündel auf irgendeinen steilen Felsen zu schleppen, den ich nie mehr aufsuchen werde, und es dort zu lassen und zu sagen: »Leb wohl. Dich bin ich los. Ich habe die Nabelschnur durchgeschnitten. Leb wohl, alter Schmerz. Und jetzt den Blick nach vorn gerichtet!«

Ich bin überzeugt, daß es so kommt. Ich kann mir nicht vorstellen, daß ich den Berg genauso wieder hinabgehen werde, wie ich gekommen bin. Jedenfalls nicht mehr so beladen und innerlich gesünder. Oh, ich möchte so gern wieder gesund werden! Schön gelüftet, heiter und fröhlich, anstatt so düster und vollgestopft mit trüben Erinnerungen.

7. August

Aber ich mache Fortschritte. Wenn ich morgens aufwache und den hellen Sonnenfleck an der Wand am Fußende meines Bettes sehe, der einen weiteren makellosen Tag verheißt, entringt sich meinem Herzen nun immer ein Stoßgebet, ich möge eine so große Gnade nicht durch meinen eigenen Trübsinn entwürdigen. Und ich glaube, jeder dieser letzten Tage ist ein bißchen weniger entwürdigt worden als sein Vorgänger. So fiel zum Beispiel kaum ein Schatten auf diesen Nachmittag. Ich hatte in der Tat das Gefühl, endlich aufrecht zu sitzen und von meiner Umgebung Notiz zu nehmen. Und das erste, was mir vorschwebt, den ersten Gebrauch, den ich von der Tatsache, daß ich das Schlimmste hinter mir habe, machen möchte, ist reden.

Typisch Frau! Aber ich rede schrecklich gern. Wieder typisch Frau. Nun, ich höre auch gern zu. Aber am liebsten höre ich einem Mann zu — also wieder typisch Frau! Schön, ich bin eben eine Frau, also verhalte ich mich auch wie eine solche; und ein Mann hat, so scheint es, einfach Interessanteres zu erzählen als eine Frau. Ich höre mir auch gern an, was eine Frau zu sagen hat, aber nicht solange und nicht so oft. Nicht annähernd so oft. Ich weiß dafür keinen Grund zu nennen, außer daß eine Frau, wenn sie redet, gewöhnlich das Salz vergessen zu haben scheint. Auch neigt sie dazu, draufloszureden; manchmal auch dann noch, wenn einen bereits der Wunsch zu beschleichen beginnt, sie möge aufhören.

Eine der letzten Personen, die 1914 meine freiwillige Einsamkeit hier oben mit mir teilte, unmittelbar bevor zum Schluß die fröhliche Urlaubergruppe eintraf, war eine Frau mit vielen Talenten — *le trop est l'ennemi du bien* [allzuviel ist ungesund] —, die, eben weil sie diese Gaben besaß und sie wortreich zur Geltung bringen mußte, am Bahnhof, wo ich sie abholte, sofort zu reden begann, und zu meinem wachsenden Befremden und Verdruß, denn ich wollte ja auch etwas sagen, zehn Tage lang nicht mehr aufhörte (außer wenn die Nacht sie in gnädiges

Schweigen hüllte), bis sie sich dann durch eine glückliche Fügung der Vorsehung verschluckte und eine Pause einlegen mußte.

Für einen Augenblick solcherart erlöst, wie eifrig sprudelte ich da los, um die kurze Erholungspause, die sie wohl brauchen würde, nach Kräften zu nutzen! Aber meine Stimme, ganz rauh von der langen Zwangspause, hatte kaum drei Sätze von sich gegeben — jämmerliche kleine Sätze —, da war die Dame schon wieder obenauf, richtete ungeduldig und vorwurfsvoll ihre Augen auf mich und sagte:

»Reden Sie *immer* soviel?«

Das war doch ungerecht, oder?

8. August

Nun sieh, was mir Henry James schrieb — *mir*, bitteschön! Ich kann es immer noch nicht fassen, eine solche Auszeichnung! Ich hatte schon fast vergessen, daß ich auf irgend etwas stolz sein könnte, so tief bin ich gedemütigt worden, seit ich zum letztenmal hier war.

Wie im Märchen stoße ich sonderbarerweise andauernd auf Stücke der Vergangenheit, von vor vielen Jahren, als gehörten sie noch immer zur Gegenwart, ja zur letzten halben Stunde. So fand ich heute morgen den Brief in einem Zimmer, in das ich nach dem Frühstück schlenderte. Neben der als Aufenthaltsraum genutzten Diele ist es das einzige Zimmer im Erdgeschoß, und früher flüchtete ich mich vor den anderen fröhlichen Bewohnern des Hauses immer dorthin, um Briefe zu öffnen und zu beantworten, ohne von dem ausgelassenen Geplauder allzusehr abgelenkt zu werden; und dort auf dem

Tisch, den Antoine tadellos sauberhielt, aber sonst nicht anrührte, lagen noch alle Zeitungen und Kleinigkeiten genauso da, wie ich sie vor fünf Jahren zurückgelassen hatte. Sogar eine Tafel Schokolade, von der ich anscheinend damals gegessen hatte, und einige Münzen und ein paar Zigaretten, und tatsächlich eine Schachtel Streichhölzer — es war alles da, alles schön verstaubt, alles, wie es gewesen sein muß, als ich dort zum letztenmal am Tisch saß. Wäre da nicht diese Stille, diese vollkommene, sonnendurchflutete Leere und Stille des Hauses gewesen, so hätte ich bestimmt gedacht, daß ich nur geschlafen und einen schlimmen Traum gehabt hatte und nicht ein halbes Jahrzehnt, sondern bloß eine unruhige Nacht vergangen war, seit ich das letzte Mal von dieser Schokolade aß und mit diesen Federn schrieb.

Fasziniert und neugierig setzte ich mich an den Tisch und begann, wieder von der Schokolade zu essen. Sie war noch völlig in Ordnung; aus gutem, dauerhaftem Zeug hergestellt in jenen guten, vermeintlich so dauerhaften Zeiten, in denen wir damals lebten. Und während ich sie aß, blätterte ich den Stapel Papiere durch, und ganz unten lag ein Brief von Henry James.

Vermutlich ließ ich ihn in Reichweite auf dem Tisch liegen, weil ich ihn so liebte und immer wieder lesen wollte, und ihn wohl auch ab und zu stolz meinen Freunden zeigen und sie neidisch machen wollte, denn er war an Weihnachten 1913 geschrieben; Monate bevor ich England verließ. Wenn ich ihn jetzt lese, kann ich nur staunen, daß ich, *ich* jemals einen solchen Brief bekommen habe. Aber ich bin ja auch inzwischen sehr gedemütigt worden; ich habe Schiffbruch erlitten, und ich kann nicht glauben, daß ein solcher Trümmerhaufen, wie ich es nun bin, jemals ein schmuckes Schiff gewesen sein soll, dessen kleine Segel von der Güte und Zuneigung eines so wunderwollen Menschen wie Henry James gebläht wurden.

Hier ist der Brief; und wenn ich ihn nun abschreibe und mich an seine charmanten Komplimente klammere, so ist mir, gelähmt und geschunden, wie ich mich derzeit fühle, wohl ebensowenig Eitelkeit vorzuwerfen wie einer Frau, die einst voller Liebreiz war und jetzt alt ist und davon spricht, wie hübsch sie früher einmal war:

21 Carlyle Mansions, Cheyne Walk, S.W.
29. Dezember 1913

Liebe —

Ich darf Ihnen mitteilen, daß ich in Ihrem schönen, gehaltvollen und anmutigen kleinen Brief regelrecht schwelge, und mich jedes seiner honigsüßen Worte mit äußerstem Vergnügen erfüllt. Sie machen keine halben Sachen — und ich kann Ihnen gar nicht schildern, wie sehr ich halbe Sachen hasse! Keine jener vielgepriesenen Viertel- oder Halbscheffel für *meinen* unstillbaren Appetit, bitte, sondern so viel, wie nur immer mit Drücken und Schütteln in den Sack hineingeht, bis er so voll ist, daß sogar noch einiges danebenfällt. So picke ich die goldenen Körner auf und knabbere eines nach dem anderen! Im Ernst, liebe gnädige Frau, es ist die bezauberndste Rose von einem Brief — und sie wurde mir aus Ihrer riesigen Schneewehe herausgereicht. Daß Sie unter solchen Umständen derartige Blumen ziehen können — dazu noch mit soviel Sorgfalt und Geschmack allerhand andere reizende Sorten, läßt sich fraglos nur damit erklären, daß Ihr Kopf ein so wohlgeordneter, fruchtbarer Garten ist. In ihm müssen Sie sich natürlich vorwiegend aufhalten — angesichts Ihrer anderen Betätigungsfelder, die so imposant sind, aber, wenn Sie erlauben, auch so düstere Aspekte haben. Ihr Brief also war der Grund dafür, daß mir die Brust vor Stolz und Freude schwoll — denn ich versichere Ihnen, ich habe ihn hemmungslos genossen, dies um so mehr, als mich der ganze Feiertagsrummel hier so kalt ließ, daß ich mir, ehe Ihre Zauberworte eintrafen, wirklich wie ein Einsiedler vorkam, derauf einem öden Berg fernab aller menschlicher Gemeinschaft und Sinnenfreude sitzt — fast wie einer von jenen, die sich, wie ich annehme, unter Ihren Fenstern scharen. Aber *jetzt* habe ich ja mein Weihnachten gehabt und bin Ihr sehr dankbarer und treu ergebener und Sie nie vergessender alter Henry James.

Wer wäre nicht stolz, einen solchen Brief zu erhalten? Es war herrlich, wieder auf ihn zu stoßen, herrlich, wie sich mein Kinn in die Luft reckte, und wie aufrecht ich ein Weilchen dasaß, nachdem ich ihn gelesen hatte. Und gelacht habe ich auch; denn in welch hemmungslosen Überschwang muß ich ihn versetzt haben! »So voll . . ., daß sogar noch etwas danebenfällt.« Das glaube ich wohl. Ich hatte vermutlich etwas von ihm gelesen oder wieder gelesen und vor lauter Begeisterung jedes Maß verloren, und in diesem Zustand emotionaler Verwirrung und glühender Verehrung muß ich mich ganz ungestüm auf die nächstbeste Feder gestürzt haben.

Mit welch innigen Gefühlen, mit welch dankbarer Liebe man an Henry James denkt! Wie schwer ist es, sich jemanden vorzustellen, der über mehr Weisheit, Güte, Geist verfügt, der ein liebevollerer, großherzigerer Freund sein könnte! Und wie er sprach, wie wunderbar er sprach — sogar noch wunderbarer als in seinen Büchern. Wenn er nur einen Boswell gehabt hätte! Eines Tages fragte ich ihn in mutiger Dessertlaune, ob er mich als seinen Boswell einstellen würde; einen so treu ergebenen Boswell, daß vielleicht die Qualifikation für den Posten durch schiere Bewunderung wachsen würde. Ich sagte ihm — seine Geduld stand bei dieser Gelegenheit meinem verwegenen Übermut in nichts nach —, daß ich mich als Mann verkleiden würde; oder besser noch, da ich nicht ganz die für einen überzeugenden Mann notwendige Statur besitze, und wahrscheinlich nur noch, wir wollen es hoffen, an Anmut wachsen werde, als Jüngling; dann würde ich morgens in aller Frühe aufstehen und bis in die späte Nacht auf dem Hosenboden sitzen und Kurzschrift üben und alles Erdenkliche tun, wenn ich nur hinter ihm hertrotten und mir Notizen machen dürfe — welch seltsames Paar wir abgegeben hätten! Und nachdem er über diesen verwegenen Vorschlag unter lebhaftem Zucken seines außerordentlich beweglichen Mundes eingehend nachgedacht hatte, lautete sein Urteil, das mich, so beabsichtigte er, durch die darin vorgetäuschte Selbsterniedrigung sprachlos machen sollte, wie folgt: »Liebe gnädige Frau, es wäre, als ob man einen großen leeren Schwamm langsam ausdrückte.«

9. August

Dieses kleine Holzhaus, das sich mit seinen Augenwimpern, oder besser gesagt: mit seinen Augenbrauen an die Bergwand klammert, denn es hat riesige Dachvorsprünge, die es im Winter davor bewahren sollen, im Schnee zu versinken, und die aussehen wie hervorstehende Augenbrauen — verfügt über so wenig Grund, daß der Garten entlang des Felsrandes nicht viel größer als ein Taschentuch ist.

Er besteht aus einem Streifen Gras, mit Hingabe von Antoine gepflegt, der seinen Stolz daransetzt, daß es auch dann noch grün ist, wenn alle Wiesen auf den Berghängen ringsum und drunten im Tal schon ausgedörrtes blasses Gold sind, weshalb er den größten Teil seiner Abendstunden mit Gießen verbringt. Am Rand zieht sich eine niedrige Mauer entlang, damit niemand hinunterfällt — denn wenn man hinunterfiele, wäre das für die Leute, die fünftausend Fuß tiefer im Tal spazierengehen, nicht sehr angenehm —, und vor dieser Mauer erstreckt sich das schmale Band mit den einzigen Blumen, die es bei uns aushalten.

Es sind nicht viele. Rittersporn, einige Stiefmütterchen, ein paar Nelken und eine Menge roter Schwertlilien. Die Schwertlilien waren gerade verblüht, als ich ankam, aber den vielen Blütenstengeln nach zu schließen, müssen sie sehr schön gewesen sein. Nur noch eine Blüte ist übriggeblieben; erlesen samtig und sonnendurchwärmt, wenn man sie küßt — was ich fleißig tue, denn irgend etwas muß man ja schließlich küssen —, und mit jenem herrlichen Honigduft, dem typischen Sommerduft.

Mehr hat der Garten nicht zu bieten. Es ist nicht viel, wenn man es so hinschreibt, aber man sollte es einfach sehen. O ja — ich habe etwas vergessen. Hinter der Ecke ranken sich an der Mauer, die das Haus im Vorfrühling vor Lawinen schützt, rote Kletterrosen hoch, leuchtend rot vor dem tiefen Blau des Himmels. Ich weiß, rote Kletterrosen sind nichts Besonderes, aber ihr solltet sie sehen. Die Farbe des Himmels ist es, die ihnen hier einen so erstaunlichen Reiz verleiht. Ja — und ich vergaß die Lilien, die Antoine von seiner *maman* bekommen hat. Sie wachsen in der Nähe der Haustür, und daran schließt sich Lavendel an, der zur Zeit in voller Blüte steht und dessen Rispen den ganzen Tag lang wundersamerweise von etwas umschwebt werden, das wie ein winziger strahlender Engel aussieht, aber in die Sonne aufflattert, wenn ich nähertrete — ein weißer Schmetterling. Den Lavendel muß Antoine gepflanzt haben. Es hat früher nie welchen hier gegeben. Aber ich frage ihn nicht, weil er mir dann womöglich dessen eigentlichen Zweck erläutern würde, und ich könnte es nicht ertragen, wenn man mir dieses Fleckchen purer Schönheit mit den kleinen glitzernden Wesen, die darüber schweben, als ein *remède* gegen irgend etwas Schreckliches erklärte.

Wenn ich malen könnte, säße ich den lieben langen Tag hier und malte; da ich nicht malen kann, versuche ich, das, was ich sehe, in Worten zu Papier zu bringen. Es macht Spaß. Man fühlt sich irgendwie nicht so allein. Ich würde es wohl nicht tun, wenn ich nicht allein wäre. Dann würde ich meine Freunde so lange auf all das Schöne ringsumher hinweisen, bis ihre Geduld und meine Stimme erschöpft wären.

Der Garten, soweit man von einem solchen überhaupt sprechen kann, hat etwas Rührendes, weil er so winzig und eintönig bepflanzt ist. Besitzer englischer Gärten mit jenen ungeheueren Staudenrabatten und geschickt angeordneten Blumenarrangements würden möglicherweise über ihn die Nase rümpfen. Sollen sie. Ich liebe ihn. Und selbst wenn er noch kleiner wäre, wenn er zu einer einzigen Pflanze mit einer einzigen Blüte darauf zusammenschrumpfte, würde er mich vielleicht um so mehr bezaubern, denn dann könnte ich mich auf diese eine Schönheit konzentrieren und ließe mich nicht ablenken von dem Gefühl, daß ich anderswo etwas versäume, während ich in eine bestimmte Richtung schaue. Jene Tiere in der *Offenbarung*, die vorn und hinten überall Augen haben — ich wünschte, ich wäre auch so ähnlich gebaut.

Aber man braucht im Grunde gar keinen Garten hier, wo Gott so viel tut. In dieser Hinsicht ist die Gegend hier wie Italien, und eine alte Holzschachtel mit Stiefmütterchen oder ein Topf mit Lilien, irgendwo angebracht, in einem Fenster, oben auf einer Mauer, genügt vollauf, fügt sich sogleich harmonisch in die natürlich vorhandene Schönheit ein: das Licht, die Farben, die bizarren Formen der Berge. Wirklich, wo Gott das alles für einen erledigt, reichen ein paar nach eigenen Vorstellungen bepflanzte Quadratmeter, um Eigenständigkeit zu beweisen und zu zeigen, daß man entschlossen ist, dem Ort seinen Stempel aufzudrücken.

10. August

Ich weiß gar nicht, wann es hier oben am schönsten ist — am Morgen, wenn die Hitze in feinen Dunstschleiern überm Tal liegt und die Bergketten in zarten Abstufungen von Violett und Grau allmählich in der Ferne verschwimmen? Oder nachts, wenn ich über den Rand der Terrasse blicke und die Lichter im Tal schimmern sehe, als spiegelten sie sich im Wasser?

Es ist, als sähe ich das alles zum erstenmal, mit neuen Augen. Gewiß, auch bei früheren Aufenthalten habe ich mich daran erfreut, aber damals ging es in der Fülle anderer Eindrücke unter, es war nur eines der vielen Glücksmomente, von denen jene Tage voll waren und die meine Aufmerksamkeit und meine Gedanken in Anspruch nahmen. Ich fühlte mich dabei zwar herrlich und voll froher Zuversicht, aber sie entrissen mich dem, was ich in Ermangelung eines besseren Worts (ein besseres Wort: welch eine Aussage!) nur Gott nennen kann. Nun sind jene Hoffnungen und Herrlichkeiten, jene anderen Freuden und frohen Erwartungen dahin; und die Wunden, die sie zurückließen, die fürchterlichen, schmerzhaften Stellen, auch sie heilen langsam. Die Schönheit der Natur nehme ich nun mit einer neuen Empfindungsfähigkeit wahr, mit den staunenden Augen einer Person, die lange Zeit unter entsetzlichen Träumen gelitten hat und eines Morgens aufwacht und merkt, daß der Fieberwahn weg ist, und die nun wie neugeboren daliegt, unendlich froh und dankbar, und mit allen Fasern ihres Wesens die wunderbaren, ganz alltäglichen Dinge des Lebens in sich aufnimmt: die Sonne, die auf ihre Bettdecke scheint, die Gerüche des Gartens, die durch ihr Fenster dringen, den bloßen Duft des Kaffees, der gerade zum Frühstück bereitet wird. Oh, Wonne über Wonne bei dem Gedanken, daß man diesmal nicht gestorben ist, diesmal doch nicht sterben wird, sondern sich allmählich wieder erholt, um zu leben, bald wieder ganz gesund sein wird und zu seinen Freunden zurückkehren kann, zu den Leuten, die einen immer noch mögen . . .

11. August

Heute ist ein Feiertag. Die Gegend hier gehört zum katholischen Teil der Schweiz, und die Katholiken haben viele Feiertage, weil sie viele Heilige haben. Es gibt kaum eine Woche, in der nicht irgendeines Heiligen gedacht würde, und oft sind es zwei in ein und derselben Woche, manchmal sogar drei. Daß wieder ein Heiliger an der Reihe ist, merke ich daran, daß die Kirchenglocken im nächsten Dorf zu läuten beginnen und das im Abstand von zwei Stunden wiederholen. Dann hören die Bauern auf zu arbeiten, und die fleißigen, von Heiligen unbelasteten Protestanten setzen ihre Arbeit unbeirrt fort.

Mrs. Antoine war vor ihrer Hochzeit katholisch. Der gewitzte Nichtkatholik Antoine sah voraus, daß es in den meisten Wochen seines künftigen Ehelebens Tage geben werde, an denen sie, wenn er nicht ganz nett zu ihr gewesen wäre oder sie sich das einbildete — und wie er gehört hatte, verfügen Ehefrauen über eine lebhafte Einbildungskraft, der sie häufig nachgeben —, der kluge Antoine also sah diese zahlreichen Feiertage auf sich zukommen, an denen Mrs. Antoine womöglich als Frömmigkeit ausgeben würde, was in Wirklichkeit Groll war, und sich vielleich weigern würde, ihm sein Essen zu kochen, und deshalb bewog er sie dazu, vor der Hochzeit zum Protestantismus überzutreten. Was sie dann auch tat, in dem Bewußtsein, wie sie mir sagte, einen *bon mari qui valait bien ça* [einen guten Ehemann, der dieses Opfer durchaus wert sei] zu bekommen; und auf einen Schlag sicherte sich Antoine somit seine täglichen Mahlzeiten rund ums Jahr und war auch sämtliche Verwandten seiner Frau los. Denn diese, die, wie ich vermute, hauptsächlich aus Tanten bestehen, da ihr Vater und ihre Mutter tot sind, waren natürlich verärgert und wollten mit den Antoines fürderhin nichts zu tun haben; was, so erfuhr ich von jenen, die es geschafft haben, eine durch nichts zu überbietende Wohltat ist: die eigenen Verwandten so weit zu bringen, daß sie nichts mehr mit einem zu tun haben wollen. Und so erfreut er sich nun nicht nur der gesegneten Freiheit und Würde, die jenen vorbehalten scheinen, deren Verwandte verärgert sind, sondern hat auch keine Pfaffen um sich. Antoine ist wirklich ein schlaues Kerlchen.

Das hat er in meiner Abwesenheit noch durch andere kluge Entscheidungen unter Beweis gestellt. Ein Beispiel:

Als ich zum erstenmal hierherkam, zwei oder drei Jahre vor dem Krieg, äußerte ich den Wunsch, daß es hier nicht nach Bauernhof riechen solle. »Ich will hier keine Kühe haben«, sagte ich.

»*C'est bien*«, sagte Antoine.

»Und auch keine Hühner.«

»*C'est bien*«, sagte Antoine.

»Und auch keine Schweine.«

»*C'est bien*«, sagte Antoine.

»*Surtout*«, wiederholte ich, da ich mir einbildete, aus seinem Blick ein heimliches Bedauern hinsichtlich der Schweine zu lesen, »*pas de porcs.*«

»*C'est bien*«, sagte Antoine, und der Ausdruck in seinem Blick verschwand.

Denn unter Schweinen hatte ich bis zu jenem Zeitpunkt fast mein ganzes Leben zu leiden gehabt. Es waren zwar vornehme Schweine gewesen, die sehr gut gehalten und viel besser gefüttert und untergebracht waren als — es ist eine Schande, das sagen zu müssen — die Bauern jenes Ortes, aber an den Tagen, wenn der Wind aus der Richtung blies, wo sie standen, trug er einen mächtigen Schwall von unzweideutigem Schweinegeruch zu uns herüber, ganz gleich wie fleißig man sie auch säuberte und wie sorgfältig man ihre Ställe lüftete. Man roch nichts mehr von den Lilien, der Rosenduft ging völlig unter. Außerdem konnten wir sie an stillen Tagen auch hören, und die Ruhe vieler Sommerabende wurde durch ihr Quieken gestört. Es gab ungeheuer viele Ferkel, denn leider pflegt man in diesem Teil des Landes keine Spanferkel zu essen, was eine sowohl bequeme als auch angenehme Art wäre, sie ruhigzustellen, und sie quiekten ganz entsetzlich; aus purem Übermut vermutlich, da es verhätschelte Schweine waren, die nicht den geringsten Grund hatten zu quieken, außer vor purer Lebensfreude.

Eingedenk alles dessen beschloß ich, daß wir hier oben unter allen Umständen von Schweinen verschont bleiben sollten. Und auch von Kühen und von Hühnern. Denn hatte ich etwa vergessen, was mir Kühe und Hühner angetan hatten? Die Hoffnungen eines ganzen Jahres waren oft durch eine verirrte, umhertrottende Kuh zunichte gemacht worden; und obwohl wir wahre Wunderwerke mit Maschendraht schufen und den Maschendraht durch Kletterpflanzen verdeckten, kam früher oder später ein Pulk lüsterner Hennen herein, im Schlepptau eines großen Zuhälters von Hahn, und zupfte die Krokusse gerade in jenen ersten Vorfrühlingstagen heraus, wenn einem nach den endlosen Wintermonaten nichts so wertvoll und wichtig erscheint wie Krokusse.

Deshalb hatte dieser Ort sorgsam von Vieh freigehalten werden müssen. Wir kauften unsere Eier und unsere Milch bei den Bauern und hatten keine Würste. Die Iriszwiebeln wurden nicht herausgescharrt, und im Sommer lag nur der Duft von Honig und Heu in der Luft, und im Winter war da jener unaussprechliche kalte Geruch nach etwas, das ich wieder in Ermangelung eines besseren Wortes nur Gott nennen kann. Aber dann kam der Krieg und unsere überstürzte Rückkehr nach England; und anstatt, wie wir gemeint hatten, zu Weihnachten zurück zu sein, kamen wir überhaupt nicht mehr. Jahr um Jahr ging ins Land, ein Weihnachten folgte dem anderen, und niemand von uns kam zurück. Ich nehme an, Antoine hatte schließlich den Eindruck, als käme keiner von uns je wieder. Ich weiß nicht genau, zu welchem Zeitpunkt in jenen Jahren er begann, gedanklich die Fühler nach Schweinen auszustrecken, aber er hielt es doch irgendwann für angebracht, meine Vorkriegsanweisungen als überholt zu betrachten, und scharte eine passende Auswahl an Vieh um sich. Wahrscheinlich erreichte er dieses Stadium schon recht bald, denn nachdem er eine hübsche, rundliche kleine Gemahlin erworben hatte, war er, als kluger Mann, entschlossen, ihre Rundungen zu erhalten. Und da er außerdem eine abwesende *patrone* hatte — in dieser Gegend firmiere ich unter diesem Begriff —, die nicht dasein und also durch Vieh nicht gestört werden konnte, erhielt er diese bei Laune, indem er ihr nichts davon erzählte.

Wie einfach, wie klug.

In keinem seiner monatlichen Briefe tauchte das Wort Schwein, Kuh oder Hühner auf. Er schrieb in wohlgesetzten Worten vom Wetter: *c'était magnifique, ou c'était bien triste* [es war herrlich, oder es war trostlos], je nach Jahreszeit. Er schrieb von den kranken französischen und belgischen Kriegsgefangenen, die an jenen im Gebirge verstreuten Orten interniert seien, die die von Lunn mit Speisen und Getränken belieferten Reisegesellschaften immer als Standquartiere benutzt hatten. Lobend äußerte er sich über die Nützlichkeit und das gute Benehmen des Wachhundes, der wie ein Schoßhündchen Mou-Mou hieß. Ausführlich beschrieb er so wenig aufregende Dinge wie die Schnurrhaare der Katze: *favoris superbes qui poussent toujours, malgré ces jours maigres de guerre* [prachtvolle Schnurrhaare, die immer noch wachsen, trotz der mageren Kriegszeiten]; und obzwar er zuweilen ein wenig Enttäuschung zum Ausdruck brachte über das Verhalten von Mrs. Antoines *estomac, qui lui fait beaucop d'ennuis et paraît mal résister aux grands froids* [Mrs. Antoines Magen, der ihr viel Kummer bereitet und die große Kälte nicht gut zu vertragen scheint], schloß er seine Briefe stets mit den besänftigenden Worten: *Pour la maison tout va bien. Madame peut être entièrement tranquille.* [Im Haus ist alles in bester Ordnung. Madame kann ganz unbesorgt sein.]

Nie also ein Wort übers Vieh.

So daß die Madame in England *entièrement tranquille* war hinsichtlich ihres Häuschens und froh, daß sie es sein konnte; denn was immer auch diesem oder den Antoines zustoßen mochte, sie konnte ja nichts tun. Gefesselt auf der anderen Seite der unpassierbaren Schranke des Krieges hätte sie nur die Hände ringen können, wenn das Haus Feuer gefangen hätte, und selbst wenn Mrs. Antoines *estomac* so vollständig versagt hätte, daß sie ihren Posten hätten aufgeben und sich ins Flachland begeben und Ärzte aufsuchen müssen, hätte sie nur still dasitzen und weinen können. Die beruhigenden Briefe waren fünf Jahre lang ihr Trost — *madame peut être entièrement tranquille* [Madame kann ganz unbesorgt sein]; wie süß diese Worte Monat für Monat in den Ohren klangen, die ansonsten von schrecklichen Nachrichten gequält wurden!

Ich war schon fast zwei Wochen hier, da nahm ich das Frühstück erst allmählich richtig wahr. War es nicht toll? Soviel Milch, und jeden Tag ein Krüglein mit Sahne. Und überraschenderweise Butter, nicht nur weil sie so frisch war, sondern weil es überhaupt welche gab. In England hatte man mir gesagt, es sei hier keine Butter zu kriegen, kein Stückchen in der gesamten Schweiz. Nun, es gab welche; täglich frisch und in solchen Mengen.

Von all den äußeren Dingen, die mich umgaben, war es, glaube ich, die Butter, die als erstes durch meine Schläfrigkeit drang; und mein wieder erwachendes Denkvermögen gelangte nach einer Phase tastender Versuche und einigen Rückfällen schließlich eines Morgens zu der Überzeugung, daß hinter dieser Butter eine Kuh stecken müsse.

Soweit konnte dies als Ergebnis bloßen Nachdenkens erwartet werden. Aber richtige Befriedigung und das Gefühl, Paleys *Gottesbeweise* hätten sich mit Sherlock Holmes vermählt, und ich sei das strahlende Unterpfand ihrer Liebe, erfaßten mich erst dann, als ich, ohne mich aus meinem Liegestuhl zu bewegen, durch logisches Denken von dieser Erkenntnis zu der Entdeckung fortschritt, daß die Kuh ganz in der Nähe der Butter sein mußte, weil andernfalls die Butter unmöglich täglich frisch auf den Tisch hätte kommen können —, so nahe mußte sie sein, daß sie in diesem Augenblick auf dem Stückchen Wiese graste, das mir gehörte; und wenn dem so war, lautete die zwingende Schlußfolgerung, daß es sich um meine Kuh handeln mußte.

Nach dieser Erleuchtung hüpften meine Gedanken relativ beweglich um den Frühstückstisch. Mir fiel wieder ein, daß es jeden Morgen ein Ei gegeben hatte, und daß Eierpuddings bei den anderen Mahlzeiten aufgetischt worden waren. Vor dem Krieg war es nahezu unmöglich gewesen, hier oben frische Eier zu bekommen; offensichtlich hatte ich also auch Hühner. Und der Honig; ich merkte, daß es mich nicht weiter überraschen würde, wenn sich herausstellen würde, daß ich auch Bienen hatte, denn dieser Honig war unverfälscht echt — nicht jenes zusammengepanschte Zeug, das man in London zu kaufen kriegt. Und Erdbeeren; jeden Morgen hatte ein großes Salatblatt mit Erdbeeren auf dem Tisch gelegen, richtige Gartenerdbeeren, wie es sie früher nur unten im Tal gegeben hatte, denn von den Bergbauern waren sie nie für wert befunden worden, hier oben angebaut zu werden. Offenkundig zählten also auch Erdbeerstauden zu meinen Besitzungen in irgendeiner dem Blick verborgenen Ecke. Das einzige, worauf ich aus dem, was auf dem Tisch lag, nicht schließen konnte, war ein Schwein. Darüber hatte Antoine sein Mut verlassen. Allzu entschieden muß ihm meine wiederholte Mahnung in den Ohren geklungen haben: *Surtout pas de porcs.* [Vor allem keine Schweine.]

Aber wie schlau war er doch gewesen! Es braucht Schläue, wenn jemand den Anweisungen im rechten Moment zuwiderzuhandeln weiß. Und ich hatte die ganze Zeit keine Ahnung davon und war deshalb auch nicht beunruhigt!

In diesem Moment ging er mit der Gießkanne in der Hand an der Terrasse vorüber.

»Antoine«, rief ich.

»*Madame*«, antwortete er, blieb stehen und zog seine Mütze.

»Dieses Ei hier —«, begann ich und deutete auf die Schalen. Ich sagte es auf französisch, bringe mein Französisch aber lieber nicht zu Papier.

»*Ah — Madame a vu les poules.* [Ah — Madame hat die Hühner gesehen.]«

»Diese Butter —«

»*Ah — Madame a visité la vache.* [Ah — Madame hat die Kuh besucht.]«

»Das Schwein —?« fragte ich zaudernd. »Gibt es — gibt es auch ein Schwein?«

»*Si madame veut descendre à la cave* — [Wenn Madame in den Keller kommen möchte —]«.

»Sie halten doch wohl kein Schwein im Keller?« entfuhr es mir.

»*Comme jambon* [In Form von Schinken]«, sagte Antoine — seelenruhig, in untadeliger Haltung und ohne die geringste Gemütsbewegung.

Und tatsächlich wurde mir wenig später von Mrs. Antoine, die ihre Gefühle weniger verbirgt als ihr Mann, ganz stolz gezeigt, was einst ein Schwein gewesen war und nun an Haken von der Kellerdecke hing. Mehrere Schweine; obwohl sie so redete, als habe es nie mehr als eines gegeben. Das mag ja so sein, aber dann muß dieses eine sehr viele Beine gehabt haben.

»*Un porc centipède* [Ein Tausendfüßlerschwein]«, bemerkte ich gedankenverloren, während ich in den Wald von Schinken hochschaute.

Über das dünne Eis dieses Kommentars glitt sie jedoch mit einer wortreichen Schilderung, wie sie, als der Waffenstillstand unterzeichnet war, und Antoine sogleich über das Schwein — immer noch Schwein im Singular — hergefallen und es geschlachtet hatten, da sie nach diesem freudigen Ereignis jeden Augenblick mit Madames Eintreffen rechneten und wußten, daß *un porc vivant pourrait déranger madame, mais que mort il ne fait rien à personne que du plaisir* [ein lebendes Schwein Madame stören könnte, ein totes jedoch jedermann nur Freude bereite]. Und auch sie ließ den Blick nach oben schweifen, aber liebevoll und stolz.

Es blieb nichts zu tun, als diese verschiedenen Transaktionen durch gnädiges und dankbares Bezahlen zu einem befriedigenden Abschluß zu bringen. Was ich heute tat, als mir Antoine die Rechnungen präsentierte, mitsamt komplizierter Additionen und Abzüge vom Marktpreis der Milch, Butter und den Eiern, die er und

Mrs. Antoine sonst während der letzten Jahre verzehrt hätten.

Ich schaute nicht so genau hin, was das Schwein gekostet hatte — sein Preis, als mein Blick ihn überflog, war offensichtlich der Preis von etwas im Plural. Aber mein Blick überflog ihn nur. Er verweilte nicht darauf. In unseren geschäftlichen Beziehungen haben sich Antoine und ich stets wie Gentlemen benommen.

12. August

Ich frage mich, weshalb ich das alles aufschreibe. Vielleicht weil es so ähnlich ist, als unterhalte man sich abends mit einem Freund und erzähle ihm, der interessiert ist und gerne zuhört, was man tagsüber gemacht hat? Ich vermute, das ist der Grund. Überdies möchte ich wohl diese seltsamen Tage nicht so sang- und klanglos verstreichen lassen — Tage, wie ich noch keine erlebt habe. Ich möchte sie gewissermaßen eine Minute in meiner Hand halten und betrachten, ehe sie für immer dahin sind. In vielen, vielen Jahren vielleicht, wenn ich schon fast vergessen habe, weshalb ich hier hochkam, und über alles nur noch lachen kann — mit dem Mitgefühl einer abgeklärten Greisin lachen kann über die Mißverständnisse, Irrtümer und Fehlschläge, die mich beinahe zugrunde gerichtet hätten, und die dennoch immer noch irgendwie mit Liebe unterfüttert waren —, da werde ich dann dieses Tagebuch aufschlagen und darin lesen und gewiß jenen Psalm zitieren, in dem von Jammertal die Rede ist, das durchschritten und zum Quellgrund wurde, und mich königlich amüsieren.

13. August

Wenn man sich gen Westen wendet und an der Flanke des Berges immer weiter und weiter geht, ohne nach oben oder unten auszuweichen, und deshalb die Dinge zu nehmen hat, wie sie kommen, und sich irgendwie durchschlagen muß — tosende Sturzbäche, jähe Schluchten, riesige, von einem längst vergessenen Sturm entwurzelte, quer überm Weg liegende Bäume und all die Dinge, die das Gebirge für einen in petto hat —, kommt man nach einer zweistündigen abwechslungsreichen Wanderung durch dunkle Felsbrocken und düstere Wälder, durch leuchtende Wiesen voller Blumen und eingestreute Kornfelder, durch Gruppen von Obstbäumen und ausgedehnte sonnendurchflutete Gefilde, in denen es nichts zwischen einem selbst und den erhabenen schneebedeckten Gipfeln zu geben scheint, auf schmalen Pfaden, wo es so finster ist, daß man kaum sieht, wohin man tritt, wo es nach Harz riecht und heißen Fichtennadeln, nach Wanderlust und frisch gemähtem Heu, dann wieder nach Schnittholz, nach Wasser, das über Steine sprudelt, oder nach Morast, nämlich dort, wo die Bauern einen Teil des Gebirgsbachs durch seichte Kanäle in ihre Felder geleitet haben, wo es nach Honig riecht, nach Heißem und Kaltem — nachdem man also zwei Stunden so dahingewandert ist, wovon man wegen des durchwegs beschwerlichen Untergrunds schnell müde würde, wenn man sich nicht von der Luft auf merkwürdige Weise getragen fühlte, so als schwebe man dahin, gelangt man schließlich an den Rand eines steilen Abhangs, wo ein paar Lärchen stehen.

Da setzt man sich dann hin.

Diese Lärchen stehen am äußersten Ende eines langgezogenen schmalen Plateaus, in das der Berg, auf dem man losgegangen ist, auf der einen Seite ausläuft; und unter diesen Lärchen ißt man seine Mahlzeit aus hartgekochten Eiern und Butterbroten und besieht sich dabei voller Staunen die Aussicht. Von hier oben hat man eine unglaublich schöne Aussicht auf eine ganz andere Bergkette als von meiner Terrasse aus; und über das Tal, durch das sich ein silberner Faden windet, der, wie ich weiß, ein brausender Fluß ist, sind überall merkwürdig geformte, steile Hügel verstreut, die sich in Licht und Farbe völlig voneinander zu unterscheiden und auch mit den Bergen ringsum keinerlei Gemeinsamkeit zu haben scheinen.

Als ich zum erstenmal ganz zufällig auf diese Stelle stieß, hatten die Bauarbeiten an meinem Haus bereits begonnen, und es war zu spät, um zum Architekten zu laufen und zu sagen: Hier und nur hier möchte ich leben. Aber die Stelle, die ich hier gefunden hatte, war so überwältigend schön, daß ich einen unbesonnenen Augenblick lang tatsächlich hoffte, mit den Schweizer Häusern verhalte es sich so wie mit jenen in Norwegen, die man, wie zu lesen ist, in ihre Teile zerlegen und anderswo wieder zusammenbauen kann, wenn man des alten Standorts überdrüssig geworden ist, und ich weiß noch, wie ich ganz aufgeregt und erhitzt zurückeilte, um mich beim Architekten zu erkundigen, ob dies der Fall sei.

Er verneinte und schien sogar ein bißchen fassungslos, soweit man das von einem so ruhigen Mann überhaupt behaupten kann, über meine Unterstellung, er werde etwas bauen, was sich wieder abbauen läßt.

»Dieses Haus«, sagte er und deutete auf die trostlos

aussehende Masse, aus der schließlich etwas so Allerliebstes werden sollte, »ist für die Ewigkeit gebaut. Es steht auf einem Felsen und wird so unverrückbar sein wie dieser.«

Und als ich ihm von der Stelle erzählte, die ich entdeckt hatte, diesem einzigartigen Fleckchen Erde, schöner als ein Traum und hundertmal schöner als der Platz, auf dem wir zu bauen begonnen hatten, entgegnete der Architekt, der als Einheimischer gut zu Fuß war, sonntags ausgedehnte Wanderungen unternahm und somit im Umkreis von zwanzig Meilen jeden Baum und Strauch kannte, es sei so abgelegen, fern vom nächsten Dorf, und da keine Straße hinführte, so unzugänglich, daß dort nur Ziegen hausen könnten.

»Nur Ziegen«, bekräftigte er mit einer eindeutigen Handbewegung, »könnten sich dort aufhalten, und für Ziegen baue ich nicht.«

So legte sich denn meine Aufregung, und ich schickte mich in das Unvermeidliche. Inzwischen bin ich sehr froh, daß das Haus steht, wo es steht, und nicht dort, wo ich es ein paar unbesonnene Stunden lang hatte hinhaben wollen; denn nun kann ich zu dem Lärchenhain, wann immer mir nach Schönheit zumute ist, und ihn jedes Mal aufs neue staunend besuchen, während ich mich schon längst daran gewöhnt hätte, wenn ich dort leben würde, und aus meiner Leidenschaft wie aus jeder anderen Leidenschaft Selbstgefälligkeit geworden wäre, sobald mir das Objekt derselben gehört hätte. Oder um es mit anderen Worten auszudrücken: Das Haus hier ist wie eine liebenswerte Ehefrau, zu der man zu den Mahlzeiten und zum Schlafen gern zurückkehrt, und der andere Ort ist wie eine heimliche Geliebte, die man nur im Hochgefühl der Verzückung aufsucht.

Heute packte ich mir ein hartgekochtes Ei und einige Butterbrote ein und besuchte meine heimliche Liebe.

Bei hartgekochtem Ei denkt man zwar nicht gerade an Verzückung, aber es ist eine sehr gute Grundlage dafür. Ein hartgekochtes Ei hat einen großen Vorzug. Es macht satt, aber es beschwert nicht. Es stillt den Hunger, ohne das Blut in Wallung zu bringen. Manchmal, wenn ich mich tagelang nur von Obst und Brot ernährt hatte, ist mir eine Scheibe nicht ganz durchgebratenen Fleisches, das ich in ein Sandwich legte und aß, ehe mir klar wurde, was ich da tat, genauso zu Kopf gestiegen wie Wein, und dann habe ich die Berge doppelt und dreifach gesehen und dazu noch den befremdlichen und unangenehmen Eindruck gehabt, als bewegten sie sich, was der Verzükkung abträglich war. Folglich hege ich nun ein gewisses Mißtrauen gegenüber Sandwiches und nehme keine mehr mit; das einzige, was mitkommt, ist ein hartgekochtes Ei. O ja, und Aprikosen, wenn ich welche kriegen kann. Ich vergaß die Aprikosen. Heute nahm ich eine Handvoll mit — große, herrlich goldrosa Früchte, die in den sonnendurchglühten Dörfern im Tal gewachsen sind, wo es von Aprikosenbäumen nur so wimmelt. Und damit auch für mein geistiges Wohl gesorgt ist, nahm ich auch Laws *Serious Call* mit.

Es durfte mitkommen, weil es das dünnste Buch in meinen Regalen ist und außerdem von Dr. Johnson gerühmt wurde. Ich habe noch mehrere, die Dr. Johnson gerühmt hat, so zum Beispiel Ogdens *Prayer*, aber wegen ihres Umfangs müssen sie zu Hause bleiben, selbst wenn sie mich inhaltlich reizten. Als ich den Law gedankenverloren in der Hand wog und merkte, was für ein schmales Bändchen es ist, fiel mir wieder ein, daß Johnson über *Serious Call* einmal gesagt hatte, er habe es in der Erwartung zu lesen begonnen, es sei ein langweiliges Buch, über das er vielleicht lachen müsse, »aber ich stellte fest, daß ich Law nicht gewachsen bin«. Zweifellos wäre auch ich ihm nicht gewachsen, wenn ich versuchte, es mit ihm aufzunehmen, aber das hatte ich ja gar nicht vor. Ich wollte einfach nur ein schmales Bändchen, das dennoch genug Unterhaltsames enthalte, damit ich den ganzen Tag davon zehren könne; und als ich *Serious Call* aufschlug, wurde ich sofort von der Geschichte des Octavius gepackt, eines gebildeten und geistreichen Mannes, der, als er spürte, daß er nicht mehr lange zu leben habe, zu seinen Freunden, die gebannt an seinen Lippen hingen, um der Weisheit teilhaftig zu werden, die gewiß von diesen fließen würde, sagte, er habe angesichts des körperlichen Verfalls, in dem er sich befinde, mit allen Kneipen abgeschlossen und werde nun wählerisch sein in dem, was er trinke, weshalb er seinen Keller mit einigen Flaschen des allerbesten Weins bestücken wolle, egal was er koste. Und kaum hatte er dies erklärt, da »erkrankte er, wurde einer Krankenpflegerin anvertraut, die ihm die Augen schloß, noch ehe sein neuer Posten Wein ins Haus kam«.

Dies bewirkte bei einem, der Eugenius hieß, daß er als ein neuer Mensch nach Hause ging, fest entschlossen, sich fürderhin einzig und allein Gott zu widmen; denn »nie hatte mich«, sagt Eugenius, »die dem Glauben innewohnende Weisheit und Bedeutung so tief ergriffen wie damals, als ich sah, wie armselig und elend der gelehrte Octavius die Welt verlassen mußte, weil es ihm am Glauben gebrach«.

So begleiteten mich also Law und seine lebhaften Schilderungen — die Geschichte von Octavius ist nur eine von vielen; da gibt es z. B. noch Matilda und ihre unglücklichen Töchter (»Die älteste Tochter unterzog sich dieser Kasteiung, solange sie konnte«, mußte aber mit zwanzig feststellen, daß sie nicht mehr konnte, und starb, »mit stark lädierten Eingeweiden, weil sie von ihrem Korsett zusammengedrückt wurden.«); Eusebia und ihre glücklichen Töchter, die so fabelhaft erzogen wurden, daß sie die Genugtuung hatten, als Jungfrauen zu sterben; Lepidus, der vom Schlag getroffen wurde, als er sich gerade für ein Festmahl herausputzte; die bewundernswerte Miranda, die gerade genug zum Essen bekam, um die Kraft zu haben, ihre Augen und Hände zum Himmel zu erheben, so daß »Miranda nie Gefahr laufen wird, daß ihre Augenlider vor Fett anschwellen oder sie unter gewaltigen Fleischmassen keuchen wird, solange sie nicht den Glauben wechselt«; Mundanus, der jedes Erbauungsbuch, das er sah, links liegenließ; Classicus, der offen und schamlos das Lernen der Andacht vorzog — diese lebhaften Schilderungen trugen erheblich dazu bei, daß ich einen heiteren, schönen Tag verbrachte. Aber als ich am Abend nach Hause kam, hatte ich die Überzeugung gewonnen, daß Dr. Johnson, dem wohl niemand mehr Liebe und weniger Respekt entgegenbringt als ich, in seiner Jugend, als er der Vernunft noch zugänglich war, wenigstens ein paar Jahre mit, sagen wir mal, Voltaire hätte verbringen sollen.

Nun gehe ich gleich zu Bett, fußkrank, aber frohgemut, denn dieses Picknick heute war ein Test. Ich wollte wissen, wie viele Erinnerungen ich mir schon zumuten kann. Als ich aufbrach, tat ich vor mir selbst so, als gehe ich aus bloßer Rücksichtnahme gegenüber dem Hauspersonal, damit Mrs. Antoine nicht für mich kochen müsse und sich einen freien Tag machen könne, aber insgeheim wußte ich, daß ich voller Angst und innerer Zweifel einen Versuch machen würde. Denn der Weg zu dieser Stelle mit den Lärchen strotzt nur so von Erinnerungen an glückliche Tage. Ich wußte, sie würden an jedem Strauch und an jeder Biegung in hellen Scharen sitzen und auf mich warten. Wenn es doch nur nicht so heitere Erinnerungen wären, dachte ich, es würde mir nichts ausmachen. Es fiele mir bestimmt leichter, diesen Weg zu beschreiten, wenn mit ihm Erinnerungen an Streit und Zank verbunden wären. Bloß hätte ich ihn dann gar nicht erst eingeschlagen, denn ich schrecke instinktiv vor Orten zurück, die einst Zeugen von Herzlosigkeit gewesen sind. Dieses kleine Haus hier genießt den trefflichen Ruf, daß seine Wände noch nie ein böses oder grobes Wort gehört haben, und kein einziges Mal jemand darin geweint hat. Alle anderen Häuser, in denen ich gelebt habe, hatten Sorgen und Nöte kennengelernt, und eines zumindest noch Schlimmeres als das; aber auf dieses hier, meinen kleinen Hort des Friedens, der Sonne sich öffnend und dem Himmel so nah, fällt nicht der Schatten eines Makels — es hat nur freundliche Menschen beherbergt. Und der Lebensüberdruß, den ich vor drei Wochen mit mir hochgeschleppt habe, wird daran nichts ändern. Er kann dem Ruf des Hauses nichts anhaben, keinen dauerhaften Schatten auf die heitere Ruhe dieses Ortes werfen, sondern ist nur eine Art kurzer Sonnenfinsternis. Denn bei aller Niedergeschlagenheit und bei allem seelischen Schmerz trug ich doch weder Zorn noch Groll im Herzen, als ich hierherkam. Und so ist in diesem Haus noch immer kein häßliches Wort gefallen.

Sehr froh und erleichtert gehe ich nun zu Bett, denn ich habe die Probe bestanden. Auf dem gesamten Weg zu den Lärchen, auf dem gesamten Rückweg und während der ganzen Zeit, die ich dort verbrachte, empfand ich schlicht und einfach Dankbarkeit, Dankbarkeit für die schöne Zeit, die ich einst gehabt hatte. Ich konnte gar nicht anders. Es war so natürlich wie das Atmen. Ich war nicht allein. Alle, die ich geliebt habe und die ich nie mehr sehen werde, waren bei mir. Und den ganzen Tag lang, den ganzen wunderschönen Tag lang, gelang es mir, in dieser heiteren Gesellschaft den unmittelbaren Kummer, den quälenden Lebensüberdruß zu vergessen, den ich mit mir in meine Berge, meine letzte Hoffnung, nahm.

14. August

Heute ist mein Geburtstag, also wollte ich ihn durch irgendeine nützliche Tätigkeit abbüßen.

Es ist der erste Geburtstag, den ich allein verbringe und zu dem mir niemand gratuliert hat. Ich lasse mir gern zum Geburtstag gratulieren und mich mit einem aufmunternden Lächeln in mein neues Lebensjahr begleiten. Vielleicht, dachte ich beim Anziehen, würde sich Antoine erinnern. Schließlich hatte ich ja immer Geburtstag, wenn ich zu dieser Jahreszeit hier oben war, und die leichte Spannung, die den ganzen Tag über herrschte, muß ihm doch aufgefallen sein, zudem das Haus vom Frühstück an immer mit Blumen geschmückt und von Geschenken übersät war. Vielleicht würde er sich daran erinnern und mir »alles Gute« wünschen. Vielleicht würde er es dann auch seiner Frau sagen, und sie würde mir ebenfalls »alles Gute« wünschen. Heute sehnte ich mich wirklich sehr nach guten Wünschen.

Aber Antoine, wenn er denn je von meinem Geburtstag wußte, hatte ihn offensichtlich vergessen. Als ich herunterkam, machte er sich gerade mit den Schwertlilien zu schaffen, und obgleich ich hinausging und mich vor dem Frühstück in seiner Nähe aufhielt, nahm er keine Notiz von mir; er beschäftigte sich unverdrossen mit den Schwertlilien. Folglich schaute ich wohl ein bißchen gequält drein, denn ich hatte tatsächlich etwas Angst davor, den Tag allein verbringen zu müssen.

Dies, dachte ich, indem ich mir innerlich einen Ruck gab, ist nun der Zeitpunkt, sich körperlich zu betätigen. Während ich meinen Kaffee trank, faßte ich den Entschluß, den beiden Antoines zur Feier des Tages freizugeben und selbst die Arbeit zu verrichten. Warum sollte mein Geburtstag nicht dadurch gefeiert werden, daß ein anderer es schön hatte? Was kümmerte es schließlich, wer es schön hatte? Die Antoines sollten einen Tag Urlaub bekommen, und ich würde arbeiten. Auf diese Weise könnte ich mich vor möglicherweise schmerzhaften Erinnerungen schützen. So würde ich durch schiere Plackerei zu innerer Ruhe finden.

Antoine schien jedoch gar keinen freien Tag haben zu wollen. Ich hatte einige Mühe mit ihm. Er war natürlich nicht überrascht, als ich sagte, er bekomme frei, weil er nie überrascht ist, aber er sagte in jenem gleichmäßigen Tonfall, der seiner Redeweise eine so bemerkenswerte Gelassenheit verleiht, daß heute der Rasen gemäht werden müsse.

Ich sagte, ich würde den Rasen mähen; ich kenne mich damit aus; ich hätte meine ganze Kindheit und Jugend auf Rasen verbracht; ja, ich glaube, vor lauter Eifer behauptete ich sogar, auf einem Rasen geboren zu sein, bloß um ihm den Wind aus den Segeln zu nehmen und zum Gehen zu bewegen.

Er sagte, eine solche Arbeit bei den gegenwärtig herrschenden Temperaturen würde Madame zu sehr erhitzen; und ich sagte, daß man bei einer so kleinen Fläche wie unserem Rasen gewiß nicht ins Schwitzen komme könne, egal welche Arbeit man verrichte. Außerdem schwitze ich gern, erklärte ich – wieder voller Ungeduld –, ich wolle richtig schwitzen, ich sei glücklich, wenn ich ins Schwitzen käme. *»J'aime beaucoup«*, sagte ich, und da ich es so eilig hatte, suchte ich nicht lange nach dem passenden Ausdruck, sondern beendete den Satz in etwas fehlerhaftem Französisch, *»la sueur.«* [Ich liebe den Schweiß sehr.]

Ich glaube, ich hätte sagen müssen, *»la transpiration«*, da eine Dame mit dem anderen Wort wenig, wenn überhaupt, Ehre einlegt, aber mehr noch scheint mir, ich hätte überhaupt kein Wort darüber verlieren sollen. Weil Antoine keine Miene verzog, weiß ich es natürlich nicht; aber obwohl er bei dem, was ich sagte, nicht die mindeste Regung erkennen ließ, hatte ich doch irgendwie das Gefühl, irgendwie teilte es sich mir mit, daß man vielleicht im Französischen nicht schwitzt, oder jedenfalls nicht darüber spricht. Nicht, wenn man eine Dame ist. Nicht, wenn man Madame ist. Nicht, wenn man — um die Leiter jener Attribute, die mir Achtung verschaffen sollen, noch eine Sprosse höher zu steigen — jenes würdevolle Wesen mit Namen *patronne* ist.

Es fällt mir schwer, würdevoll zu sein. Wenn ich es versuche, so übertreibe ich. Meine Würde ist stets entweder übertrieben oder läßt zu wünschen übrig, doch in den meisten Fällen läßt sie zu wünschen übrig. Durch seine unwandelbare Gelassenheit verhilft mir Antoine jedoch freundlicherweise zu der Stellung hoch, die ich in seinen Augen einnehme. Ich habe ihn noch nie lächeln sehen. Vermutlich könnte er gar nicht lächeln, ohne Risse zu bekommen, so unbewegt und starr ist seine Miene.

Einmal, vor dem Krieg — ausgelassen und daneben habe ich mich nur vor dem Krieg benommen; seither bin ich ein wandelndes Vorbild und unglücklich —, legte ich ein unwürdiges Verhalten an den Tag. Wir maskierten uns; und auf den Rat meiner Freunde hin — jetzt sehe ich ein, daß es ein schlechter Rat war — ließ ich mich als Teufel verkleiden; ich, *la patronne*; die Madame. Ich war zwar nur ein Teufelchen, eines der unteren Chargen, das, was man in Deutschland ein Hausteufelchen nennen würde; aber eben doch ein Teufel. Und als ich unvorhergesehenerweise noch einmal nach oben ging, um meinen Schwanz zu holen, den ich vergessen hatte, sah ich am hinteren Ende des Gangs, den ich hinuntergehen mußte, wie Antoine die schmutzigen Stiefel einsammelte.

Er trat beiseite und wartete. Ich konnte nicht umkehren, weil das so ausgesehen hätte, als fühlte ich mich auf frischer Tat ertappt. Deshalb ging ich weiter.

Der Gang war lang und gut beleuchtet. Ich mußte ganz bis zum hinteren Ende durchgehen, wo Antoine stand und wartete. Ich versuchte, würdevoll dahinzuschreiten. Ich gab mich der Hoffnung hin, daß er mich nicht erkennen würde. Ich versuchte, es mir einzureden. Wie sollte er? Alles an mir war schwarz, bis auf die Perücke, die wie orangefarbene Flammen aussah. Aber als ich zu den Türen am Ende des Gangs kam, riß Antoine die zu meinem Schlafzimmer plötzlich weit auf, und ich mußte hinter ihm hermarschieren, während er ernst und feierlich daneben stehenblieb. Und es ist merkwürdig, wenn ich so zurückdenke, hat mir ein ganz eigentümliches Gefühl von Erniedrigung und Scham, daß ich meinen Schwanz nicht anhatte, am meisten zugesetzt.

»*C'est que j'ai oublié ma queue* . . . [Ich habe nur meinen Schwanz vergessen . . .]«, hörte ich mich stottern, und dabei warf ich ihm einen gequälten, flehentlichen, entschuldigenden Blick zu.

Und selbst damals war Antoine nicht überrascht.

Aber, wo war ich doch gleich? Ach ja — bei der *transpiration*. Wie ich schon sagte, ließ es Antoine ungerührt über sich ergehen und lenkte meine Aufmerksamkeit auf die Hühner, die gefüttert, und die Kuh, die gemolken werden müßte. Die Kuh könne ja vielleicht gemolken werden, wenn er wieder zurück sei, aber die Hühner —

Antoine begann weich zu werden.

Schnell entgegnete ich, daß er mir nur das Futter für die Hühner hinzustellen brauche und ich es ihnen geben würde, und was die Kuh betrifft, warum sollte man ihr nicht einmal eine Ruhepause gönnen, warum sollte man ihr nicht einmal das lassen, was schließlich ihr Eigentum sei?

Und um die Unterredung abzukürzen und da ich meinen Geburtstag nicht verstreichen lassen wollte, ohne jemanden zu beschenken, rannte ich nach oben, holte eine Zwanzig-Francs-Note, drückte sie Antoine in die Hand und sagte atemlos in einer langen, beredten Suada, die mit *Voilà* begann, aber dieses Niveau nicht durchhalten konnte, daß die zwanzig Francs für die Ausgaben seien, die er und Mrs. Antoine drunten im Tal hätten, und daß ich hoffe, sie amüsierten sich gut, und er mich bitte freundlicherweise seiner *maman* empfehlen wolle, der er im Lauf des sicherlich langen, ereignisreichen und angenehmen Tages bestimmt einen Besuch abstatten werde.

Endlich brachen sie auf, widerstrebend zwar. Alle Förmlichkeit in den Wind schlagend, stellte ich mich auf die niedrige Terrassenmauer und winkte ihnen nach, als sie an der Biegung des Weges meinen Blicken entschwanden.

»*Mille félicitations!* [Viel Glück!]« rief ich, damit an meinem Geburtstag zumindest irgend jemandem Glück gewünscht werde.

»Wenn ich schon meinen Geburtstag allein verbringen muß, dann aber wirklich mutterseelenallein«, sagte ich grimmig zu mir, als die Antoines, nur auf mein entschiedenes Drängen hin, verschwanden und mich in dem einsamen Haus zurückließen.

Ich beschloß, als erstes mein Bett zu machen, und ging sehr entschlossen nach oben.

Mrs. Antoine hatte es jedoch bereits gemacht; zweifellos, während ich mit Antoine verhandelte.

Dann muß ich also den Frühstückstisch abräumen, überlegte ich, und so ging ich noch entschlossener nach unten.

Mrs. Antoine hatte jedoch auch das schon erledigt; zweifellos während ich immer noch mit Antoine verhandelte.

Nun gut, sollte ich mich dann vielleicht um die Kartoffeln kümmern? Um fürs Essen Vorbereitungen zu treffen? Sie aufsetzen oder so? Ich war sicher, daß ich beim Aufsetzen der Kartoffeln ins Schwitzen geraten würde. Ich wollte gleich mit meiner *transpiration* beginnen, damit ich nicht, sollte ich zu lange untätig und im Schatten herumsitzen, durch irgendeinen dummen Zufall merken würde, wie furchtbar still und leer...

Ich eilte in die Küche, einen allerliebsten kleinen Raum mit weißen Kacheln und kupfernen Kasserollen an den Wänden, und sah, daß Töpfe auf dem Herd standen, in denen etwas sanft vor sich hinköchelte: Kartoffeln in dem einen, und in dem andern Stücke von etwas, das gut und gern Huhn sein mochte. Außerdem lagen auf einem Tablett alle übrigen Utensilien für mein Dinner. Ich brauchte eigentlich nur noch zu essen.

In meinem Schaffensdrang gebremst, aber immer noch fest entschlossen, machte ich mich auf die Suche nach dem Rasenmäher. Er konnte nicht weit weg sein, weil dafür auf meinem schmalen Felsvorsprung gar kein Platz da ist.

Mou-Mou, der hinterm Haus im Schatten saß, beobachtete interessiert, wie ich jene Türen zu öffnen versuchte, die aussahen, als befänden sich dahinter Rasenmäher.

Alle waren sie zugesperrt.

Der prachtvolle Mou-Mou, der Antoines Eigenart, sich durch nichts überraschen zu lassen, angenommen hat, wenn es ihm auch im Unterschied zu seinem Herrn noch keineswegs an Neugier gebricht, stand nach der ersten Tür auf und trottete hinter mir drein, als ich die anderen aufzukriegen versuchte. Das konnte er, obwohl er angebunden war, weil Antoine höchst sinnreich dafür gesorgt hatte, daß Mou-Mou genügend Bewegungsfreiheit hat und gleichzeitig Einbrecher keine Chance haben, indem er nämlich über die ganze Länge der rückwärtigen Hauswand eine Eisenstange angebracht und Mou-Mous Kette durch einen losen Ring daran befestigt hatte. So kann er hin- und herrennen, wann immer er Lust dazu verspürt; und ein Einbrecher, der gesehen hat, daß die Hundehütte am östlichen Ende der Hauswand steht und Mou-Mou angekettet davor sitzt, und sich daraufhin anschickt, das Haus von Westen her in Angriff zu nehmen, wo anscheinend kein Hund hinkommt, wird schnell merken, daß der Hund trotzdem vor ihm dort ist. Ein Kettenrasseln und ein Satz, und Mou-Mou wäre da. Äußerst demoralisierend! Weil er damit überhaupt nicht gerechnet hatte, würde dem Einbrecher das Blut in den Adern gefrieren, und er wäre in seinem schändlichen Vorhaben gelähmt. Von dieser Überlegung hatte sich der wirklich an alles denkende Antoine offenkundig leiten lassen. Es ist zwar noch nie ein Einbrecher dagewesen, aber, wie sagte er doch die möglichen eitrigen Wunden betreffend? »*Il ne faut pas attendre qu'on les a pour se procurer le remède.*«

Folglich kam Mou-Mou mit mir, als ich an der Rückseite des Hauses auf- und abging, und sämtliche nach außen zu öffnende Türen durchprobierte. Ich glaube, er dachte schließlich, es sei ein Spiel, denn jedesmal, wenn ich eine Tür nicht aufbekam und dann ratlos und enttäuscht einen Augenblick innehielt, bellte er zweimal laut, wie einer, der in den Psalmen nach jedem Vers *Selah* sagt.

Antoine hatte den Rasenmäher weggeschlossen. Lieber sollte das Rasenmähen auf morgen verschoben werden, als daß Madame in der Hitze mähte. Er meinte es gut mit mir, das wußte ich durchaus zu schätzen. Dennoch war ich sehr erbost, weil man mir nicht meinen Willen ließ. Und noch dazu an meinem Geburtstag. Um das einzige gebracht, was ich wirklich wollte: *la transpiration*. Das war doch an meinem Geburtstag gewiß nicht zuviel verlangt; wo ich doch zu solchen Anlässen immer ganz andere Perlen bekam, ohne auch nur einen Finger zu rühren!

Unentschlossen stand ich da und sah mich in dem ordentlich aufgeräumten Hof nach etwas um, woran ich mich betätigen könnte, und Mou-Mou saß aufrecht auf seinen riesigen Hinterpfoten und wandte kein Auge von mir. Er ist so groß, daß unsere Köpfe auf gleicher Ebene sind, wenn er diese Stellung einnimmt. Er machte davon Gebrauch, indem er sogleich seine Zunge erhob — er hatte sie schon herausgestreckt, sie hing ihm in der Hitze herunter —, da ich immer noch wort- und reglos dastand, und mir einmal übers ganze Gesicht leckte. Das mag ich nun gar nicht, und so machte ich mich davon. Außerdem war mir ein Gedanke gekommen.

Im Blumenbeet an der Terrassenmauer würde es bestimmt Unkraut geben. In Blumenbeeten gibt es immer Unkraut, und Unkrautjäten ist anstrengend. Außerdem braucht man zum Unkrautjäten nur seine beiden Hände, und Antoine konnte mich nicht daran hindern, diese zu benutzen. Folglich würde ich jäten — mich bücken und Unkraut herausreißen und auf diese Weise das seltsame sonnenbeschienene, leerstehende, ausgestorbene kleine Haus vergessen . . .

Der unermüdliche Fleiß der Antoines war jedoch so groß und vielleicht auch die Erde so karg und unfruchtbar, daß ich eine halbe Stunde suchen mußte, ehe ich drei Stellen mit Unkraut fand, und selbst bei denen war ich mir nicht ganz sicher, und wußte nicht genau, ob ich nicht womöglich ein paar kostbare Exemplare alpiner Flora herausriß, die von Antoine absichtlich gepflanzt und gehegt wurden. Ich wußte lediglich, daß das, was ich herausriß, keine Schwertlilie, kein Rittersporn und kein Stiefmütterchen war; somit mußte es Unkraut sein. Jedenfalls zog ich drei fremdartige Kräutlein heraus und legte sie fein säuberlich nebeneinander, um sie Antoine zu zeigen. Dann setzte ich mich ins Gras und ruhte aus.

Bei der Suche nach Unkraut war ich ins Schwitzen gekommen, aber das würde natürlich nicht vorhalten. Es dauerte noch eine Ewigkeit, bis ich die Hühner füttern mußte. Ich setzte mich auf die Terrassenmauer und wußte nicht so recht, was ich als nächstes tun sollte. Es ist ein Jammer, daß die Antoines so gewissenhaft sind. Man kann es mit der Tugend auch übertreiben. Ein bißchen weniger Eifer, eine Spur wohlüberlegter Nachlässigkeit von ihrer Seite, und ich hätte etwas gefunden, um mich nützlich zu machen.

Es herrschte eine ganz außerordentliche Stille. Kein Laut war zu vernehmen. Selbst Mou-Mou, der hinterm Haus faul in der Hitze lag, regte sich nicht. Die ungeheure Helligkeit brach sich an der lackierten Holzfassade des Hauses und den geschlossenen Fensterläden all der nicht genutzten Zimmer. Seit fünf Jahren sind diese Zimmer nun schon abgesperrt. Die Fensterläden haben unter der aggressiven Sonne von fünf Sommern und der nicht minder aggressiven Sonne von fünf Wintern Blasen gezogen. Ihre Farbe, einst ein frisches, auffälliges Blau, ist zu einem faden Grau verblaßt. Ich saß da und starrte zu ihnen hoch. Gesetzt den Fall, sie würden plötzlich von innen geöffnet und die Gesichter von Leuten, die einst darin zu wohnen pflegten, schauten heraus?

Ein leichter Schauer lief mir über den Rücken.

Aber würde ich mich denn nicht darüber freuen? Wären es nicht die liebsten Geister? Das Zimmer dort ganz hinten zum Beispiel, so fest verschlossen nun, wo mein Bruder immer schlief, wenn er in seinen Ferien hier oben war. Wäre ich nicht begeistert, wenn er jetzt zu mir herunterschaute? Wie fröhlich er immer war, wenn er hier ankam — so gutgelaunt, weil er seine Arbeit eine Weile los war und sich mehrere himmlische Wochen lang in der Sonne ausstrecken würde! Wenn er in seinem Zimmer oben war, eilte er als erstes auf den kleinen Balkon, um zu schauen, ob der himmlische Blick auf das Tal gegen Osten mit der Kette schneebedeckter Berge quer über dem Talschluß immer noch so himmlisch sei, wie er ihn in Erinnerung hatte; und ich sah, wie er, den Kopf zurückgeworfen, die liebliche Luft in tiefen Zügen einsog, ganz verzückt, strahlend vor Freude, wieder hier zu sein, und zu mir herunterrief, ich solle schnell kommen und schauen, denn die Aussicht sei noch nie so schön gewesen wie in diesem Augenblick und werde bestimmt nie wieder so schön sein.

Ich hatte ihn so lieb. Ich glaube, es hat noch nie ein Mensch einen so lieben Bruder gehabt. Er war so begeisterungsfähig und verständnisvoll, es dauerte so lange, bis er mal wütend wurde, und er hatte einen so klaren Verstand und ein so gutes Herz. Natürlich ist er gefallen. Solche Leute fallen immer, wenn irgendwo das große Töten beginnt. Gleich zu Beginn des Krieges meldete er sich als Freiwilliger, und obzwar ihn seine zarte Konstitution lange Zeit rettete, wurde er letztlich doch dahingerafft. Das war im März 1918. Er fiel in der ersten Woche. Ich hatte ihn so lieb, und er mich auch. Er gab mir Kosenamen und verzieh mir alle meine Entgleisungen.

Und im Zimmer daneben – o nein, ich will jetzt nicht alle Geister ans Tageslicht zerren. Über einige von ihnen kann ich wirklich nicht schreiben, der Schmerz sitzt zu tief. Seit ich zurück bin, habe ich noch keines der verschlossenen Zimmer betreten. Ich könnte es nicht ertragen. Hier draußen im Freien ist mein Blickfeld weiter, es macht mir nichts aus, zu den erinnerungsträchtigen Stellen zu gehen; aber ich weiß, daß jene Zimmer von Antoine genauso sorgfältig in ihrem alten Zustand belassen wurden, wie ich meines vorfand. Ich wage nicht einmal an diese Zimmer zu denken. Ich mußte von der Mauer aufstehen und mich von dem Blick auf diese Fensterläden lösen, denn plötzlich merkte ich, daß ich hart am Rand des schrecklichen Lochs stand, in das ich andauernd hineinzufallen fürchte – das große, schwarze, kalte Loch, in dem das Entsetzen lauert, in dem mir alles wieder bewußt wird . . .

Das ist der Grund, weshalb ich all das niederschreibe, einfach um nicht darüber nachzudenken . . .

Vor dem Schlafengehen

Ich muß noch aufschreiben, was danach geschah. Eigentlich sollte ich ja bereits im Bett liegen, aber ich muß noch schnell festhalten, wie mein Geburtstag endete.

Während ich also versuchte, mich durch Schreiben gegen die in mir hochkriechende Angst vor der Stille ringsumher zu schützen und nicht mehr an die verschlossenen Zimmer im ersten Stock zu denken, fing Mou-Mou auf einmal zu bellen an. Ganz plötzlich und wütend bellte er los; und das minutenlange Scheuern seiner Kette ließ vermuten, daß er an der Wand entlang zur anderen Seite des Hauses stürmte.

Schlagartig kam ich wieder zu mir. Ich sprang auf. Endlich war der Einbrecher da. Ich rannte ums Haus, um ihn zu begrüßen. Alles war besser als jene Fensterläden und diese heiße, sonnendurchflutete Stille.

Bereits auf dem Weg von der Terrasse hinters Haus — so schnell arbeitete mein wieder zur Vernunft gekommener Kopf — hatte ich beschlossen, den Ankömmling, wer immer es auch sein mochte, ob Einbrecher oder nicht, mit offenen Armen aufzunehmen. Sollte es wirklich ein Einbrecher sein, so wollte ich mir das Verhalten des Bischofs gegenüber Jean Valjean zu eigen machen und ihn dadurch vor der Sünde des Diebstahls retten, daß ich ihm mit allem, was er stehlen wollte, beschenken würde — ein Verhalten, das vielleicht auch mich selbst retten würde, gesetzt den Fall, der Einbrecher wäre einer von denen, die jeden Widerstand brutal abwürgen. Außerdem würde ich ihn, ob Einbrecher oder nicht, zum Abendessen einladen; ihn tatsächlich dazu nötigen, sich mit mir mein Geburtstagshuhn zu teilen.

Was ich sah, als ich ums Haus bog, waren zwei Frauen, die, knapp außer Reichweite des hochspringenden Mou-Mou, auf der Lawinenmauer standen, eher geduldig als ängstlich auf ihn hinabblickten und ihre schwarzen Röcke schürzten, damit er sie bei einem möglicherweise noch höheren Sprung nicht zu fassen kriegte. Es waren Fremde, keine Einheimischen. Vielleicht Witwen. Jedenfalls aber Frauen, die einen schmerzlichen Verlust erlitten hatten.

Sofort bat ich sie, hereinzukommen. Wie erleichtert und froh ich war, sie zu sehen! Zwei offensichtlich ehrenwerte Personen, Wesen aus Fleisch und Blut, keine Einbrecher, keine Gespenster, nicht einmal dem Geschlecht zugehörig, das man mit Raubüberfällen assoziiert — einfach nur zwei anständige, quicklebendige Frauen in tadellosem Aufzug bis zu den Regenschirmen, die beide trugen. Sie hätten in der Oxford Street auf einen Omnibus warten können, so tadellos waren sie gekleidet, so ausgehbereit wirkten sie. Knöpfstiefel, Regenschirm — seit ich hier bin, habe ich keinen einzigen Regenschirm gesehen. Gewöhnlich nimmt man bei einem Spaziergang im Gebirge einen festen Stock mit einer eisernen Spitze mit; aber warum sollte man eigentlich keinen Regenschirm mitnehmen? Wenn es dann regnet, kann man ihn aufspannen, und wenn die Sonne unerträglich sticht, ebenfalls, und auch er hat eine metallene Spitze, die man in den Boden rammen kann, bevor man einen steilen Abhang herunterrutscht.

»Bonjour«, sagte ich gespannt und schaute zu den beiden schwarzgekleideten Gestalten hoch, die sich wie Scherenschnitte gegen den Himmel abzeichneten.

»Je vous prie de venir me voir [Bitte, kommen Sie doch herein].«

Sie starrten mich an und hielten immer noch ihre Röcke vor dem hochspringenden Hund zurück.

Vielleicht waren es Italienerinnen. Italien ist nicht weit von hier, und Italienerinnen sind meistens schwarz gekleidet.

Ich kann ein paar Worte Italienisch und weiß, was man sagt, wenn man jemanden hereinbitten möchte, und so versuchte ich es damit.

»Avanti«, stieß ich atemlos hervor.

Sie kamen aber nicht näher. Sie standen immer noch bloß da und guckten.

Engländerinnen konnten sie meiner Meinung nach nicht sein, weil ich unter ihren schwarzen Röcken weiße, bestickte Baumwollunterröcke entdeckte, wie man sie in England schon seit fünfzig Jahren nicht mehr trägt, und jetzt nur noch in abgelegenen und besonders frommen Landstrichen auf dem Kontinent findet wie zum Beispiel in den strenggläubigen Bevölkerungsteilen des lutherischen Deutschland. Waren es etwa Deutsche? Der Gedanke beunruhigte mich. Wie könnte ich zwei Deutsche hereinbitten? Wie könnte ich mit Leuten am Tisch sitzen, deren männliche Verwandte erst vor kurzem die meinen getötet hatten? Oder vielleicht von diesen getötet wurden, nach den schwarzen Kleidern der beiden zu urteilen. Jedenfalls war Blut zwischen uns geflossen. Aber wie sollte ich der Versuchung widerstehen, sie hereinzubitten, wenn mir andernfalls endlose Stunden unerträglicher Stille und Einsamkeit bevorstanden, bis am Abend jene Antoines zurückkehrten, die ich nie hätte gehen lassen sollen? Und noch dazu an meinem Geburtstag!

Ich kann ein paar Worte Deutsch — es ist erstaunlich, aus wie vielen Sprachen ich ein paar Worte kenne —, und so rief ich ihnen zwischen zwei Bellern Mou-Mous eines zu.

»Deutsch?« fragte ich.

Sie reagierten nicht darauf.

»Mehr Sprachen spreche ich nicht«, sagte ich hierauf ganz verzweifelt.

Nun blieb mir nur noch, es mit Zeichensprache zu versuchen, die ich ein bißchen kann; aber, ging es mir durch den Kopf, falls sie nicht zufällig taubstumm sind, wären sie darüber vielleicht nicht gerade begeistert. Also schaute ich nur verzweifelt zu ihnen hinauf, streckte meine Hände aus und zog die Schultern zu den Ohren hoch wie Mrs. Antoine, wenn sie mir zu verstehen gibt, daß die Butter alle ist.

Woraufhin mir die Ältere der beiden — keine war mehr jung, aber eine war weniger jung — in ruhigem Englisch mitteilte, daß sie sich verlaufen hätten, und mich bat, ihnen den Weg zu zeigen und dem Hund zu sagen, nicht einen solchen Heidenlärm zu machen, damit sie meine Worte deutlich verstehen könnten. »Er ist ein hübscher Kerl«, sagte sie, »aber wir wären froh, wenn er etwas weniger Lärm machen würde.«

Die Jüngere sagte nichts, lächelte mir aber zu. Sie sah nett aus und war von dem Spaziergang in der Mittagshitze gerötet und schweißnaß. Die andere war kantiger; in Anbetracht des Wetters und der Steigung des Hangs, den sie entweder herauf- oder heruntergekommen waren, schien sie ganz unnatürlich trocken zu sein.

Ich faßte Mou-Mou am Halsband und führte ihn zu seiner Hütte. »Du bleibst hier und bist brav«, sagte ich zu ihm, obwohl ich weiß, daß er kein Wort Englisch versteht. »Er tut Ihnen nichts«, versicherte ich den Fremden, als ich zu ihnen zurückging.

»Ach«, entgegnete die Ältere der beiden; und fügte hinzu: »Das habe ich den Leuten von *meinem* Hund auch immer erzählt.«

Sie standen noch immer reglos da, schürzten ihre Röcke, und die Jüngere lächelte mir zu.

»Wollen Sie nicht herunterkommen?« fragte ich. »Und sich drinnen im Haus ein bißchen ausruhen? Wenn Sie hereinkommen, kann ich Ihnen besser erklären, welchen Weg Sie nehmen müssen. Schauen Sie — Sie gehen diesen Pfad dort lang, und der führt sie ums Haus herum zur Eingangstür.«

»Wird der Hund an der Haustür sein?« fragte die Ältere.

»O nein — außerdem würde er keiner Fliege etwas zuleide tun.«

»Ach«, sagte die Ältere mit einem Seitenblick auf Mou-Mou, der sie von seiner Hütte aus beäugte. »Das habe ich den Leuten von *meinem* Hund auch immer erzählt.«

Die Jüngere stand da und lächelte mich an. Keine von beiden rührte sich von der Stelle.

»Ich komme hoch und bringe Sie herunter«, sagte ich und eilte zu dem Pfad, der von der Terrasse den Hang hochläuft.

Als sie sahen, daß dieser Pfad sie tatsächlich von Mou-Mou wegführte, kamen sie mit mir.

Kaum hatten sie sich in Bewegung gesetzt, da stürzte er auch schon los und stürmte an seiner Stange entlang, kam aber zu spät an und konnte nur bellend hin- und herspringen.

»Das ist reiner Übermut«, sagte ich. »Er ist wirklich völlig gutartig und lieb.«

»Ach«, sagte die Ältere, »das habe ich den Leuten von *meinem* Hund — «

»Geben Sie auf diese losen Steine acht«, unterbrach ich sie und half einer jeden das letzte, mit Geröll bedeckte Stück herab auf die Terrasse.

Beide hatten schwarze Glacéhandschuhe an. Als ich diese warmen Handschuhe meine Hand drücken fühlte, gab es für mich keinen Zweifel mehr, daß die beiden im Grunde einen Omnibus in der Oxford Street brauchten.

Nachdem sie wieder ebenen Boden unter den Füßen hatten und außer Sichtweite von Mou-Mou gelangt waren, schritten sie recht selbstbewußt dahin. Besonders die Ältere. Die Jüngere zwar auch, doch schien sie eher ein Vorbild nachzuahmen, als selbst mit einer bestimmten Haltung den Anfang zu machen. Vielleicht sind sie mit einem Lord Mayor verwandt, dachte ich. Oder einem Pfarrer. Aber dieses etwas dünkelhafte Gehabe, das typisch ist für Leute, die sich auf ihren familiären Hintergrund etwas zugute halten, sprach eher für einen Lord Mayor.

Sie seien den Berg hochgestiegen, erzählte mir die Ältere, auf der Suche nach einem kühlen Fleckchen, wo sie bleiben könnten, denn bei diesem Wetter sei es im Tal unerträglich. Vor Jahren hatten sie diese Gegend kennengelernt und sich nun einer Pension ganz oben im höchstgelegenen Dorf entsonnen, und nach großen Strapazen und frühem Aufstehen heute morgen seien sie dort angelangt, nur um feststellen zu müssen, daß daraus ein Sanatorium für Lungenkranke geworden war. Man sei dort auf die Bedürfnisse vorüberkommender Touristen überhaupt nicht eingerichtet, ja, man verspüre dort im Grunde auch keinerlei Verlangen, ihnen in irgendeiner Weise behilflich zu sein. Wenn ich nicht gewesen wäre, sagte sie, als sie an der schattigen Seite des Hauses saßen, Limonade tranken und Biskuits aßen, wenn ich nicht gewesen wäre und das, was sie mit offenkundiger Dankbarkeit — sie konnte ja nicht ahnen, wie ich mich freute, sie beide zu sehen! — meine Gefälligkeit nannte, hätten sie sich mit leerem Magen und über Stock und Stein, da sie den richtigen Weg ja verloren hatten, wieder ins Tal hinabhangeln müssen, und sie wolle gar nicht daran denken, in welchem Zustand sie jenen schrecklichen Backofen von einer Pension wieder betreten hätten. Müde, wie sie jetzt seien. Enttäuscht und fürchterlich erhitzt. Wie überaus angenehm es hier oben sei. Was für ein entzückendes Fleckchen Erde! Diese Luft! Dieser Blick! Und wie wohltuend und unvermutet, einer Landsmännin über den Weg zu laufen!

Zu all diesen Worten schwieg die Jüngere und lächelte zustimmend.

Sie seien schon so lange im Ausland, fuhr die Ältere

fort, daß sie einen starken Überdruß empfänden angesichts der Fremden, die hier so in der Überzahl seien. In ihrer Pension gebe es nur Fremde und Fliegen. Das Haus hier sei nicht zufällig — nein, natürlich nicht, aber es war nicht vielleicht doch zufällig —, ihre Stimme bekam plötzlich einen hoffnungsvollen Unterton — eine Pension?

Ich schüttelte den Kopf, mußte darüber lachen und verneinte. Die Jüngere lächelte mir zu.

O nein — natürlich nicht, fuhr die Ältere fort, und ihre Stimme wurde wieder kaum hörbar. Und ich könne ihr bestimmt auch keine Pension in der Nähe nennen, wo sie Aufnahme fänden, solange diese große Hitze andauerte? Wirklich, im Tal bekomme man kaum noch Luft. Das beste Hotel am Platze, in dem es ihres Wissens ein paar kühle Zimmer gebe, übersteige ihre finanziellen Mittel, deshalb wohnten sie in einem der kleinen, und die Fliegen seien eine Plage. Anscheinend hätte ich keine Fliegen hier oben. Und welch wunderbare Luft! Nachts sei es bestimmt richtig kühl. Die Nächte im Tal seien eine Zumutung. Man könne kaum schlafen.

Ich bat sie, zum Essen zu bleiben. Sie nahmen dankbar an. Als ich sie in mein Zimmer führte, damit sie sich die Hände waschen konnten, seufzten sie vor Wonne, weil es so schön kühl und ruhig dort war. Sie fanden das Innere des Hauses herrlich geräumig und weitläufiger, sagte die Ältere, während die Jüngere nur zustimmend lächelte, als man aufgrund des äußeren Eindrucks erwartet hätte. Während ich in die Küche ging, um zu schauen, wie weit die Kartoffeln waren, ließ ich sie im Aufenthaltsraum zurück, wo sie zufrieden seufzend aufs Sofa sanken, ihre schwarzen Toques und Handschuhe auf einem Stuhl daneben legten und durch die offene Haustür auf die Aussicht blickten.

Wenig später aßen wir im Schatten des Hauses zu Mittag, und die fremden Damen bezeugten mir weiter größte Dankbarkeit, die Ältere mit Worten, die Jüngere lächelte zustimmend. Wenn ich sagen sollte, welche von beiden mir lieber ist, was mir schwerfällt, da mir beide hochwillkommen sind, so würde ich der Jüngeren den Vorzug geben, weil sie lächelte. Ich mag Leute, die lächeln. Meistens deutet das auf ein sehr angenehmes Wesen hin.

Nach dem Mittagessen, während ich den Tisch abräumte, da ich ihre höflichen Angebote, mir dabei zu helfen, abgelehnt hatte — denn sie merkten nun, daß ich allein im Haus war, wozu sie jedoch, obwohl es sie überrascht haben muß, keinen Kommentar abgaben —, gingen sie wieder ins Haus zu dem Sofa, dessen weiche Kissen eine besondere Anziehung auf sie auszuüben schienen; und als ich zum letztenmal zurückkam, um die Brotkrumen zu beseitigen und die Tischdecke wegzunehmen, sah ich, daß beide eingeschlafen waren. Die Ältere hatte sich ihr Taschentuch übers Gesicht gelegt.

Die armen Wesen. Wie müde sie waren. Wie froh ich war, daß sie ausruhten und sich abkühlen konnten. Ein Schläfchen würde den beiden guttun.

Als ich die letzten Sachen von draußen hereintrug, schlich ich mich auf Zehenspitzen hinter ihnen vorbei und gab mir Mühe, in der Küche keinen Lärm zu machen. Wo ich nun schon einmal Gäste zum Essen hatte, wäre ich viel lieber bei ihnen sitzen geblieben, um ein wenig zu plaudern. Da ich so lange mit keiner Menschenseele mehr gesprochen hatte, kamen mir die beiden Engländerinnen, die so plötzlich aus heiterem Himmel hereingeschneit waren, wie von Gott gesandt, wie ein besonders willkommenes Geburtstagsgeschenk vor. Bis zu diesem Augenblick war ich andauernd beschäftigt gewesen, zuerst damit, Limonade zu holen, um ihren Durst zu löschen, dann mit dem Mittagessen, um ihren Hunger zu stillen, und zwischendrin hatte sich die Ältere in Dankbarkeitsbekundungen und weitläufigen Erörterungen über das Haus und das, was sie die Ländereien nannte, ergangen. Ich hatte mich auf ein richtiges Gespräch nach dem Mittagessen gefreut, bevor sich bei ihnen nach etwa einer Stunde der Wunsch regen würde, den langen Abstieg zu ihrer Pension anzutreten — ein Gespräch, in dem wir uns, ohne daß eine von uns brilliert hätte, denn man brauchte uns nur anzuschauen, um zu erkennen, daß dem nicht so sein würde, doch wenigstens amüsante Dinge über, sagen wir mal, Lord Mayors hätten erzählen können. Zwar kenne ich persönlich keine Lord Mayors, obwohl ich jemanden kenne, dessen Bruder die Tochter eines solchen geheiratet hat; aber sollten sie einen Lord Mayor aus dem Ärmel zaubern können, wie ich vermutete, konnte ich immerhin mit einem Dekan aufwarten. Der macht vielleicht nicht ganz so viel her, hält aber länger vor. Und ich wollte mich ja unterhalten. Ich habe so lange geschwiegen, daß ich das Gefühl hatte, über fast alles reden zu können.

Na schön, da sie ein Nickerchen hielten, die armen Dinger, wollte ich in der Zwischenzeit die Küche aufräumen, und danach, wenn das erledigt war, hätten sie sich bestimmt erholt und würden mit mir gern ein halbes Stündchen angenehm plaudern.

Während des Aufräumens warf ich immer mal wieder einen Blick ins Aufenthaltszimmer, für den Fall, daß sie inzwischen wach wären, aber jedesmal schienen sie höchstens nur noch fester zu schlafen. Die Jüngere, das gerötete Gesicht zur Hälfte in einem Kissen vergraben, das blonde Haar leicht zerzaust, wirkte rührend in ihrer fast kindlichen Hilflosigkeit; die Ältere, die sich umsichtig ihr Taschentuch aufs Gesicht gelegt hatte, schlief in einer steiferen Haltung, nicht so hingegossen, aber viel fester. Die armen Dinger. Wie froh ich war, daß sie auf diese Weise für den langen, beschwerlichen Abstieg ins Tal Kräfte sammeln konnten; aber gleich darauf wünschte ich mir auch, sie würden aufwachen.

Ich beendete, was ich in der Küche zu tun hatte, und kehrte in den Aufenthaltsraum zurück. Sie schliefen nun schon fast eine halbe Stunde. Ich stand unschlüssig herum. Die Ärmsten, sie mußten furchtbar müde sein, um so schlafen zu können. Ich mochte sie gar nicht richtig ansehen, sie waren so schutzlos, und so nahm ich mir ein Buch und versuchte zu lesen, konnte jedoch nicht verhindern, daß meine Blicke alle paar Minuten über den Rand des Buches zum Sofa schweiften, und stets bot sich mir dasselbe Bild tiefen Friedens.

Bald schon legte ich das Buch beiseite, ging auf die Terrasse hinaus und beguckte mir eine Zeitlang die Aussicht. Auch die schien in nachmittäglichen Schlummer versunken zu sein. Kurz darauf schlenderte ich ums Haus herum zu Mou-Mou. Er schlief ebenfalls. Dann ging ich wieder zur Haustür und warf einen Blick auf meine Gäste

— immer noch keine Veränderung. Dann holte ich mir ein paar Zigaretten, wobei ich mich diesmal nicht ganz so vorsichtig bewegte, ging wieder hinaus und setzte mich auf die niedrige Terrassenmauer an eine Stelle, von wo aus ich direkt auf das Sofa blicken und jede mögliche Bewegung registrieren konnte.

Ich rauche nur, wenn ich mich langweile, und da ich mich nie langweile, rauche ich auch nie. Aber just an diesem Nachmittag hatte ich eine jener unkontrollierbaren Anwandlungen, geriet ich in eine jener Situationen, mit der ich nichts anzufangen weiß, wo ich mich dann tatsächlich langweile. Ich saß auf der Mauer und rauchte drei Zigaretten, und der Frieden auf dem Sofa blieb ungestört. Was sollte man machen? Was macht man, wenn man es mit Gästen zu tun hat, die partout nicht aufwachen wollen? Man kann sie doch nicht einfach wachrütteln. Dennoch war ich überzeugt — sie schliefen nun schon fast eine Stunde —, daß sie, höflich, wie sie nun einmal waren, entsetzt wären, wenn sie denn aufwachten und merken würden, daß sie geschlafen hatten. Zudem wurden die Schatten immer länger. Die beiden hatten einen langen Weg vor sich. Wenn doch nur Mou-Mou aufwachen und bellen würde! ... Aber es war mucksmäuschenstill. Der heiße Nachmittag brütete in atemloser Stille über den Bergen.

Wieder ging ich hinters Haus, legte bei der letzten Ecke eine Pause ein, damit das, was ich vorhatte, überfallartiger wirkte, und sprang plötzlich auf Mou-Mou zu.

Der entsetzlich kluge Hund riskierte gerade mal eben ein Auge, und dieses machte er sogleich wieder zu.

Empört über ihn kehrte ich zu meinem Sitz auf der

Mauer zurück und rauchte eine weitere Zigarette. Das Sofa bot immer noch das gleiche Bild: himmlischer Frieden. O ja, die Ärmsten — aber ich wollte mich doch mit ihnen unterhalten. Schließlich war ja heute mein Geburtstag.

Nachdem ich die Zigarette zu Ende geraucht hatte, stützte ich das Gesicht in die Hände und überlegte. Ein taktvoller Mensch — ach, aber ich habe keinen Takt; in den entscheidenden Situationen des Lebens war es mein Unglück gewesen, daß ich keinen habe. Nun gut, aber angenommen, ich wäre ein taktvoller Mensch — was würde ich tun? Sogleich blitzte die Antwort in meinem Kopf auf: zufällig gegen den Tisch stoßen.

Das tat ich denn auch. Schnell stand ich auf, ging in die Diele und klopfte gegen den Tisch, zuerst vorsichtig, und dann, da nichts darauf erfolgte, energischer.

Mein älterer Gast hinter dem Taschentuch atmete weiter tief und regelmäßig, aber zu meiner Freude regte sich der jüngere und schlug die Augen auf.

»Oh, ich habe Sie hoffentlich nicht geweckt?« rief ich aus und tat einen beherzten Schritt auf das Sofa zu.

Sie schaute mich ausdruckslos an und schlief wieder ein. Ich ging auf die Terrasse zurück und zündete mir noch ein Zigarette an. Das war die fünfte. Noch nie in meinem Leben habe ich so viel an einem Tag geraucht. Ich kam mir richtig emanzipiert vor. Und noch dazu an meinem Geburtstag. Als ich sie geraucht hatte, sah man an den Schatten auf dem Gras, daß es Zeit wurde für den Tee. Selbst wenn es noch ein bißchen früh war, würde vielleicht das Geklapper der Teetassen helfen, meine Gäste zu wecken; und ich fand, daß eine Einladung zum

Tee eine feinfühlige und gastfreundliche Art des Weckens sei.

Diesmal ging ich nicht auf Zehenspitzen durch die Diele, sondern lief ganz normal; und die Tür zur Küche öffnete ich ziemlich geräuschvoll. Dann drehte ich mich um und blickte nach dem Sofa zurück, um zu sehen, welche Wirkung das hatte. Es hatte überhaupt keine.

Wenig später stand der Tee draußen auf dem Tisch bereit, an dem wir den Lunch eingenommen hatten. Mindestens sechsmal war ich durch die Halle hin- und hergelaufen, die letzten beiden Male mit klapperndem Geschirr, das ich zudem noch absichtlich klappern ließ. Aber die Fremden auf dem Sofa schliefen friedlich weiter.

Es blieb mir nun nichts mehr übrig, als sie anzufassen. Ich konnte mir schlechterdings nicht vorstellen, wodurch ich sie wecken sollte. Aber ich fasse Gäste ungern an; ich meine, zwischendurch. Das habe ich noch nie getan. Besonders nicht, wenn sie nicht hinguckten. Und noch weniger, wenn es sich dabei um wildfremde Leute handelte.

Widerstrebend trat ich deshalb auf das Sofa zu und blieb unschlüssig davor stehen. Die Ärmsten, sie schienen sich wirklich im Tiefschlaf zu befinden. Es tat mir in der Seele weh, sie aus dem Schlaf reißen zu müssen. Aber sie hatten ja nun ein ganz ordentliches Nickerchen gehalten; sie hatten zwei Stunden lang tief und fest geschlafen. Und der Tee würde kalt werden, wenn ich sie nicht weckte, und, nebenbei bemerkt, wie sollten sie nach Hause kommen, wenn sie sich nicht bald auf den Weg machten? Dennoch, ich fasse Gäste ungern an. Insbesondere wildfremde Gäste . . .

Augenscheinlich blieb mir jedoch nichts anderes übrig, also beugte ich mich über die Jüngere — die andere wirkte zu ehrfurchtgebietend mit ihrem Taschentuch auf dem Gesicht — und legte ihr behutsam meine Hand auf die Schulter.

Es tat sich nichts.

Ich legte meine Hand erneut darauf, diesmal mit leicht verstärktem Nachdruck.

Die Augen öffnete sie zwar leicht, legte aber zu meiner Verwirrung ihre Wange liebevoll auf meine Hand und murmelte etwas, das verblüffenderweise wie Siegfried klang.

Siegfried ist mir ein Begriff, weil ich in die Oper gehe. Er war Deutscher. In Gestalt Siegfried Wagners und wohl auch so mancher anderer ist er es immer noch; und irgend jemand hat mir einmal erzählt, daß Deutsche, wenn sie ihrer Geringschätzung gegenüber dem Kaiser freien Lauf lassen wollten — damals war er noch kein Ex-Kaiser —, ohne wegen *lèse majesté* belangt zu werden, ihn lauthals und offen als Siegfried Meyer beschimpften, dessen Anfangsbuchstaben, S. M., auch für *Seine Majestät* stehen; durch Anwendung dieses einfachen Tricks kam jeder zu seinem Spaß, und keiner konnte sich auf den Schlips getreten fühlen. Als meine schlafende Besucherin »Siegfried« murmelte, drängte sich mir also die Vermutung auf, daß sie von einem Deutschen träumte; und als sie gleichzeitig ihre Wange auf meine Hand legte, mußte ich mir eingestehen, daß ihr Traum von Siegfried ein zärtlicher war. Was mich verwunderte.

Durchdrungen von Patriotismus — Patriotismus, der sich in den Wochen meiner Abwesenheit von England angestaut hatte — glaubte ich, diese englische Lady sofort aus einem Traum reißen zu müssen, der ihr nicht zur Ehre gereichte. Sie selbst, davon war ich überzeugt, würde einen solchen Traum als allererste bedauern. Somit zog ich meine Hand unter ihrer Wange weg — selbst wenn man sie aus Versehen für die eines Menschen mit Namen Siegfried hielt, war mir das unangenehm —, beugte mich zu ihr hinunter und sagte ihr ganz laut und vernehmlich ins Ohr: »Möchten Sie nicht zum Tee kommen?«

Davon erwachte sie endlich. Mit einem Ruck setzte sie sich auf und schaute mich einen Augenblick lang voll Befremden an.

»Oh«, sagte sie verwirrt, »habe ich geschlafen?«

»Ich bin sehr froh, daß Sie geschlafen haben«, sagte ich und lächelte sie an, denn sie lächelte mir schon wieder zu. »Ihre Kletterpartie heute morgen war wirklich entschieden zu anstrengend für Sie.«

»Oh, aber«, murmelte sie, stand rasch auf und strich sich das Haar glatt, »wie furchtbar, in Ihr Haus zu kommen und einzuschlafen — «

Und sie wandte sich zu der Älteren, und wieder versetzte sie mich in Erstaunen, als sie mit einer schnellen Handbewegung dieser das Taschentuch vom Gesicht zog und wie eine Mutter, die mit ihrem Baby spielt, sagte: »Guck–Guck.« Dann wandte sie sich wieder mir zu, lächelte und sagte nichts mehr, denn vermutlich wußte sie, daß die Ältere, die so gekonnt geweckt worden war, von jetzt an die Unterhaltung wieder allein bestreiten würde; was sie auch wirklich tat, da sie, wie ich befürchtet hatte, ungeheuer betroffen und entsetzt war, als sie merkte, daß sie nicht nur kurz mal eingeschlafen war, sondern tatsächlich zwei Stunden lang geschlafen hatte.

Wir tranken Tee; und während die Ältere von den Scherereien sprach, die sie mir bereitet zu haben fürchte, und der Scham, die sie empfinde, weil sie geschlafen hatten, und ihrer Dankbarkeit für das, was sie meine ausgedehnte und geduldige Gastfreundschaft nannte, wunderte ich mich die ganze Zeit über die andere. Wann immer sie meinen nachdenklichen und fragenden Blick auffing, lächelte sie mich an. Sie hatte ganz entzückende Augen, grau, sanft und intelligent, und wenn sie lächelte, kam ein niedliches Grübchen zum Vorschein. Ich wandte meinen Paleys *Gottesbeweise* und Sherlock Holmes vereinenden Scharfsinn auf sie an und kam zu dem Schluß, daß meine jüngere Besucherin Mutter ist oder war, weil sie so gekonnt das Taschentuch weggezogen und »Guck–Guck« gesagt hatte; daß sie entweder Witwe war oder ihren Mann seit einiger Zeit nicht mehr gesehen hatte, weil sie im Schlaf so liebevoll ihre Wange auf meine Hand gelegt hatte; und daß sie Musik liebte und oft in die Oper ging.

Nach dem Tee stand die Ältere schwerfällig auf — sie war schon viel zu weit gelaufen und offensichtlich nicht mehr in der Lage, noch einmal den ganzen Weg zurückzulegen — und sagte, wenn ich ihnen den Weg zeigen würde, müßten sie nun los, um ins Tal zu kommen.

Hierauf setzte die Jüngere gehorsam ihre Toque auf und half der Älteren, die ihre festzustecken. Es war mittlerweile fünf Uhr, und wenn sie sich nicht noch einmal verlaufen würden, wären sie um halb acht in ihrem Hotel; gerade rechtzeitig, sagte die Ältere, um am Ende der *table d'hôte* Platz zu nehmen, einer Mahlzeit, die durch die vielen Fliegen stark beeinträchtigt werde. Aber wenn sie sich noch dazu irgendwo verliefen, würde es viel später, wahrscheinlich dunkel werden.

Ich bat sie zu bleiben.

Bleiben? Die Ältere, die sich gerade ihre engen Glacéhandschuhe zuknöpfte, sagte, das sei sehr liebenswürdig von mir, aber sie könnten unmöglich noch länger bleiben. Es sei schon viel zu spät, weil sie unglückseligerweise eingeschlafen wären ...

»Ich meine, über Nacht bleiben«, sagte ich; und erklärte, sie würden mir damit einen Gefallen tun, und sie müßten deshalb bitte über alles hinwegsehen, was an einer solchen Einladung vielleicht unkonventionell erscheinen mag, denn wenn sie aufbrächen, würde ich bestimmt die ganze Nacht wachliegen und mir Sorgen machen, daß sie sich irgendwo zwischen den Karen verlaufen hätten oder abgestürzt seien, und wie viel angenehmer es doch sei, bei Tageslicht hinabzusteigen, und ich könnte ihnen alles borgen, was sie bräuchten, einschließlich einer Menge nagelneuer Zahnbürsten, die ich hier gefunden hätte — kurz und gut, ich lud sie nicht nur ein, ich drängte sie, hierzubleiben, und weil ich nun so richtig in Fahrt kam, wurde ich immer heftiger.

Während die Ältere redete und ich zuhörte, hatte ich andauernd ein heimliches Unbehagen empfunden. Hier war ich, eine Frau in einem Haus, das für Familienzusammenkünfte eingerichtet ist, während sie dort drunten im Tal aus Platzmangel vor Hitze umkamen. Beim Zuhören wurde mein Unwohlsein allmählich stärker. Bald fühlte ich mich schuldig. Und zu guter Letzt, als ich sie so total erschöpft auf dem Sofa schlafen sah, fühlte ich mich im Innersten irgendwie verantwortlich. Aber ich weiß natürlich nicht, ob es klug ist, Fremde zum Bleiben einzuladen.

Sie nahmen dankbar an. Sobald die Ältere begriff, wozu ich sie eifrig und beredt zu drängen versuchte, zog sie die Nadeln aus ihrer Toque und legte sie wieder auf den Stuhl; und die andere tat es ihr nach und lächelte mich an.

Als die Antoines nach Hause kamen, ging ich ihnen entgegen. Inzwischen hatten sich meine Gäste in ihre Schlafzimmer mit ihren nagelneuen Zahnbürsten zurückgezogen. Sie waren sehr früh aufgestanden, beide so steif, daß sie kaum mehr gehen konnten. Bis sie nach oben gingen, waren alle Augenblicke, die ich zwischen meinen hastig getroffenen Vorbereitungen für ihre Bequemlichkeit erübrigen konnte, wie früher am Tag vollkommen mit den Dankbarkeitsbezeigungen der Älteren gefüllt; es hatte sich keine Gelegenheit zu einem richtigen Gespräch ergeben.

»*J'ai des visites* [Ich habe Besuch]«, sagte ich zu den Antoines, denen ich entgegenging, als ich sie durch die abendliche Stille den Weg hochkommen hörte.

Antoine war nicht überrascht. Er sagte bloß: »*Ça sera comme autrefois* [Es wird so sein wie früher]«, und begann, die Fensterläden zu schließen.

Aber ich bin es. Vor lauter Überraschung kann ich nicht ins Bett gehen. Ich sitze hier und kritzele diese Zeilen hin, wo ich doch längst im Bett liegen sollte. Wer hätte gedacht, daß der Tag, der so ereignislos begann, damit enden würde, daß zwei meiner Zimmer belegt sind — und daß in jedem eine Witwe wohnt? Denn beide sind Witwen, das sagten sie mir: Witwen, die ihre Männer auf friedliche Weise verloren haben; es hatte nichts mit dem Krieg zu tun. Sie heißen Mrs. Barnes und Mrs. Jewks — zumindest hörte sich der Name der Jüngeren so an; ich weiß nicht, ob ich ihn richtig geschrieben habe. Sie kommen aus Dulwich. Ich glaube, die Ältere hatte zuletzt doch gewisse Zweifel und erinnerte sich anscheinend, was man einem Lord Mayor schuldig ist, als ihr bewußt wurde, daß sie in einem fremden Haus zu Bett ging, das jemandem gehörte, den sie überhaupt nicht kannte; denn sie sah mich mit einem leicht entschuldigenden Ausdruck an und meinte etwas unsicher, daß der Krieg doch viele Barrieren niedergerissen habe, und daß die Menschen heute Dinge täten, die sie sich vor fünf Jahren nicht hätten träumen lassen.

Die andere sagte gar nichts, aber sie gab mir doch tatsächlich einen Kuß. Ich hoffe, sie hat mich nicht schon wieder mit Siegfried verwechselt.

15. August

Meine Gäste sind wieder fort, aber nur, um ihre Sachen zu holen und ihre Hotelrechnung zu begleichen. Dann werden sie zurückkommen, um hier bei mir zu wohnen, bis es nicht mehr ganz so heiß ist. Morgen kommen sie zurück, nicht heute. Aufgrund irgendeiner Vereinbarung mit ihrer Pension, die ihnen eine sofortige Abreise erschwert, sind sie gebunden.

Beim Frühstück schien Mrs. Barnes alle ihre gestrigen Zweifel überwunden zu haben, denn als ich ihr vorschlug, während der Hitzeperiode hier oben zu wohnen, willigte sie sogleich ein. Ich hatte nicht geschlafen, weil ich andauernd an die beiden Frauen dachte. Mußte ich sie nicht angesichts ihrer unbequemen Lage und meiner vielen leerstehenden Zimmer einladen zu bleiben? Gegen Morgen war mir klar, daß ich gar nicht anders konnte. Ich würde sie bitten. Doch als ich mir Mrs. Barnes' Blick vor dem Schlafengehen in Erinnerung rief, war ich mir nicht sicher, ob sie mein Angebot annehmen würde. Vielleicht wollte sie sich zuerst über mich erkundigen, vorsichtig und umständlich, wie Frauen nun einmal sind — ach, wenn doch Frauen nicht immer so vorsichtig wären, sondern sich ganz spontan auf neue Freundschaften einließen! Sie wollte sich womöglich erst vergewissern, ob es einen guten Grund dafür gebe, daß ich hier oben ganz allein bin. Leider gibt es keinen guten Grund, sondern nur einen schlimmen. Aber zum Glück gilt Alleinsein im allgemeinen als ehrenwert, trotz der Äußerung, die Seneca von einem Philosophen überliefert, der zu einem allein seines Wegs kommenden jungen Mann gesagt haben soll: »Hüte dich vor schlechter Gesellschaft.«

Mrs. Barnes hat jedoch vermutlich keine Ahnung von Seneca. Jedenfalls zögerte sie nicht. Sie nahm das Angebot sofort an und sagte, daß sie mir unter diesen Umständen natürlich Auskünfte über sich und ihre Begleiterin schulde.

Ich stellte mich schon darauf ein, gleich meinen Dekan gegen den Lord Mayor ins Feld zu führen, aber letztlich erfuhr ich nicht mehr, als daß meine Gäste Schwestern sind; denn an diesem Punkt ihrer Ausführungen, der sehr schnell erreicht war, erschien die Jüngere, Mrs. Jewks, wieder. Als wir vom Frühstück aufgestanden waren, hatte sie sich schnell davongemacht und kam nun mit den Toques und den Handschuhen zurück und meinte, sie sollten lieber aufbrechen, bevor es noch heißer werde.

So machten sie sich denn auf den Weg, und der lange Tag hier war wunderschön gewesen — so friedlich, so ruhig, mit den herrlichen Bergen, die sich wie Opale gegen den Abendhimmel abhoben, und den Schatten, die drunten im Tal immer länger wurden.

Anders als gestern habe ich heute nicht das Bedürfnis, mich zu unterhalten. Heute bin ich mit allem, wie es ist, vollauf zufrieden: mit der Sonne, der Stille, dem Schmusen des lustigen weißen Kätzchens mit dem schwarzen Fleck ums linke Auge — und ich habe die wohltuende Gewißheit, daß meine neuen Freundinnen zurückkommen.

Ich glaube, durch diese Gewißheit erscheint mir der heutige Tag wertvoller. Für eine Weile, für mindestens eine Woche, nach dem tiefblauen Himmel zu urteilen, ist er der letzte einer Reihe von wunderbaren Tagen, die ich erst jetzt, wo sie vorbei sind, so richtig zu schätzen weiß. Wie auf einer Leiter bin ich während dieser Tage langsam aus der tiefen Düsternis am Anfang hochgeklettert. Es war, als habe ein Mensch, der kurz vor dem Ertrinken stand, unter der Wasseroberfläche ein paar Stufen gefunden, und sei diese Stufen zu Licht und Luft hochgekrochen. Aber jetzt, wo ich mich zumindest wieder soweit gefangen habe, daß ich Luft und Licht atme und hoffen kann, nicht wieder hinunterzugleiten, ist es wirklich Zeit, daß ich aufstehe, mich schüttele und nützlich mache. Und siehe da: gerade in dem Moment, da mir das klar wird, da ich merke, daß ich sozusagen reif bin, Früchte zu tragen, da tauchen auf dem Schauplatz Mrs. Barnes und Mrs. Jewks auf, so als wären sie die Hebammen der Vorsehung.

Nun, das hat Zeit bis morgen. Noch ist heute, und ich empfinde jede dieser friedlichen Stunden als sehr kostbar. Ich bin gespannt, was meine neuen Freundinnen gerne lesen. Angenommen — ich wollte sagen, angenommen, sie mögen *The Rosary*; aber ich will das nicht annehmen, denn wenn es ans Vermutungen anstellen geht, warum dann nicht das Gegenteil annehmen? Was spricht beispielsweise dagegen, daß Ihnen *Eminent Victorians* gefällt und wir drei eines Abends dasitzen werden und uns gegenseitig mit Zitaten daraus zum Lachen bringen und uns vor Vergnügen in unseren Sesseln biegen? Es ist ebenso leicht möglich wie alles andere, und da ich die literarischen Vorlieben dieser Damen noch nicht kenne, ist eine Vermutung ebenso wahrscheinlich wie eine andere.

Dennoch weiß ich nicht so recht — ich vergaß ihre Unterröcke. Ich kann mir nicht vorstellen, daß Mr. Lytton Strachey Freundinnen hat, die solche Unterröcke tragen, so eminent viktorianisch letztere auch sein mögen; er hätte zwar natürlich nicht den sichtbaren Beweis, das sie solche tragen, es sei denn, er wäre mit mir gestern unterhalb jener Mauer gestanden, während sie hier oben ihre Röcke schürzten, aber das, was ein Mensch darunter trägt, sickert doch irgendwie in sein Benehmen durch. Ich weiß noch, wie ich einmal in Amerika wegen allzu großer Hitze meine biederen Unterröcke ablegte und mir welche aus rosa Chiffon kaufte, die ich dann anzog, und sogleich machte sich der rosafarbene Chiffon unterm Kleid in meinem Verhalten bemerkbar, das plötzlich eine etwas verwegene Note bekam. Man braucht nur zu beobachten, wie sich eine Frau benimmt, um zu wissen, was für eine Unterwäsche sie trägt. Ich habe erlebt, daß allein schon das Wissen, seidene Strümpfe zu tragen, aus einem willfährigen Frauchen, das sonst nur an wollene gewöhnt war, eine kleine *femme fatale* macht.

19. August

Seit drei Tagen habe ich nichts mehr geschrieben, weil ich alle Hände voll zu tun hatte, mich meinen Gästen zu widmen.

Sie nennen einander Kitty und Dolly. Unvermeidlicherweise hießen sie nun einmal so, erklärten sie mir, weil man ihnen diese Namen bei ihrer Geburt gegeben habe, die bei der einen fünfzig und bei der anderen vierzig Jahre zurückliegt. Ich wollte wissen, warum dies unvermeidlich sei, und sie lenkten meine Aufmerksamkeit auf das Faktum, daß Vornamen der Mode unterworfen sind, indem sie behaupteten, daß man das Alter von Leuten gewöhnlich aus ihren Vornamen erraten könne. Wenn sie zehn Jahre früher geboren wären, sagten sie, hätten sie Ethel und Maud geheißen; wenn sie zehn Jahre später geboren wären, hatte man sie Muriel und Gladys genannt; und wenn sie erst vor zwanzig Jahren geboren wären, hießen sie jetzt bestimmt Elizabeth und Pamela. Stets führt Mrs. Barnes das Wort; aber es entsteht der Eindruck, als erzählten sie mir alles gemeinsam, weil Mrs. Jewks immer so zustimmend lächelt.

»Unsere lieben Eltern, beide schon längst tot«, sagte

Mrs. Barnes und rückte sich ihre Brille bequemer auf der Nase zurecht, »scheinen nicht bedacht zu haben, daß wir einmal alt werden würden, denn wir wurden nicht etwa auf die Namen Katherine und Dorothy getauft, auf die wir hätten zurückkommen können, als wir keine jungen Mädchen mehr waren, nein, wir hießen von Anfang an Kitty und Dolly und kamen tatsächlich in diesem Zustand aus dem Taufbecken.«

»Ich habe nichts gegen Dolly«, murmelte Mrs. Jewks. Mrs. Barnes warf ihr einen, wie mir schien, leicht beunruhigten Blick zu und wies sie zurecht. »Das solltest du aber«, sagte sie. »Ab neununddreißig sollte keine Frau mehr gern Dolly heißen.«

»Ich fühle mich immer noch genau *wie* Dolly«, murmelte Mrs. Jewks.

»Es ist ausgesprochen mißlich«, sagte Mrs. Barnes kopfschüttelnd. »Nachdem man ein bestimmtes Alter erreicht hat, Dolly genannt zu werden, ist schon schlimm genug, aber noch weitaus schlimmer ist es, wenn man sich auch noch so fühlt. Was mir zu denken gibt«, fuhr sie, zu mir gewandt, fort, »ist, daß wir uns auch dann noch immer mit diesen Namen anreden lassen müssen, wenn wir wirklich alt sind — im Rollstuhl sitzen, nicht mehr laufen können und gewiß mit dem Löffel gefüttert werden. Das wird uns um die Würde des Alters bringen.«

»Ich glaube nicht, daß mir das etwas ausmachen wird«, murmelte Mrs. Jewks. »Ich werde mich immer noch genau *wie* Dolly fühlen.«

Wieder las ich aus Mrs. Barnes' Blick, mit dem sie ihre Schwester ansah, ein gewisses Unbehagen — ja, tatsächlich die Besorgnis eines Menschen, der sich verantwortlich fühlt.

Und später dann, als ihre Schwester ins Haus gegangen war, um etwas zu holen, legte sie mir eine Theorie dar, deren Richtigkeit, wie sie sagte, des öfteren durch die Ereignisse bestätigt worden sei, nämlich, daß Vornamen großen Einfluß auf das Verhalten ihrer Träger hätten.

»Nicht halb soviel«, dachte ich (sagte es aber nicht), »wie Unterröcke.« Denn seit Jahren kenne ich eine Person mit Namen Trixy, der in Sachen andauernder Melancholie und Schwermut wohl kaum jemand gleichkäme. Und ich kenne auch eine Isolda; eine höchst ehrenwerte, verheiratete Frau, die sich durch ein ausgesprochen heiteres Gemüt auszeichnet und großen Gefühlen geschickt aus dem Weg zu gehen versteht.

»Dolly«, sagte Mrs. Barnes, »hat, wie ich leider bekennen muß, nie meine Meinung geteilt. Hätte sie es, wären viele Dinge in ihrem Leben anders verlaufen, dann wäre sie auf der Hut gewesen, wie ich es gewesen bin. Ich bin froh, sagen zu können, daß ich, seit ich kein Kind mehr bin, nie etwas getan habe, was auch nur im entferntesten dem Namen Kitty entsprochen hätte.«

Das von sich behaupten zu können, entgegnete ich, sei, wie ich fände, eine ganze Menge. Es lasse, sagte ich, auf eine ganz bemerkenswert untadelige Vergangenheit schließen. Blitzartig schoß mir das Bild von dem Teufel durch den Kopf, der auf der Suche nach seinem Schwanz Antoine im Gang über den Weg lief. Ich wurde rot. Zum Glück merkte es Mrs. Barnes nicht.

»Was hat Dol — was hat Mrs. Jewks denn getan«,

fragte ich, »das Sie unmittelbar auf ihren Vornamen zurückführen zu können glauben? Sie brauchen es mir nicht zu erzählen, wenn Sie meine Frage für indiskret halten, was sie wohl auch ist, denn ich weiß, das bin ich oft, aber Ihre Theorie interessiert mich.«

Mrs. Barnes zögerte einen Moment. Sie überlegte wohl, ob sie sich nun gleich alles von der Seele reden oder noch ein paar Tage lang in bloßen Andeutungen ergehen solle, ehe sie mich ins Vertrauen zöge. Dieses kurze Gespräch fand gestern statt. Schließlich war sie erst seit zwei Tagen bei mir.

Sie dachte eine Weile nach, kam dann zu dem Schluß, daß zwei Tage ein zu kurzer Zeitraum seien, und entgegnete somit lediglich: »Meine Schwester ist manchmal ein bißchen vorschnell — oder vielleicht sollte ich besser sagen, war es. Aber an den Folgen vorschneller Entscheidungen hat man lange zu tragen, gewöhnlich das ganze Leben.«

»Ja«, pflichtete ich ihr bei und dachte reumütig an einige meiner eigenen.

Meine Neugier, was denn nun genau Dollys Vornamen mit ihrem Verhalten zu tun gehabt hatte, wurde davon freilich höchstens noch größer. Wir alle haben vermutlich schon einmal voreilig gehandelt (ausgenommen Mrs. Barnes, die sich das bestimmt nicht vorwerfen muß), und wenn wir über unseren eigenen Schatten springen und uns das ganz offen eingestehen könnten, bezögen wir vielleicht ein ganz unschuldiges Vergnügen daraus, die Folgen unserer Unbedachtheiten zu vergleichen. Aber Mrs. Barnes vermochte sich im Augenblick nicht zu Offenheit durchzuringen und wandte sich wieder dem Gesprächsthema zu, das sie seit ihrer Ankunft bereits sehr ausführlich behandelt hat, der herrlichen frischen Luft hier oben und wie sehr und wie dankbar sie diese zu schätzen wisse.

Heute ist Dienstag; und am Samstag abend — als sie wieder hierher zurückkehrten, mit ihrem gesamten Gepäck, das in einem Karren die endlosen Serpentinen des Weges hochgebracht wurde, während sie mit der ihnen eigentümlichen Unerschrockenheit die steilen Abkürzungen nahmen — hatten wir gewissermaßen unsere Visitenkarten ausgetauscht. Mrs. Barnes erzählte mir von ihrem verstorbenen Mann, gerade so viel, wie sie mir gegenüber für angemessen hielt, und im Gegenzug erzählte ich ihr und ihrer Schwester so viel von meinem Onkel, dem Dekan, wie mir angebracht erschien.

Es gibt so vieles, was man über ihn wissen sollte, daß einige Zeit damit draufging. Er war mir von großem Nutzen. Wie froh ich bin, daß ich ihn habe! Ein Dekan ist schließlich als Verwandter eine eindrucksvolle Respektsperson. Sein Talar deckt eine Menge familiärer Unzulänglichkeiten zu. Man kann ihn gegen das Licht halten und hin und her drehen und ihn aus jedem Winkel betrachten, und es findet sich nichts an ihm, was nicht einer eingehenden Untersuchung standhielte. Das kann man keineswegs von allen meinen Verwandten behaupten. Einer zumindest, obwohl er es leugnet, war sogar ein uneheliches Kind. Bei den anderen sind wir uns nicht sicher, aber bei diesem einen sind wir ganz sicher, daß er nicht so geboren ist, wie er hätte geboren werden sollen. Abgesehen davon, daß er dies beharrlich leugnet, ist er eine sehr gewinnende Persönlichkeit. Mein Onkel will seine Existenz einfach nicht zur Kenntnis nehmen. Wodurch ihm mein Onkel nicht gerade sympathischer wird.

Mit dem Dekan ließ ich es am Samstag abend bewenden, denn er hinterließ bei meinen neuen Freundinnen einen überaus befriedigenden Eindruck. Mrs. Barnes hält offensichtlich große Stücke auf Dekane, und Mrs. Jewks, die zwar nichts sagte, lächelte sehr freundlich, während ich ihn präsentierte. Sie ihrerseits warteten mit keinem Lord Mayor auf. Ich glaube mittlerweile fast, es gibt gar keinen. Ich glaube allmählich, ihr Dünkel verdankt sich ganz einfach dem Bewußtsein, Engländerinnen zu sein. Nicht daß sich Mrs. Jewks irgendwie darüber geäußert hätte, aber sie lächelt, während Mrs. Barnes ungeheuer patriotische Töne anschlägt. Ich schließe daraus, daß sie schon seit einiger Zeit aus England weg sind, was ihre patriotischen Gefühle naturgemäß so richtig in Wallung gebracht hat. Ich kann das sehr gut nachvollziehen. Immerhin ist es mir jedesmal so ergangen, wenn ich mich außerhalb Englands aufhielt.

20. August

Heute verbreitete sich Mrs. Barnes eingehender über das Leben jenes Mannes, den sie in ihren Schilderungen stets Mr. Barnes nennt.

Er war, sagte sie, Geschäftsmann und ging täglich in die City, wo er sich mit Häuten beschäftigte: getrockneten Häuten, versteht sich, die er kaufte und wieder verkaufte. Und obwohl Mr. Barnes aus diesen Häuten seinen Lebensunterhalt völlig mühelos und reichlich, wie es Mrs. Barnes schien, bestreiten konnte, solange er lebte, stellte sich doch nach seinem Tod heraus, daß er schon seit geraumer Zeit von seinem Kapital gelebt hatte, nicht etwa, deutete sie an, aus eigenem Verschulden, sondern vielmehr aus Gründen, die ihm zur Ehre gereichten. Dieses Kapital war fast gleichzeitig mit Mr. Barnes am Ende, und Mrs. Barnes blieb zum Leben nur noch das Haus in Dulwich, das zwar hübsch eingerichtet und in dem alles vom Feinsten war; denn Mr. Barnes hatte das, was Mrs. Barnes Firlefanz nannte, verabscheut; alles mußte aus Mahagoni sein und eine gute Küche geführt werden. Aber von Mahagoni kann man halt nicht leben, sagte Mrs. Barnes, und eine gute Küche kann man nicht führen, wenn es an den nötigen Zutaten fehlt. Deshalb wollte sie das Haus verkaufen und sich vom Erlös aus dem gesellschaftlichen Leben zurückziehen. Ihr Schwager jedoch schlug Pensionsgäste vor; so würde sie weiter in ihrem Haus wohnen können, wenn auch unter leicht veränderten Bedingungen. Damals begannen viele Leute, Pensionsgäste bei sich aufzunehmen. Sie würde, dachte er, dadurch nicht an gesellschaftlichem Ansehen verlieren. Insbesondere, wenn sie sich auf wirklich vornehme Leute beschränke, die sie ihre Lage nicht spüren lassen würden.

Anfangs war es etwas schwierig, aber sie gewöhnte sich daran, und es ging ihr recht gut, als der Krieg ausbrach. Da mußte sie Dolly beistehen. Sie gab ihr Haus und ihre Gäste auf, und ihre Mittel waren nun sehr beschränkt; denn sobald man verkaufen will, bemerkte Mrs. Barnes, scheint irgendwie niemand mehr kaufen zu wollen, und sie habe ihr schönes Haus für ein Butterbrot abgeben müssen —.

»Aber warum —«, unterbrach ich sie, bremste mich aber sogleich wieder.

Ich hatte gerade fragen wollen, weshalb Dolly nicht zu Mrs. Barnes gezogen sei und ihr bei der Bewirtung der Pensionsgäste geholfen habe, anstatt daß Mrs. Barnes diese aufgegeben hatte und zu Dolly gezogen war; aber ich hielt inne, weil eine solche Frage in unserem gegenwärtigen Stadium von Vertrautheit als ein bißchen indiskret hätte aufgefaßt werden können, zumal sich die beiden ganz auffällig hüteten, mir Fragen zu stellen. Nein, Vertrautheit kann ich es nicht nennen — dann also Freundschaft. Nein, auch Freundschaft paßt nicht; die einzige derzeit zutreffende Bezeichnung ist Bekanntschaft.

21. August

Meine Gäste sind so ungemein diskret, sie vermeiden es so geflissentlich und auffallend, Neugier zu zeigen oder Fragen zu stellen, daß mir nichts anderes übrigbleibt, als ihrem Beispiel zu folgen. Sie haben mich noch kein einziges Mal nach etwas gefragt. Den Dekan habe ich ihnen regelrecht aufgedrängt. Und außer zu der Lage des Hauses und der Aussicht machen sie auch sonst keinerlei Bemerkungen. Unsere Unterhaltung dreht sich, wenn nicht ausschließlich, so doch hauptsächlich darum. Noch nicht einmal auf Bücher sind wir bisher zu sprechen gekommen. Über *The Rosary* bin ich mir noch immer im unklaren. Ein- oder zweimal, als ich mit Mrs. Barnes allein war, hat sie die Rede auf Dolly gebracht, um die ihre Gedanken fast ständig zu kreisen scheinen, aber jedesmal brach sie mittendrin ab und stimmte wieder ihr Loblied auf die Lage des Hauses und die Aussicht an. Mit Dolly bin ich bisher noch kein einziges Mal allein gewesen; und auch über Mr. Jewks habe ich noch kein Sterbenswörtchen erfahren, obwohl Mrs. Barnes sich ausführlich über Mr. Barnes verbreitet hat.

22. August

Manchmal geht mein Temperament mit mir durch, und es entschlüpft mir eine Frage; aber bis jetzt konnte ich sie immer noch rechtzeitig zurückhalten und hinunterschlucken. Denn vielleicht ist es meinen neuen Freundinnen sehr schlimm ergangen, geradeso wie mir, und sie kämpfen sich womöglich gerade aus ihrem Unglück heraus, geradeso wie ich, und es gibt in ihren Erinnerungen noch Stellen, die so weh tun, daß sie sie nicht zu berühren wagen. Vielleicht müssen sie sich in Schweigen und Zurückhaltung üben, um Fassung zu wahren.

Auf ihren gelassen wirkenden Gesichtern ist jedoch nichts Derartiges zu erkennen; aber andererseits würden sie wohl auch auf meinem keinen entsprechenden Hinweis entdecken. Irgendwie kann ich mich an der schieren Gegenwart erfreuen. Ich lache, wenn jemand eine witzige Bemerkung macht; ich bin glücklich, wenn jemand nett zu mir ist. Der bloße Duft einer Blume, eine Redewendung, irgend etwas, die winzigste Kleinigkeit genügt, um mir den flüchtigen Augenblick lebenswert zu machen. Ich bin sicher, meine Gäste sehen es mir nicht an, daß es Momente gegeben hat, wo ich alles andere als heiter war; und auch ich kann mir, wenn ich die beiden so ansehe, nicht vorstellen, daß ihnen ihre Gelassenheit jemals abhanden gekommen ist: Mrs. Barnes ihre ernste Gelassenheit, Mrs. Jewks ihre heitere Gelassenheit.

Aber ich will jetzt keine voreiligen Schlüsse ziehen, wie es sonst meine Art ist. Selbst über Mrs. Barnes, die mir immer wie ein erhabenes Denkmal der Gelassenheit, ein Hort sanfter Erinnerungen vorkam, bin ich mir nicht mehr sicher. Und so sitzen wir denn alle friedlich auf der Terrasse, so präsentabel wie drei schmucke Häuser mit weißen Vorhängen in einer von ehrbaren Leuten bewohnten Straße. Keine von uns weiß, was in den anderen vorgeht, welches Durcheinander hinter der Fassade herrscht, welche Sorgen und Ängste sich dahinter verbergen. Womöglich gibt es nichts zu verbergen; vielleicht sind meine Freundinnen inwendig genauso aufgeräumt und gelassen, wie sie von außen scheinen. Jedenfalls ist jede bisher für sich geblieben, wie Mrs. Barnes sagen würde, und wir bieten einen höchst lobenswerten Anblick.

Nur halte ich nicht viel von dem Für-sich-bleiben-Standpunkt. Das Leben ist zu kurz, um sich beim Freundschaftschließen soviel Zeit zu lassen. Ich vertrete die Theorie — Mrs. Barnes ist nicht die einzige von uns dreien, die Theorien vertritt —, daß Zurückhaltung etwas Bedrückendes und Hemmendes ist. Außer über seinen allerbittersten Schmerz, den man wie das höchste Liebesglück nur Gott offenbart, sollte man über alles rückhaltlos offen sein. Und wenn man sich irrt, und wenn sich die andere Person als dieser Offenheit unwürdig erweist und weggeht und die Tatsachen verdreht, ist es nicht zu ändern — dieses Risiko geht man eben ein. Denn kann es etwas Schlimmeres geben als Mißtrauen und vorsichtiges, aus selbstsüchtigen Ängsten gespeistes Abwarten? Kann es etwas Schlimmeres geben, als seinen

Mitmenschen die Ehre zu verweigern, es als erwiesen anzusehen, daß sie sich, ob Männlein oder Weiblein, wie anständige Leute benehmen? Nebenbei, wie einsam . . .

23. August

Die Sonne glüht unvermindert weiter, und wir sitzen nach wie vor im Schatten, wie die Hühner auf der Stange.

Mrs. Barnes strickt ungeheuer viel. Den lieben langen Tag strickt sie Socken für Soldaten. Das hat sie sich während des Krieges angewöhnt, als sie, ich weiß nicht wie viele Paar Socken jährlich in die Schützengräben schickte, und jetzt kann sie es nicht mehr lassen. Ich nehme an, diese hier sind für karitative Einrichtungen bestimmt, denn wenn auch der Krieg zu Ende ist, so gibt es doch immer noch Beine auf der Welt, wie Mrs. Barnes zutreffend bemerkte.

Diese Bemerkung kam Mrs. Barnes vermutlich unter der Überschrift »Dolly« in den Sinn, denn mit einem Ausdruck liebevoller Besorgnis ließ sie den Blick kurz auf ihrer Schwester ruhen.

Mrs. Jewks hat noch nicht viel gesagt, aber jedesmal, wenn sie etwas sagte, gefiel es mir. Gewöhnlich murmelt sie vor sich hin, fast so, als könne sie nicht anders, wolle aber vermeiden, daß Mrs. Barnes mitbekommt, was sie sagt. Auch sie strickt, aber nur, glaube ich, weil ihre Schwester es gern hat, wenn sie strickend neben ihr sitzt, und nie besonders ausdauernd. Wie ich herausgefunden habe, besteht ihre Hauptbeschäftigung darin, Mrs. Barnes vorzulesen.

Aus Rücksicht auf mich geschah dies während der ersten vier Tage nicht in meiner Gegenwart, denn schließlich ist es nicht jedermanns Sache, vorgelesen zu bekommen, erklärte Mrs. Barnes hinterher; vielmehr zogen sie sich nach dem Mittagessen in ihre Zimmer im ersten Stock zurück — um zu schlafen, wie ich annahm, da ich wußte, wie gut sie das beherrschten; und erst allmählich wurde mir klar, daß das monotone, leise Gebrummel, das durchs Fenster zu der Stelle darunter drang, wo ich im Gras lag, nicht von Mrs. Barnes stammte, die Mrs. Jewks ausführliche Ratschläge erteilte, wie sie der mit den Namen Dolly verbundenen Gefahren am besten Herr werde, sondern daß Mrs. Jewks etwas vorlas.

Hierauf schlug ich ihnen vor, doch auf der Terrasse vorzulesen, wo es am Nachmittag viel kühler ist als irgendwo sonst im Haus; da ich ihnen versicherte, daß es mich in keiner Weise störe — in ihrer Höflichkeit und dem, was sie für ihre Schuldigkeit als Gast hält, erlahmt Mrs. Barnes keine Sekunde —, wird es nun so gemacht, und zwar auch vormittags. Denn, sagt Mrs. Barnes, wie viel besser ist es doch, sich mit den Äußerungen berühmter Leute zu beschäftigen, als die Stunden seines Lebens mit eigenem Gerede zu vertun.

Sie lesen Biographien und Geschichtswerke, aber nur solche, entnehme ich ihren Worten, die nicht jüngeren Datums sind; und manchmal, sagte Mrs. Barnes, lockern sie das, was Mrs. Jewks murmelnd diese gewichtigeren Formen der Prosa nannte, dadurch etwas auf, daß sie einen wirklich guten Roman lesen.

Sehr interessiert befragte ich Mrs. Barnes zum Thema Roman. Wie die Titel der wirklich guten lauteten, die sie gelesen hätten, wollte ich wissen. Und ich wartete gespannt auf die Antwort, denn hier war etwas, worüber wir uns unterhalten konnten und das weder mit der Lage des Hauses noch mit dessen Aussicht zu tun hatte und dennoch keinerlei Indiskretion enthielt.

»Ach«, sagte sie und schüttelte den Kopf, »es gibt nur ganz wenige wirklich gute Romane. Wir interessieren uns natürlich nur für die allerbesten, und die scheinen heutzutage nicht mehr veröffentlicht zu werden.«

»Ich vermute, die allerbesten sind zur Veröffentlichung ungeeignet«, murmelte Mrs. Jewks, den Kopf über ihr Strickzeug gebeugt, denn es war einer der Augenblicke, wo auch sie sich mit Socken beschäftigte.

»Es hat einmal sehr gute Romane gegeben«, fuhr Mrs. Barnes fort, die Dollys Bemerkung, glaube ich, nicht gehört hatte, »aber in den letzten Jahren sind in der Tat sehr wenige erschienen. Ich fürchte fast, wir werden nie mehr einen Thackeray oder einen Trollope erleben. Und dennoch vertrete ich die Theorie – und diese beiden Schriftsteller sind der schlagende Beweis dafür –, daß stilistische Gewandtheit und ein gesundes Weltbild durchaus keine Gegensätze sind.«

»Ich mag keine Thackerays und Trollopes mehr«, murmelte Mrs. Jewks. »Ich habe sie zur Genüge genossen. Jetzt möchte ich etwas anderes lesen.«

Dieser Einwand war zu lang, als daß Mrs. Barnes ihn hätte überhören können, und sie sah mich an wie jemand, der sagen will: »Na bitte! Was habe ich Ihnen gesagt? Ihr Name wirft sie aus der Bahn.«

Alles schwieg.

»Unser Vater«, sagte Mrs. Barnes in einem derart feierlichen Tonfall, daß ich momentan glaubte, sie werde nun sogleich merkwürdigerweise und um elf Uhr vormittags mit dem Vaterunser beginnen, »kannte Thackeray. Er verkehrte mit ihm.«

Und da ich nicht ganz sicher war, ob dies als Tadel für Dolly oder als Information für mich gedacht war, schwieg ich.

Als jedoch Mrs. Barnes nicht weitersprach, regte sich in mir der Verdacht, daß man von mir irgendeine Äußerung erwarte.

Also sagte ich etwas.

»Das«, sagte ich, »muß sehr — «

Ich suchte nach einem Wort der Begeisterung, fand aber keines. Es ist ein Jammer, daß mir nie Worte der Begeisterung einfallen, wenn ich keine empfinde. Sie scheinen sich in Luft aufzulösen; und aus purer Höflichkeit oder weil ich jemandem einen Gefallen tun möchte, zermarterte ich mir dann ganz verzweifelt das Gehirn. Das äußerste, was mir an diesem Vormittag schließlich dann doch noch einfiel, war »erfreulich«. Ich halte zwar nicht viel von diesem Prädikat. Es ist völlig nichtssagend; aber etwas Besseres fiel mir eben nicht ein, und so nahm ich es denn. »Das muß sehr erfreulich gewesen sein«, sagte ich; und selbst ich merkte, daß sich das ziemlich gelangweilt anhörte.

Mrs. Jewks sah mich an und lächelte.

»Es war mehr als erfreulich«, sagte Mrs. Barnes, »es war erhebend. Dolly hat das immer genauso empfunden wie ich«, fügte sie hinzu, die Augen vorwurfsvoll auf ihre Schwester gerichtet. »Es ist nicht Thackerays Schuld, daß sie es nicht mehr so empfindet.«

»Ich habe ihn ad acta gelegt, das ist alles«, sagte Mrs.

Jewks entschuldigend. »Jetzt möchte ich mal etwas *anderes* lesen.«

»Dolly und ich«, erläuterte mir Mrs. Barnes, »sind nicht immer gleicher Meinung. Ich vertrete die Theorie, daß man die Unsterblichen nie ad acta legt.«

»Würden Sie Thackeray als —«, begann ich zweifelnd.

Mrs. Barnes fiel mir sofort ins Wort.

»Unser Vater«, sagte sie — und wieder wollten sich meine Hände unwillkürlich zum Gebet falten —, »der ein hervorragender Literaturkenner war, ja ein Fachmann, wenn ich mich so ausdrücken darf, reihte ihn unter die Unsterblichen ein. Daher lasse ich ihn gerne dort.«

»Aber ist das nicht eher kindliche Ehrfurcht als —«, begann ich von neuem, immer noch schüchtern, aber auch eigensinnig.

»Auf jeden Fall«, unterbrach mich Mrs. Barnes und hob die Hand, als wäre sie Polizist und ich der Verkehr, »werde ich nie vergessen, welchen Einfluß er und die anderen großen Schriftsteller seiner Zeit auf die Knaben hatte.«

»Die Knaben?« konnte ich mich nicht enthalten zu fragen, obwohl das nach Verhör klang.

»Unser Vater unterrichtete Knaben. Nach einem ungewöhnlichen und neuartigen System. Da er keine klassische Bildung hatte, was, wie er sagte, ein Vorteil sei, weil er keine Zeit damit verbringen mußte, die Klassiker im Gedächtnis zu behalten, war er ein hingebungsvoller englischer Sprachwissenschaftler. Demgemäß lehrte er die Knaben Englisch — ausländische Knaben, weil englische Knaben natürlich bereits Englisch können, und seine Methode bestand darin, sie eingehend mit den großen Romanen vertraut zu machen — den großen, von dekadenten Anschauungen freien Romanen jener Epoche. Kein einziger von den französischen oder holländischen oder italienischen Knaben ging in seine Heimat zurück, ohne — «

»Oder deutschen«, warf Mrs. Jewks ein. »Die meisten waren Deutsche.«

Mrs. Barnes wurde rot. »Wir wollen sie vergessen«, sagte sie mit einer Handbewegung. »Es ist mein aufrichtiges Bestreben«, fuhr sie mit Blick auf mich fort, »die Deutschen zu vergessen.«

»Ja, vergessen wir sie«, sagte ich höflich.

»Keiner der Knaben«, fuhr sie hierauf fort, »kehrte in seine Heimat zurück, ohne sich ein profundes Wissen angeeignet zu haben über das umgangssprachliche Englisch der besten Epoche und der edelsten Ansichten jener Epoche, zu Papier gebracht von den edelsten Männern, was er durch keine andere Methode erreicht hätte. Unser Vater bezeichnete sich als Grammatikmuffel. Die Knaben kehrten nach Hause zurück, ohne die grammatischen Regeln zu kennen, und dennoch sprachen sie korrektes Englisch. Thackeray war die Grammatik, und seine Romanfiguren waren die Lehrer. Und so verhielt es sich auch mit Dickens, aber nicht in diesem Maße, wegen Gestalten wie Sam Weller, die den Knaben vielleicht Slang beigebracht hätten. Thackeray war ungeheuer interessiert, als ihm unser Vater von dieser Schule erzählte, und einmal, als er in London weilte, lud er ihn zum Mittagessen ein.«

Nicht ganz sicher, wer in London war und wer wen einlud, fragte ich: »Wer?«

»Unser Vater war es, der nach London fuhr«, sagte Mrs. Barnes, »und von Thackeray aufs freundlichste bewirtet wurde.«

»Er fuhr hin, weil er nicht bereits dort war«, erklärte Mrs. Jewks.

»Dolly will damit sagen«, erläuterte Mrs. Barnes, »daß er nicht in London lebte. Unser Vater war ein Oxforder. Nicht in der engeren technischen Bedeutung, die diesem Begriff mittlerweile anhaftet (sc. ehemaliger Student der Universität Oxford, Anm. d. Übers.), sondern in dem einfachen natürlichen Sinn, daß er in Oxford lebte. Auch wir beide sind dort geboren und wuchsen dort auf in einer Atmosphäre, die von Bildung geprägt war. Wir hatten die Colleges vor Augen, und bei uns zu Hause bekamen wir aus erster Hand mit, wie unser Vater unterrichtete. Denn auch wir wurden mit Thackeray und Dickens groß, in deren Romanen, so sagte unser Vater, wir alles fänden, was junge Mädchen wissen müssen, und nichts, was sie lieber nicht wissen sollten.«

»Mich hat es immer so richtig gejuckt«, murmelte Mrs. Jewks, »Dinge zu erfahren, die ich lieber nicht wissen sollte.«

Und wieder sah mich Mrs. Barnes an wie jemand, der sagen will: »Na bitte. Was habe ich Ihnen gesagt? Und noch dazu diese Ausdrucksweise: gejuckt!«

Alles schwieg. Mir fiel nichts ein, was nicht entweder neugierig erschienen wäre oder als Ermunterung für Dolly hätte ausgelegt werden können.

Mrs. Barnes sitzt zwischen uns. Diese Sitzordnung ergab sich am ersten Tag ganz zufällig und ungezwungen und hat sich mittlerweile so eingebürgert, daß ich mich scheue, sie zu verändern. Es wäre jetzt undenkbar, wenn ich mich auf den mittleren Stuhl fallen ließe. Er ist Mrs. Barnes' Platz. Dennoch würde ich gern neben Mrs. Jewks sitzen und mich mit ihr unterhalten. Oder besser noch, mit ihr einen Spaziergang machen. Aber es ist immer Mrs. Barnes, die zum Spaziergang aufbricht, entweder mit mir oder ohne mich, aber nie ohne Mrs. Jewks. Sie hat uns noch kein einziges Mal miteinander allein gelassen. Wenn irgend etwas geholt werden muß, ist es stets Mrs. Jewks, die es holt. Anscheinend haben sie kein Bedürfnis, Briefe zu schreiben, aber sollten sie ein solches empfinden, so würden bestimmt beide gleichzeitig ins Haus gehen und zur Feder greifen.

Dennoch kommen wir uns, glaube ich, mit der Zeit etwas näher. Zumindest haben wir uns heute einmal über etwas anderes als die Aussicht unterhalten. Es sollte mich nicht wundern, wenn ich in einer Woche, gesetzt den Fall, die Hitze dauert so lange an, Mrs. Barnes ganz direkt fragen würde, wodurch Dolly sie, wie es scheint, so nachhaltig entnervt hat.

Aber angenommen, sie rächte sich, indem sie mir Fragen stellte — oh, es gibt so vieles, was sie fragen könnte und worauf ich keine Antwort wüßte! Außer jene schmachvolle, verräterische Antwort, die damit beginnt, daß man erst einmal hilflos losheult . . .

24. August

Gestern abend rannte ich Mrs. Jewks nach, als sie gerade in ihrem Zimmer verschwinden wollte, und erklärte: »Ich werde Sie ab jetzt Dolly nennen. Jewks gefällt mir nicht. Wie schreibt sich das eigentlich?«

»Was — Dolly?« fragte sie lächelnd.

»Nein — Jewks.«

Aber Mrs. Barnes trat aus ihrem Schlafzimmer und sagte: »Haben wir etwa vergessen, Ihnen eine gute Nacht zu wünschen? Wie gedankenlos von uns.«

Und wir lächelten einander an und gingen in unsere Zimmer und schlossen die Türen.

25. August

Die Zeit ist ein merkwürdig Ding. Ich weiß nicht, wie sie es fertigbringt, daß einem manchmal Wochen wie Minuten und Tage manchmal wie Jahre vorkommen. Die Wochen, die ich hier allein war, kamen mir nicht länger als ein paar Minuten vor. Die Tage, seit meine Gäste hier sind, kommen mir wie Monate vor.

Vermutlich liegt es daran, daß sie so ausgefüllt sind. Niemand, der den Pfad heraufkommt und die drei Gestalten geruhsam auf der Terrasse sitzen sieht, die mittlere strickend, die rechte vorlesend, die linke anscheinend in Lethargie verfallen, würde annehmen, daß die Tage dieser Geschöpfe so ausgefüllt sind. Mancher ehrenwerte Faulpelz, der plötzlich von einem löblichen Tatendrang aufgerüttelt wird, macht gewiß einen regeren Eindruck als wir. Dennoch *sind* die Tage völlig ausgefüllt. Meine zumindest. Ausgefüllt mit ungeheurer Monotonie.

Jeden Tag tun wir genau die gleichen Dinge: frühstücken, vorlesen, zu Mittag essen, vorlesen, Tee trinken, spazierengehen, zu Abend essen, vorlesen, erschöpft sein, zu Bett gehen. Wie schnell sich das hinschreibt, und wie endlos einem ein so verbrachter Tag vorkommt! Bei den Mahlzeiten unterhalten wir uns und während des Spaziergangs auch, oder vielmehr: wir sagen etwas. Bei den Mahlzeiten dreht sich das, was wir sagen, ums Essen, und beim Spaziergang um die Berge. Die übrige Zeit schweigen wir wegen des Vorlesens. Das füllt jede etwa entstehende Pause, erstickt jedes Gespräch im Keim.

Ich weiß nicht, ob Mrs. Barnes fürchtet, ich könnte ihr Fragen stellen, oder ob sie Angst hat, Dolly werde auf einmal Fragen beantworten, die ich gar nicht gestellt habe; ich weiß nur, daß sie anscheinend zu dem Schluß gekommen ist, man müsse sozusagen einen Gluttöter aufs Gespräch legen, um jede Gefahr auszuschließen. Zugleich gibt sie sich redlich Mühe, ein angenehmer Gast zu sein, und ist die Höflichkeit in Person; aber auch ich für mein Teil bemühe mich eifrig, eine angenehme Gastgeberin zu sein, und wir sind beide so furchtbar höflich und so entsetzlich rücksichtsvoll, daß alles schließlich genauso ist, wie ich es lieber nicht hätte.

Ich halte zum Beispiel Merivale — Merivales *History of the Romans under the Empire* wird nämlich zur Zeit vorgelesen — für eine schwache, verwässerte Kopie von Gibbon, für einen Gibbon, dem man allen Reiz genommen hat, den man kastriert und seiner Fußnoten beraubt hat, und so ging ich gestern nach dem Frühstück nicht auf die Terrasse, sondern griff mir einen Band des echten Gibbon und brach durch die Hintertür zu einem Spaziergang auf.

Ich weiß, es ist meistens ein schlimmes Zeichen, wenn eine Gastgeberin anfängt, die Hintertür zu benützen, aber es hatte in diesem Fall nichts weiter zu bedeuten, als daß ich einfach von Merivale wegkommen wollte. Nach dem Mittagessen, als ich, gestärkt durch meinen morgendlichen Spaziergang, mich darauf einstellte, einem weiteren Abschnitt von ihm zu lauschen, fand ich die Stühle auf der Terrasse leer, und aus dem Fenster von Mrs. Barnes' Zimmer drang wieder jenes gedämpfte Geleier, das mir von den ersten vier Tagen her vertraut war.

So brach ich denn zu einem zweiten Spaziergang auf und dachte nach. Und die Folge war, daß ich beim Tee höfliche und liebenswürdige Erklärungen abgab, verbrämt mit ein paar gutgemeinten Flunkereien über Haushaltsbelange, die mich weggerufen hätten — Gott möge mir verzeihen, aber ich glaube, ich sagte, es sei die Waschfrau gewesen —, und daß Mrs. Barnes von der Vorstellung, mich von meiner eigenen Terrasse vertrieben zu haben, ganz untröstlich schien und ich mir nun, um sie vor allen schmerzlichen Gedanken zu bewahren, Merivale bis zum bitteren Ende anhören muß.

»Dolly«, sagte ich, als ich ihr durch einen merkwürdigen Zufall auf dem Weg zum Abendessen allein auf der Treppe begegnete — stets kommen die Schwestern gemeinsam herunter —, »lesen Sie gerne vor?«

Ich sagte das sehr schnell und kaum hörbar, denn am Fuß der Treppe würde bestimmt Mrs. Barnes stehen.

»Nein«, sagte sie, ebenfalls kaum hörbar.

»Warum tun Sie's dann?«

»Hören Sie gern zu?« flüsterte sie lächelnd.

»Weil —«, sagte ich. »Nun ja, weil — «

Sie nickte und lächelte. »Ja«, flüsterte sie, »genau das ist auch mein Grund.«

26. August

Den ganzen Tag habe ich mich heute von eigenen Wünschen freigemacht und versucht, die perfekte Gastgeberin zu sein. Ich habe mich ausschließlich Mrs. Barnes gewidmet, und beim Spaziergang folgte ich ihr wie ein Hündchen und machte keine Vorschläge, wenn Pfade kreuzten, obwohl ich insgeheim leidenschaftliche Vorlieben habe, was Pfade betrifft, ich rastete genau an der Stelle, die sie aussuchte, obwohl ich wußte, daß es direkt hinter der Biegung eine viel schönere gab, und ich stimmte mit ein, als sie einen Blick bewunderte, der mir im Grunde nicht gefällt. Ja, ich ging regelrecht in Mrs. Barnes auf und saß neben ihr am Berghang in einer ähnlichen Gemütsverfassung wie Wordsworth, als er gleichgültig, ohne Hoffnung oder Ziel in seiner Hütte vor dem Kamin saß.

27. August

Das schöne Wetter mit seiner glühenden Hitze dauert an. Wenn ich morgens die Augen öffne, fällt mein erster Blick auf den großen Fleck goldenen Lichts auf der Wand neben meinem Bett, der wieder einen strahlend schönen Tag verheißt. Fast immer ist der Himmel wolkenlos — von einem tiefen, unglaublichen Blau. Wenn ich ganz früh am Morgen an mein nach Osten gehendes Fenster trete, habe ich schon ein paarmal etwas gesehen, das meinen schläfrigen Augen wie eine Schar kleiner Engel vorkam, die langsam an den Gipfeln der Berge dahinschwebten, oder zumindest, wenn es nicht die Engel selbst waren, zarte, leuchtende Federbüsche aus ihren Flügeln. Als ich dann vollends wach wurde, begriff ich, daß es sich um Wolken handelte; und dann dachte ich immer, daß es vielleicht heute regnen werde. Aber es hat nie geregnet. Die Wolken sind langsam gen Italien gezogen und überließen uns einem weiteren glühendheißen Tag.

Ich glaube nicht, daß sich das Wetter ändert. Jedenfalls nicht bald. Jedenfalls nicht, bevor ich mir Merivale bis zum bitteren Ende angehört habe.

28. August

Morgens, wenn ich aufstehe und aus meinem Fenster auf den wundervollen Morgenhimmel blicke, ist mir Merivale herzlich gleichgültig. Ich setze mich darüber hinweg. Und wenn ich schon nicht umhin kann, beim Vorlesen körperlich anwesend zu sein, damit Mrs. Barnes nicht vergrault und von der Terrasse vertrieben wird — wir achten peinlich genau darauf, daß keine die andere von der Terrasse vertreibt —, so nehme ich mir doch vor, einfach wegzuhören und meine Gedanken schweifen zu lassen. Wer ist schon Merivale, daß er mein Gedächtnis auch nur teilweise mit seinen salbungsvollen Nachahmungen belasten könnte? Und moralisch gestärkt und erleuchtet wie einer, der sich erquickt und entschlossen vom Gebet erhoben hat, gehe ich dann zum Frühstück hinunter und halte mir, bildlich gesprochen, draußen auf der Terrasse die Ohren zu. Aber es muß wohl undichte Stellen darin geben, denn ich stelle fest, daß mir Merivale andauernd im Kopf herumschwirrt. Teile daraus, etwa wie folgendes:

Propertius läßt es an jener stilistischen Leichtigkeit und jenem erlesenen Geschmack vermissen, die der Sinnlichkeit und Schmeichelei Horazens ihre Schwere nehmen. Die Ausgelassenheit des Sabinischen Barden ist die eines Schoßhundes, während uns der Umbrier an die Streiche eines plumperen und weniger gern geduldeten Vierbeiners erinnert.

So schreibt einer, der wie Gibbon schreiben möchte und doch im Vergleich zu dem ›Speaker‹ des ›House of Commons‹ nichtsdestoweniger ein Pfarrer und Kaplan bleibt; und diese Stelle ging mir heute während des Mittagessens andauernd im Kopf herum. Es ärgerte mich, daß ich nicht dahinterkam, wer der plumpere und weniger gern geduldete Vierbeiner war.

»Ein Langohr«, sagte Mrs. Jewks, als ich meine Gäste fragte, was sie meinten.

»Gewiß — ein Esel«, sagte Mrs. Barnes, die sich stets gewählt ausdrückt.

»Aber warum sollte ein Esel weniger gern geduldet sein als ein Schoßhund?« fragte ich. »Mir wäre er lieber. Wenn ich mich für einen von beiden entscheiden müßte, wäre es gewiß der Esel.«

»Vielleicht meint er ja einen Floh«, gab Mrs. Jewks zu bedenken.

»Dolly«, sagte Mrs. Barnes.

»Aber Flöhe sind doch immer zu Streichen aufgelegt und weniger gern geduldet als Schoßhunde«, wandte Mrs. Jewks ein.

»Dolly«, sagte Mrs. Barnes erneut.

»Außer, daß Flöhe«, sagte ich, ohne mal auf Mrs. Barnes zu achten, weil ich so froh war, um das übliche Tischgespräch, das sich immer um das Thema Essen drehte, herumgekommen zu sein, »doch wohl mehr als nur vier Beine haben, oder?«

»Das sind Tausendfüßler«, sagte Dolly.

»Dann haben sie zwei Beine.«

»Das sind Vögel«, sagte Dolly.

Wir sahen einander an und lachten los. Es war das erste Mal, daß wir lachten, und als wir erst einmal den Anfang gemacht hatten, lachten wir so unbändig und so albern weiter, wie man über völlig idiotische Dinge lacht, wenn man weiß, daß man es nicht sollte, und lange nicht mehr gelacht hat.

Mrs. Barnes saß da wie ein Ölgötze und sah gequält drein. Sie lächelt nie; und warum sollte sie auch? Aber je bekümmerter sie guckte, desto mehr lachten wir — hilflos, unsinnig. Es war schrecklich zu lachen, schrecklich, Dinge zu erwähnen, die sie als unanständig und peinlich empfand; und weil es schrecklich war und wir das auch wußten, konnten wir nicht aufhören. Auf diese Weise wurde ich einmal in der Kirche von einem bedauerlichen Lachanfall übermannt, bloß weil eine Katze hereinkam. So habe ich einmal miterlebt, wie eine vom Pech verfolgte Frau bei einer Trauung Opfer eines völlig unzeitigen Heiterkeitsausbruches wurde. Wir lachten wirklich, bis uns die Tränen kamen. Wir konnten einfach nicht aufhören. Ich versuchte es ja. Ich schämte mich entsetzlich. Denn ich tat das, wovor, wie ich jetzt instinktiv spüre, Mrs. Barnes am meisten Angst hat: ich stachelte Dolly an.

Hinterher, als wir uns zu Merivale niedergelassen hatten und Dolly merkte, daß sie das Buch in ihrem Zimmer oben vergessen hatte und es holen ging, bat ich Mrs. Barnes, sie möge mir glauben, daß ich nicht oft so albern sei und es vermutlich nicht wieder vorkommen werde.

Sie war sehr freundlich und legte ihre Hand ganz kurz auf die meine — eine so knochige Hand, überall gezeichnet, dachte ich, als ich auf sie hinabblickte, von den Spuren der Aufopferung und Selbstverleugnung. Diese Hand hatte niemals Muße gehabt, Fett anzusetzen; in den fetteren Jahren zu Mr. Barnes' Lebzeiten vielleicht schon, aber danach kamen sicherlich magere Jahre; und die Jahre seit dem Krieg, seitdem sie ihr Haus verkauft und jene offensichtlich zermürbende Beschäftigung aufgenommen hatte, die sie »Dolly beistehen« nannte, sind vermutlich so mager gewesen, daß sie praktisch nur noch aus Haut und Knochen bestanden.

»Ich glaube«, sagte sie, »ich bin mit der Zeit zu ernst geworden. Das kommt wohl daher, daß Dolly meiner Ansicht nach nicht ernst genug ist. Wenn sie ernster wäre, könnte ich weniger ernst sein, und das wäre besser für uns beide. Oh, Sie dürfen nicht meinen«, fügte sie hinzu, »daß ich mich über einen Scherz nicht ebenso herzlich freuen kann wie andere Leute«. Und sie lächelte mich wahrhaftig an, so versteinert und entschlossen, wie ich noch nie jemanden lächeln sah.

»Es gab gar keinen Scherz, wir waren einfach bloß albern«, sagte ich reumütig und legte nun meine Hand auf die ihre. »Verzeihen Sie. Es tut mir immer leid, und ich schäme mich, wenn ich mich benommen habe, als ob ich zehn wäre. Ich gebe mir wirklich Mühe, aber manchmal überkommt es einen eben ganz unvermutet – «

»Dolly ist ein bißchen zu alt dafür, um sich wie eine Zehnjährige zu benehmen«, sagte Mrs. Barnes eher besorgt als verärgert.

»Auch ich bin ein bißchen zu alt dafür. Es ist mißlich, wenn man sich innerlich nicht so alt fühlt, wie es, von außen betrachtet, den Anschein hat. Seit Jahren bemühe ich mich um ein würdevolles Auftreten, und immer stellt mir mein anscheinend unverbesserlicher Übermut ein Bein.«

Mrs. Barnes machte ein bedenkliches Gesicht. »Genau der ist auch Dollys Problem«, sagte sie. »Genau dieser Übermut. Wie merkwürdig, daß Sie einander begegnet sind. Denn dieser Übermut ist nicht normal. In meinen Augen ist er nicht normal. All ihre Schwierigkeiten hat sie diesem Übermut zu verdanken. Ich sehe ihn jedoch nicht als unverbesserlich an. Im Gegenteil – ich habe ihr geholfen, ihn abzustellen, und sie hat sich schon sehr gebessert.«

»Aber was befürchten Sie denn, daß sie *jetzt* tun wird?« fragte ich; und Dolly, die mit dem Buch unterm Arm herauskam und jenes etwas schelmische Lächeln zur Schau trug, das, wenn sie läuft, über ihren ernüchternden schwarzen Rock samt weißem Baumwollunterrock triumphiert, brachte mich um eine Antwort auf meine Frage.

Aber ich empfand auf einmal großes Mitgefühl mit Mrs. Barnes. Und als wir nach dem Tee zu unserem Spaziergang aufbrachen und Dolly plötzlich mit einem ihrer Stiefel ein Malheur passierte – ich glaube, der Absatz löste sich vom Schuh – und sie umkehren mußte, setzte ich den Weg gar nicht ungern mit ihrer Schwester allein fort, da ich hoffte, sie werde in diesem etwas persönlicheren Fahrwasser weiterplaudern.

Und das tat sie auch.

»Dolly«, sagte sie gleich darauf, kaum daß wir die Biegung des Pfades hinter uns hatten, »gehört meine zärtlichste Sorge und Liebe.«

»Ich weiß. Das merke ich«, sagte ich verständnisvoll.

»Seit dem Augenblick, als man mir, einem damals zehnjährigen kleinen Mädchen, den frischgeborenen Säugling in die Arme legte, war ihr meine Liebe sicher, und später dann, als sie heranwuchs und jene Eigenarten entwickelte, die ich mit ihrem Vornamen assoziiere, richtete sich all meine Sorge auf sie. Ja, sie wurde mein Sorgenkind.«

»Ich wünschte«, sagte ich, als sie innehielt und ich zu befürchten begann, daß es damit schon wieder sein Bewenden haben sollte und gleich die Jalousien wieder heruntergehen würden, »wir könnten echte Freundinnen sein.«

»Sind wir das denn nicht?« fragte Mrs. Barnes und sah ganz besorgt und verängstigt drein, so, als sei sie ihren Verpflichtungen als Gast nicht richtig nachgekommen.

»O ja — natürlich sind wir Freundinnen, aber unter echten Freundinnen verstehe ich solche, die sich über einfach alles unterhalten. *Fast* alles«, verbesserte ich mich. »Leute, die sich alles von der Seele reden«, fuhr ich zögernd fort. »Das meiste«, verbesserte ich mich.

»Ich halte viel von Diskretion«, sagte Mrs. Barnes.

»Davon bin ich überzeugt. Aber finden Sie nicht, daß es in der Freundschaft manchmal darauf ankommt —«

»Mr. Barnes hatte immer sein eigenes Ankleidezimmer.«

Dies kam unerwartet und brachte mich zum Schweigen. Etwas linkisch nahm ich dann das Gespräch wieder auf. »Das kann ich mir gut vorstellen«, sagte ich. »Aber Sie sprachen gerade von Dol — von Mrs. Jewks —«

»Ja.« Mrs. Barnes seufzte. »Nun, es dürfte weder Sie noch Dolly verletzen«, fuhr sie nach einer kurzen Pause fort, »wenn ich Ihnen erzähle, daß Dolly, kaum daß sie erwachsen war, eine überstürzte Ehe einging.«

»Kann man das denn nicht mehr oder weniger von uns allen behaupten?«

»Nur wenige Ehen wurden so unüberlegt eingegangen. Meine zum Beispiel nicht. In meiner bildeten Zuneigung und Achtung eine wohlüberlegte Einheit, und sie wurde, so wie es sich gehört, in aller Öffentlichkeit geschlossen und von den Glückwünschen der Verwandten und Freunde begleitet. Dollys Ehe — nun ja, Dollys Ehe war überstürzt. Ich kann nicht sagen, daß meine Schwester schlecht beraten gewesen wäre, denn um Rat hat sie niemanden gefragt. Sie stürzte sich — dieser Ausdruck ist keineswegs zu stark und läßt sich leider auch auf manche ihrer späteren Handlungen anwenden — in eine Mesalliance, und um diese einzugehen, ließ sie sich heimlich des Nachts mit Hilfe eines Bettlakens aus ihrem Schlafzimmerfenster herab.«

Mrs. Barnes legte eine Pause ein.

»Wie — wie kühn«, murmelte ich unwillkürlich.

Wirklich, ich glaube, ich war ein bißchen neidisch. In meiner eigenen Vergangenheit gibt es nichts, was dem an Unternehmungsgeist auch nur annähernd gleichkäme.

Und ich bezweifelte nicht nur, ob ich jemals den Mut gehabt hätte, mich einem Bettlaken anzuvertrauen, sondern es verdroß mich, daß keiner je vorgeschlagen hatte, es um seinetwillen zu tun. Verglichen mit Dolly bin ich ein armes Hascherl.

»Nunmehr verstehen Sie gewiß«, fuhr Mrs. Barnes fort, »wie sehr mir daran liegt, daß meine Schwester nicht wieder auf Abwege gerät. Für ihre Eskapaden ist sie reichlich bestraft worden. Ich möchte unter allen Umständen verhindern, daß sie Äußerungen zu hören bekommt, die den Eindruck erwecken könnten — nun, die bei ihr den Eindruck erwecken könnten, als habe man Verständnis mit Verhaltensweisen und Ansichten, die ihr in der Vergangenheit Unglück brachten und ihr in der Zukunft nur noch mehr einbringen können.«

»Aber warum«, fragte ich, immer noch in Gedanken bei dem Bettlaken, »wählte sie denn nicht einfach die Haustür, als sie zur Trauung ging?«

»Weil unser Vater seine Haustür niemals dazu hätte mißbrauchen lassen, einer solchen Hochzeit Vorschub zu leisten. Sie vergessen, daß er eine Schule leitete, und sie brannte mit jemandem durch, der noch ein paar Jahre zuvor einer von Vaters Schülern gewesen war.«

»Oh? Hat sie wohl einen Ausländer geheiratet?«

Mrs. Barnes bekam einen tiefroten Kopf. Ihr Gesicht ist an sich braungebrannt und wettergegerbt, dennoch kam durch die Bräune hindurch unübersehbar dieses tiefe Rot zum Vorschein. Offenkundig hatte sie vergessen, was sie mir neulich von den Knaben erzählt hatte, die allesamt Ausländer gewesen waren.

»Über Tote sollte man nicht schlecht reden«, sagte sie

mit feierlichem Ernst; und auf dem restlichen Spaziergang sprach sie dann nur noch über die Aussicht.

Aber heute nacht in meinem Zimmer habe ich über alles nachgedacht. Es gibt solche Gäste und solche, und manche Gäste gehen einem nach. Diese Gäste gehören dazu. Sie würden mir nicht so sehr nachgehen, wenn wir wirklich echte Freundinnen sein könnten; aber wir werden nie echte Freundinnen werden, solange ich nicht mit Dolly reden darf und Mrs. Barnes wie eine schroffe und unüberwindbare Felswand unverrückbar zwischen uns steht. Vielleicht werde ich morgen, wenn ich den Mut dazu habe, einen großen Versuch in Sachen Freundschaft starten – werde ich versuchen, das zu sein, was Mrs. Barnes als »recht indiskret sein« bezeichnen würde. Denn ist es nicht unsinnig von uns, die wir zu dritt hier oben allein sind, die kostbaren Tage, wo wir Freunde fürs Leben werden könnten, damit zu verbringen, daß wir uns voreinander verstecken? Warum kann man mir nicht offen sagen, daß Dolly einen Deutschen heiratete? Offenbar hat sie das getan; und wenn es sie nicht umbrachte, wird es mich ganz sicher auch nicht umbringen. Vor zwanzig Jahren hätte uns das allen passieren können. Womöglich hätte ich es selbst getan, abgesehen davon, daß es keinen Deutschen gab, der mich soweit gebracht hätte, mich für ihn an einem Bettlaken herunterzulassen. Und außerdem ist Dollys Deutscher tot; und hört denn nicht selbst ein Deutscher auf, einer zu sein, wenn er tot ist? Löst er sich nicht auf ganz natürlichem Wege im Laufe der Zeit in Neutralität auf? Es erscheint mir unmenschlich, ihn bis in alle Ewigkeit als Feind zu verfolgen. Nebenbei bemerkt dachte ich, der Krieg sei vorbei.

Lange habe ich mich heute nacht aus dem Fenster gelehnt und nachgedacht. Wenn ich zu den Sternen emporschaue, stören mich die Deutschen überhaupt nicht. Warum sollten sie? Mir scheint, wenn Mrs. Barnes zu den Sternen emporschaute, würde sie sich nicht so viele Gedanken machen. Es ist eine sehr gute Angewohnheit, finde ich, sich eine Weile aus dem Fenster zu lehnen, bevor man zu Bett geht, um die kühle Nacht auf dem Gesicht zu spüren. Nachdem man den ganzen Tag lang mit Leuten zusammen war, welch eine Wohltat, allein zu sein! Die Nacht ist heute ungeheuer still, und ich bin so ruhig dagestanden, so reglos, daß ich die leiseste Bewegung eines Blattes gehört hätte. Aber nichts regt sich. Es geht kein Lüftchen. Man hört keinen Laut. Die Berge scheinen über dem schlafenden Tal zu schweben.

29. August

Heute morgen sagte Antoine zu mir, es wäre vielleicht besser, eine Haushaltshilfe für Mrs. Antoine einzustellen, wenn *ces dames* — so nennt er Mrs. Barnes und Mrs. Jewks mir gegenüber immer — noch länger blieben; weil sonst möglicherweise die Hitze in Verbindung mit den Besuchern für Mrs. Antoine ein bißchen —

»Natürlich«, sagte ich. »Natürlich könnte es ihr zuviel werden. Es tut mir leid, Antoine, daß ich daran noch nicht gedacht habe. Warum haben Sie mich nicht schon früher darauf aufmerksam gemacht? Ich will noch heute losgehen und eine Küchenhilfe suchen.«

Antoine entgegnete, derartige Anstrengungen seien nichts für Madame und er werde selbst nach einer Haushaltshilfe suchen.

Ich sagte, er könne unmöglich die Hühner und die Kuh im Stich lassen, und ich werde mich auf die Suche nach einer Haushaltshilfe machen.

Und den ganzen Tag verbrachte ich damit — ich verlebte himmlische Stunden, als ich so von Dorf zu Dorf am Berghang entlangschlenderte, meinen Rucksack über dem Arm und Freiheit im Herzen. Im Rucksack war Proviant und ein Band Crabbe, weil ich nicht wußte, wie lange die Suche dauern würde, und ich konnte ja schließlich nicht verhungern.

Ich erklärte meinen Gästen, daß ich bis zum Abend leicht wieder zurück sein würde, empfahl sie der besonderen Obhut der Antoines und zog los, begleitet von Mrs. Barnes' Mitleid, weil ich mich an einem so heißen Tag mit etwas abgeben mußte, das sie treffend und exakt Haushaltsangelegenheit nannte, und ich gab mir große Mühe, meine Freude nicht allzu offen zu zeigen.

Ich ging zu den Dörfern, die auf dem Weg zu meinem zauberhaften Lärchenplätzchen lagen, und als ich nach einigem Suchen die Aushilfe gefunden hatte, lief ich weiter gen Westen, wacker ausschreitend, fast so, als wüßten die Leute, daß ich erledigt hatte, weswegen ich hergekommen war, und würden mich womöglich ergreifen und wieder nach Hause bringen.

Als ich so dahinlief, fiel es mir wirklich schwer, nicht zu singen. Nur Gastgeberinnen kennen diese ungetrübte Freude. Um eine so tiefe und eigentümliche Erleichterung empfinden zu können, muß man Gäste gehabt haben und immer noch haben. Ehe meine Gäste kamen, konnte ich nach Herzenslust umherschweifen und tat es auch, aber nie war es so wie heute, nie fühlte ich mich, als sei ich in den Ferien. Oh, ich habe einen wundervollen Tag erlebt! Alles war köstlich. Ich kann mich nicht erinnern, den Geruch des Waldes und die tiefe Kühle des weichen Grases, in dem ich zur Mittagszeit lag, so intensiv genossen zu haben. Und Crabbe, der Köstliche — warum reden die Leute so wenig von Crabbe? Warum lesen sie ihn so selten? Ich habe ihn in acht Bänden, nicht in einer jener kleinen Anthologien, die ihm seinen eigentümlichen Reiz nehmen, sondern alles von ihm von der ersten bis zur letzten Zeile. Noch nie hat jemand so viele Reimpaare produziert, die zu so vielen Situationen des Lebens passen. Ich glaube, ich könnte jeden Tag, den ich in Gesellschaft von Mrs. Barnes und Dolly verbringe, vollständig mit Reimen von Crabbe beschreiben. Seinen Werken widerfuhr das merkwürdige Schicksal, daß sie im Lauf der Zeit ihren ursprünglichen Ernst einbüßten und heute spaßig wirken. Er löst sich also gewissermaßen in Heiterkeit auf. Stundenlang lag ich heute nachmittag im Gras und amüsierte mich köstlich mit seinen trefflichen Reimen. Er verzaubert mich regelrecht. In seiner Gegenwart vergesse ich die Zeit. Crabbe war der Grund, weshalb ich zu spät zum Abendessen kam. Aber er ist der letzte, den man auf einen Spaziergang mitnimmt, wenn es einem nicht gutgeht. Crabbe ist ein Barometer für heitere Gemütsruhe. Um ihn genießen zu können, muß man völlig unbeschwert sein. Heute war ich das, ich war entwischt.

Meinen Ausflug habe ich nun also gemacht, meine kleine Abwechslung gehabt und werde mich nun wieder mit neuem Eifer meinen Gästen zuwenden. Als ich ihnen heute abend gute Nacht wünschte, war ich mit mir und der Welt so zufrieden und von einem so unbekümmerten und wohltuenden Zärtlichkeitsbedürfnis erfüllt, daß ich nicht nur Dolly küßte, sondern ganz kühn daran ging, Mrs. Barnes zu umarmen.

Überrascht, aber freundlich, ließ sie es geschehen.

Ich glaube, sie hielt mich für etwas impulsiv.

Vielleicht war ich das auch.

30. August

In den alten Zeiten vor dem Krieg war das Haus fast immer voll mit Freunden — Gästen, denn sie waren eingeladen, aber ich empfand sie nie als Gäste, und ich kann mich nicht erinnern, mich jemals als Gastgeberin gefühlt zu haben. Jetzt kommt es mir vor, als seien sie alle sehr jung gewesen. Aber das waren sie natürlich nicht; einige waren genauso alt wie Mrs. Barnes, und ein paarmal kamen Leute, die noch älter waren. Sie hatten jedoch eines gemeinsam: Wie alt sie bei ihrer Ankunft auch sein mochten, zum Zeitpunkt ihrer Abreise waren sie nicht älter als zwanzig.

Ich habe dafür keine Erklärung. Es kann nicht nur an der Luft gelegen haben, so belebend und anregend sie auch ist, weil meine gegenwärtigen Gäste immer noch genauso alt sind wie am ersten Tag. Das heißt, Mrs. Barnes. Dolly ist alterslos — sie war nie vierzig und wird nie vierzig sein; aber Mrs. Barnes ist noch genauso unerschütterlich fünfzig wie vor zwei Wochen, und jene anderen Gäste brauchten immer nur eine Woche, um wieder wie zwanzig zu werden.

Liegt es an Mrs. Barnes' versteinerter Unbeweglichkeit, daß sie so unverändert an ihrer Rolle als Gast festhält, daß sie sich einfach nicht zu einer Freundin entwickeln kann? Warum aber muß ich weiter die herkömmliche Gastgeberin spielen, bloß weil sie darauf besteht, als Gast behandelt zu werden? Ich möchte, daß wir Freundinnen werden. Mein Bedürfnis nach Freundschaft ist so ungeheuer stark, daß ich mir wie eine bis zum Rand gefüllte Tasse vorkomme. Warum darf ich nicht ein bißchen davon verschütten? Ich möchte mich so schrecklich gern mit Dolly anfreunden und würde auch sehr gern mit Mrs. Barnes Freundschaft schließen. Nicht daß ich mich der Illusion hingäbe, es könnte sich jemals eine Vertrautheit zwischen ihr und mir entwickeln, wie sie sich zwischen Dolly und mir bestimmt schon nach zehn Minuten ungestörten Alleinseins einstellen würde, aber wir könnten vielleicht zu einem Verhältnis gegenseitiger Nachsicht und Zuneigung gelangen. Ich würde ihre Vorurteile respektieren, und sie würde mir nachsehen, daß ich so wenig habe, und es vielleicht interessant finden, mir dabei zu helfen, sie zu vermehren.

Aber weil Mrs. Barnes' ganzes Sinnen und Trachten daraufgerichtet ist, ihrer Vorstellung von einem perfekten Gast zu entsprechen, muß ich mich notgedrungen ebenso eifrig bemühen, ihrer Vorstellung von einer perfekten Gastgeberin gerecht zu werden. Ich empfinde es als anstrengend, zermürbend. Unbeschwerte Freundlichkeit, unbekümmertes Drauflosplaudern, fröhliches Laisserfaire, Natürlichkeit im Umgang — das alles gibt es bei uns nicht. Außerdem, sollte sich ein Gast andauernd so in Dankbarkeitsbekundungen ergehen? Ihre Dankbarkeit ist fast wie ein Vorwurf. Sie beschämt mich; ich komme mir vor wie eine Kapitalistin, eine Kriegsgewinnlerin, eine protzige Neureiche, die mehr besitzt, als ihr zusteht, wie jemand, der Wohltaten erweist — alles Dinge, die mir verhaßt sind! Nun merke ich erst, daß ich zuvor nie Gäste hatte, sondern nur Freunde. Zum erstenmal habe ich wirklich Gäste; oder besser gesagt: weil dieser nicht näher zu bestimmende Wesenszug Mrs. Barnes' in mir eine merkwürdige Unterwürfigkeit auslöst, eine merkwürdige Bereitschaft, sie über unseren Tagesablauf bestimmen zu lassen, fühle ich mich zum erstenmal in meinem Leben selbst als Gast, und zwar nicht nur in meinen eigenen vier Wänden, denn auch anderswo habe ich mich bisher nie als Gast gefühlt.

Was hat Mrs. Barnes nur an sich, daß Dolly und ich so still und brav dasitzen? Müßig zu fragen: ich weiß es ja. Es ist ihr zielstrebiges, selbstloses, aufrichtiges und inniges Bemühen, für das Glück und Wohlergehen ihrer Mitmenschen zu sorgen, und eine solche Güte kann man unmöglich verletzen. Infolgedessen sind uns die Hände gebunden, und wir müssen uns ihren Wünschen beugen, genauso, als wäre sie ein Tyrann.

Dolly freilich muß sich ihr gegenüber aus tausenderlei Gründen zu Dankbarkeit verpflichtet fühlen. Hat Mrs. Barnes ihretwegen nicht alles aufgegeben? Ihr Zuhause, ihren Lebensunterhalt, ihre Heimat und ihre Freunde, um zu ihr zu kommen und bei ihr zu bleiben? Sie ist es, die großherzig die Hauptlast von Dollys Ehe trägt. Ohne irgendwelche Freuden mit Siegfried genossen zu haben — ich kann mir nicht vorstellen, daß Dolly im Schlaf den Namen eines wildfremden Mannes vor sich hinmurmeln würde —, hat sie sich während der Kriegsjahre klaglos mit den Nachwirkungen dieser Ehe abgefunden, der verlassenen und gestrandeten deutschen Witwe angenommen, ihr Leben und das, was sie an Lebensunterhalt hat, damit verbraucht, ihr in den trostlosen Pensionen eines neutralen Landes Gesellschaft zu leisten, da sie ihre Schwester weder nach England zurückbringen noch sich selbst überlassen konnte.

Eine solche Liebe und Selbstaufgabe wirkt wie ein starkes Band. Falls diese meine Vermutungen zutreffen, ist Dolly in der Tat an Mrs. Barnes gebunden, und sie kann gar nicht anders, als ihr in allem, was sie wünscht, zu Willen zu sein. Natürlich trägt sie diese Unterröcke und diese langen, ehrwürdigen schwarzen Kleider: Sie entsprechen Mrs. Barnes' Vorstellung von schicklicher Witwenkluft. Natürlich nimmt sie bei Bergwanderungen einen Regenschirm mit: Mrs. Barnes hält ihn für vernünftiger und passender als einen Spazierstock. Dollys Dankbarkeit muß sich in den alltäglichsten Kleinigkeiten Ausdruck verschaffen. Ja, ich kann ihre Lage verstehen. Die Guten legen einem wirklich schwere Ketten an.

In einem unendlich geringeren Maße hat Mrs. Barnes auch mir Ketten angelegt. Vorsichtig und bedachtsam muß ich mir zwischen ihren Gefühlen einen Weg bahnen. Ich könnte es mir nie verzeihen, wenn ich einen gütigen Menschen verletzen sollte, und falls dieser gütige Mensch so ganz anders geartet ist als ich, andere Vorstellungen, andere Vorlieben, einen anderen oder überhaupt keinen Sinn für Humor hat, nun, dann hat man, Gott sei's geklagt — wirklich nichts zu lachen.

Allein schon an der allmorgendlich nach dem Frühstück stattfindenden Prozession zu den Stühlen und Merivale läßt sich ermessen, wie willenlos Dolly und ich sich ihrer Herrschaft unterwerfen. Voran geht Dolly mit dem Buch, gefolgt von Mrs. Barnes mit ihrem Strickzeug, und dann komme ich, die nach irgendeiner plausiblen Ausrede sucht und der keine einfällt, die nicht verletzend wirken würde. Wenn ich trödele, schaut mich Mrs. Barnes beunruhigt an mit ihrem »Vertreibe-ich-Sie-etwa-von-Ihrer-eigenen-Terrasse«-Blick; und einmal, als ich unter dem Vorwand, mich um den Haushalt kümmern zu müssen, im Haus zurückblieb, lief sie mir mit besorgter Miene nach und bat mich, helfen zu lassen, denn schließlich, erklärte sie, verursachten ja sie und Dolly diese zusätzliche Hausarbeit, und der Gedanke bekümmere sie, daß ich um die Muße gebracht werde, die ich sonst genießen würde, nur weil ich ihnen in meiner Güte erlaubt habe, hier zu bleiben.

»In Ihrem zauberhaften Schweizer Zuhause«, sagte sie, das Gesicht ganz faltig vor lauter Betulichkeit. »Während Ihrer Sommerferien. Nachdem Sie diese riesige Entfernung zurückgelegt haben, um Ruhe zu finden.«

»Liebe Mrs. Barnes —«, murmelte ich beschämt und versicherte ihr, daß es sich nur um eine Anweisung handele, die ich erteilen müsse, und daß ich gleich zum Vorlesen auf die Terrasse kommen werde.

31. August

Heute morgen gab ich mir große Mühe, unkompliziert zu sein. Selbstverständlich möchte ich alles, was in meiner Macht steht, tun, um Mrs. Barnes glücklich zu machen — ich werde herumsitzen, spazierengehen, mir vorlesen lassen, mich von Dolly fernhalten, das Leben während der kurzen Zeit, die sie hier ist, so einrichten, daß ihr

Seelenfrieden in keiner Weise getrübt wird; aber warum darf ich nicht gleichzeitig so sein, wie ich bin? Ich finde es so natürlich, natürlich zu sein. Ich fühle mich so unwohl, habe das beklemmende Gefühl zu ersticken, wenn ich nicht sagen darf, was ich sagen möchte. Man kann sich ohne weiteres gewisse Zwänge auferlegen, wenn ein Ende abzusehen ist; für kurze Zeit kann sich jeder von seiner liebenswürdigsten Seite zeigen. Aber wenn man mit zwei anderen Leuten wochenlang in einer abgeschiedenen Berghütte in enger Gemeinschaft zusammenleben muß, gibt man sich unweigerlich früher oder später so, wie man wirklich ist, oder man erstickt.

Also nahm ich mir heute morgen, als ich zum Frühstück hinunterging, fest vor, ganz natürlich und ungezwungen zu sein. Da ich tiefer als sonst geschlafen hatte, war ich unternehmungslustiger als sonst aufgewacht. Ich zog mich schnell an, untermauerte meinen Entschluß mit vielen guten Argumenten und stand dann am Fenster, um zu warten, bis die Glocke ertönte.

Beim ersten Glockenton eilte ich nach unten, denn wenn ich eine Minute zu spät komme, wie es mir ein paarmal passierte, ist mein Ei mit meiner Serviette umwickelt, der Kaffee und die heiße Milch sind in einen weißen Wollschal eingeschlagen, den Mrs. Barnes mit sich herumträgt, ein Teller liegt auf der Butter, damit kein Stäubchen darauffällt, ein Teller bedeckt den Honig, damit keine Fliegen hineinfallen, und Mrs. Barnes und Dolly stehen am anderen Ende der Terrasse, sorgsam jeden Anschein von Vorwurf oder Ungeduld vermeidend, indem sie ihr ganzes Interesse taktvoll der Aussicht zuwenden.

Das erzog mich zu großer Pünktlichkeit. Die Glocke ertönt, und ich erscheine. Ich erscheine nicht, ehe sie ertönt, da mir die Augenblicke, die ich in meinem Schlafzimmer verbringen darf, ohne Anstoß zu erregen, besonders kostbar sind; aber selbst wenn ich die Absicht hätte, vorher zu erscheinen, wären Mrs. Barnes und Dolly schon da.

Ich weiß nicht, wann sie nach unten gehen, sie sind jedoch immer schon da; und stets werde ich von Mrs. Barnes mit der überaus höflichen und besorgten Frage begrüßt, wie ich geschlafen habe. Natürlich fühle ich mich dann meinerseits veranlaßt, besorgt zu fragen, wie Mrs. Barnes geschlafen habe; und der erste Teil des Frühstücks vergeht mit Antworten auf diese Fragen und den Lobgesängen, die Mrs. Barnes sodann auf das Bett und die gute Luft anstimmt, die dafür sorgen, daß ihre Antworten so befriedigend ausfallen.

Hierauf verkündet sie, wie sehr sie und Dolly mir für meine gütige Gastfreundschaft dankbar seien. Das sagt sie mir jeden Morgen. Es ist wie eine Art tägliches Morgengebet. Zunächst war ich überwältigt, und da ich nicht wußte, wie ich diese wiederholten Dankbarkeitsergüsse abwehren sollte, erging ich mich ungeschickt in Protesten und Beteuerungen. Mittlerweile nehme ich sie wortlos entgegen, wobei ich das Vorbild der himmlischen Autoritäten nachahme: aber sichtlich verlegener als diese lächele ich dabei einfältig vor mich hin.

Den Lobeshymnen auf meine Güte folgen solche auf die Güte des Kaffees und der Butter, was jedoch die Sache für mich im Grunde nicht besser macht, weil deren Güte so sehr in die meine verwoben ist. Ich bin die Urheberin des Kaffees und der Butter; ohne mich gäbe es beide überhaupt nicht.

Zu alledem sagt Dolly kein Wort, sondern verzehrt seelenruhig ihr Frühstück. Ich finde, sie könnte mir ein wenig beistehen, da sich die ganze Litanei ja allmorgendlich wiederholt und sie gemerkt haben muß, daß ich mit meinem Latein am Ende bin.

Heute morgen, als ich mich entschlossen hatte, mir keinen Zwang mehr anzutun, fragte ich sie rundheraus, warum sie nie etwas sage.

Sie war gerade mit ihrem Ei beschäftigt, und Mrs. Barnes pries gerade die Vortrefflichkeit der Eier und infolgedessen meine eigene, so daß man nicht genau wußte, wo die Eier aufhörten und ich anfing; und indem ich die Gelegenheit ergriff, die sich mir bot, weil Mrs. Barnes gerade Kaffee trank und schwieg, sagte ich zu Dolly: »Warum unterhalten Sie sich nie beim Frühstück?«

»Unterhalten?« wiederholte Dolly und sah mit einem Lächeln zu mir hoch.

»Ja. Einfach reden. Wie sollen wir jemals Freundinnen werden, wenn wir immerzu schweigen? Wollen Sie nicht, daß wir Freundinnen werden, Dolly?«

»Doch, natürlich«, sagte Dolly und lächelte.

Hastig setzte Mrs. Barnes ihre Tasse ab. »Aber sind wir denn nicht —«, begann sie, wie ich es erwartet hatte.

»*Richtige* Freundinnen«, fiel ich ihr ins Wort. »Warum machen wir heute nicht einmal einen Tag Urlaub von Merivale und sitzen einfach nur zusammen und plaudern? Einfach plaudern«, fuhr ich fort, immer noch fest entschlossen, ganz natürlich zu sein, doch bereits ein bißchen nervös, »über Gott und die Welt.«

»Aber hat das Lesen — gibt es ein anderes Buch, das Sie vorziehen? — machen Sie sich etwa nichts aus Merivale?« fragte Mrs. Barnes tief bekümmert.

»O doch«, versicherte ich ihr und gab für einen Augenblick meine Ungezwungenheit preis, um nicht unhöflich zu sein, »er gefällt mir wirklich sehr gut. Ich dachte nur — ich denke — eine Abwechslung täte uns gut. Es wäre schön, einfach so dazusitzen und sich zu unterhalten. Im Schatten zu sitzen und — na ja, eben plaudern.«

»Ja«, sagte Dolly. »Das fände ich toll.«

»Wir könnten uns vielleicht gegenseitig Geschichten erzählen wie die Leute in *Earthly Paradise*. Aber wahre Geschichten. Welche aus unserem Leben.«

»Ja«, versicherte Dolly erneut. »Ja. Das fände ich toll.«

»Gewiß werden wir mit Freuden«, sagte Mrs. Barnes höflich, »den Geschichten lauschen, die Sie uns erzählen möchten.«

»Schon, aber Sie müssen auch welche erzählen — es muß schon fair zugehen bei unserem Spiel.«

»Das fände ich toll«, sagte Dolly wieder, und ihr Grübchen zuckte.

»Wir — jedenfalls Dolly und ich — sind ja wohl zu alt für Spiele«, gab Mrs. Barnes würdevoll zu bedenken.

»Nicht doch. Es wird Ihnen gefallen, wenn Sie erst einmal damit angefangen haben. Und schließlich kann ich ja nicht allein spielen, nicht wahr«, sagte ich und versuchte immer noch, fröhlich und ungezwungen zu sein. »Sie würden mich doch bestimmt nicht im Stich lassen wollen, oder?«

Aber ich wurde unsicher. Mrs. Barnes' Blick lag auf

mir. Unter diesem Blick konnte man nicht fröhlich und unbefangen bleiben.

Ich wurde immer unsicherer. »Manchmal denke ich«, sagte ich etwas zu zaghaft, »wir vertun unsere Zeit.«

»O nein, meinen Sie wirklich?« rief Mrs. Barnes besorgt aus. »Finden Sie denn Merivale —« (wenn ich ein Mann gewesen wäre, hätte ich an dieser Stelle »zum Teufel mit Merivale« gesagt und mich besser gefühlt) — »nicht sehr lehrreich? Kann man denn von Zeitverschwendung sprechen, wenn man eine gute geschichtliche Darstellung liest? Und er ist auch nicht schwer verständlich. Sie finden ihn doch nicht schwer verständlich? Seine Wissensvermittlung ist stets anschaulich — bemerkenswert anschaulich. Und wenn man auch für Spiele zu alt sein mag, so ist man doch zum Glück nie zu alt, um zu lernen.«

»Ich *fühle* mich nicht zu alt für Spiele«, sagte Dolly.

»Gefühl hat nichts mit der Wirklichkeit zu tun«, widersprach Mrs. Barnes streng und wandte sich ihr zu.

»Ich dachte nur«, sagte ich, »daß wir vielleicht heute mal miteinander plaudern könnten, anstatt vorzulesen. Nur dies eine Mal ausnahmsweise — bloß zur Abwechslung. Wenn Sie nichts davon halten, daß wir uns Geschichten aus unserem Leben erzählen, so lassen Sie uns doch einfach plaudern. Meinungen austauschen über gewisse Dinge — über die großen Themen — nun ja, zum Beispiel über Liebe und Tod. Dinge«, beruhigte ich sie, »die uns in diesem Augenblick nicht wirklich berühren.«

»Mir liegt nichts daran, über Liebe und Tod zu reden«, entgegnete Mrs. Barnes frostig.

»Aber warum denn nicht?«

»Man regt sich dabei zu sehr auf.«

»Aber warum denn? Wir würden doch nur darüber spekulieren –«

Abwehrend hob sie die Hand. »Vor diesem Wort empfinde ich einen regelrechten Abscheu. Alles Spekulieren ist mir zuwider. Mein Schwager schärfte mir ein: ›Spekuliere nie.‹«

»Aber meinte er es nicht im geschäftlichen Sinne?«

»Ich bin überzeugt, er meinte es generell. Im wörtlichen und im übertragenen Sinn.«

»Na schön, dann wollen wir nicht spekulieren. Reden wir über Erfahrungen. Wir haben alle welche gemacht. Es wäre bestimmt genauso lehrreich wie Merivale, und wir könnten vielleicht – vielleicht könnten wir sogar ein bißchen lachen. Finden Sie nicht, daß es uns guttäte – ein bißchen zu lachen?«

»Das wäre toll«, sagte Dolly, und ihre Augen leuchteten.

»Angenommen, wir wären drei Männer anstatt drei Frauen –«

Mrs. Barnes, die ein paar Minuten lang wie erstarrt dagesessen hatte, richtete sich bei diesen Worten würdevoll auf. »Ich fürchte, das kann ich auf gar keinen Fall annehmen.«

»Gut, aber gesetzt den Fall, wir *wären* –«

»Ich will es auch gar nicht annehmen«, sagte Mrs. Barnes.

»Na schön, gesetzt den Fall, es handelte sich nicht um uns, sondern um drei Männer, die gemeinsam ihre Sommerferien verbringen – können Sie sich nicht vorstellen, worüber die sich unterhalten würden?«

»Ich kann mir das nur vorstellen, wenn es sich um anständige Männer handelte«, sagte Mrs. Barnes, »und selbst dann nicht so recht.«

»Ja. Natürlich. Na, dann wollen wir uns heute morgen mal so unterhalten, als ob wir drei anständige Männer wären — über Gott und die Welt. Ich weiß nicht«, schloß ich kläglich, »warum wir uns nicht über Gott und die Welt unterhalten sollten.«

Dolly sah mich an und verdrehte die Augen.

Mrs. Barnes saß da, als hätte sie einen Stock verschluckt. Hingebungsvoll wickelte sie gerade einen Honigfaden mit dem Honiglöffel auf, damit ja kein Tröpfchen verlorengehe. Ihre Augen waren darauf gerichtet, und wenn ein Tadel in ihnen gelegen haben sollte, so blieb er mir infolgedessen verborgen.

»Sie müssen mir verzeihen«, sagte sie und wickelte sorgfältig den letzten Rest des Honigfadens auf, »aber da ich kein anständiger Mann bin, kann ich mich leider nicht daran beteiligen. Und Dolly natürlich auch nicht, aufgrund des gleichen Sachverhalts. Aber ich muß nicht betonen«, setzte sie ernsthaft hinzu, »daß nicht der geringste Grund besteht, warum Sie sich nicht auf Ihrer eigenen Terrasse vorstellen sollten, ein anständiger —.«

»O nein«, fiel ich ihr ins Wort und gab auf. »O nein, nein. Ich glaube, Sie haben recht. Ich glaube, es ist wirklich das Beste, wenn wir mit Merivale fortfahren.«

Unter den üblichen Höflichkeitsfloskeln beendeten wir das Frühstück.

Ich versuchte nun nicht mehr, natürlich zu sein.

1. September

Heute ist Dolly aus der Rolle gefallen.

Am Monatsersten begleiche ich die im Haushalt anfallenden Rechnungen. Antoine erinnerte mich letzten Monat, daß ich es vor dem Krieg so gehalten hatte, und ich weiß noch, wie lustlos ich mich damals immer aus meinen Gedanken riß und aus dem Gras erhob, um ins Haus zu gehen und Zahlen zu addieren. Aber heute kam es mir sehr gelegen. Freudig ging ich hinein.

»Heute muß ich die monatliche Abrechnung machen«, sagte ich zu Mrs. Barnes, da sie gerade die Prozession zu den Stühlen formieren wollte. »Das nimmt fast den ganzen Vormittag in Anspruch, so daß wir uns vermutlich erst zum Mittagessen wiedersehen werden.«

»Ach je«, meinte Mrs. Barnes mitfühlend, »wie unangenehm für Sie! Diese schrecklichen Zahltage. Wie gut ich die kenne, und wie sehr mir immer davor graute.«

»Ja«, sagte Dolly und zitierte auf deutsch:

»Reines Glück genießt doch nie
Wer zahlen soll und weiß nicht wie.

Arme Kitty. Das kennen wir zur Genüge, nicht?«

Und sie legte den Arm um ihre Schwester.

Dolly war aus der Rolle gefallen.

Ich hielt es für das Beste, nicht länger zu verweilen, sondern schnell ins Haus zu meinen Rechnungen zu gehen.

Ihre Aussprache war tadellos. Ich bin des Deutschen mächtig genug, um das beurteilen zu können.

2. September

Wegen gestern waren unsere Beziehungen heute den ganzen Tag über ein bißchen angespannt. Beim Mittagessen ließ Dolly den Kopf hängen, und zum erstenmal lächelte sie nicht. Mrs. Barnes hatte sie wohl noch eindringlicher als sonst ins Gebet genommen. Offensichtlich ist Mrs. Barnes verzweifelt darauf bedacht, daß Siegfried vor mir verborgen bleibt. Ich überlege, ob man die Sprache irgendwie behutsam auf Deutsche bringen und Mrs. Barnes zu verstehen geben könnte, daß ich erraten hätte, was es mit Dollys Mann auf sich habe und es mir nicht das geringste ausmache. Warum sollte mir der Mann einer anderen Person etwas ausmachen? Eine wirklich nette Frau findet nur ihren eigenen unangenehm. Aber es gibt meines Wissens keine anderen Gesprächsthemen, bei denen man so leicht ins Fettnäpfchen tritt wie bei Deutschen und Ehemännern; und wenn beide, wie in diesem Falle, vereint auftreten, sinkt mir etwas der Mut.

Heute nachmittag unternahmen wir einen trübseligen Spaziergang. Mrs. Barnes war auf der Hut und Dolly die Sanftmut in Person. Ich versuchte lustig zu sein, aber allein kann man nicht lustig sein.

3. September

In der Nacht gab es ein Gewitter, und zum erstenmal, seit ich hier bin, wachte ich bei Regen und Nebel auf. Der Nebel drängte in dichten Schwaden durch die offenen Fenster, und im Zimmer war es richtig kalt. Als ich auf das Thermometer vor dem Fenster schaute, sah ich, daß es um zwanzig Grad gefallen war.

Wir hatten uns so sehr an das schöne Wetter gewöhnt,

daß durch den plötzlichen Wetterumschwung alles über den Haufen geworfen wurde. Im Erdgeschoß hörte ich Schritte hin- und hereilen, und als ich zum Frühstück runterkam, sah ich, daß der Frühstückstisch im Aufenthaltsraum gedeckt war. Nachdem wir unsere Mahlzeiten immer im Freien bei strahlendem Sonnenschein eingenommen hatten, kam es mir vor, als frühstückte ich in einem Grab. Die Haustür war geschlossen; der Regen prasselte gegen die Fenster; und vor den Fensterscheiben, zwischen uns und der Außenwelt, hing der Nebel wie ein grauer Flanellvorhang. Es hätte genausogut ein besonders widerlicher Dezembermorgen in England sein können.

»*C'est l'automne* [Das ist der Herbst]«, sagte Antoine, wobei er drei Korbstühle hereinbrachte und sie um den Teetisch stellte, der fürs Frühstück gedeckt war.

»*C'est un avertissement* [Es ist ein Vorbote]«, sagte Mrs. Antoine, als sie den Kaffee servierte.

Dann sagte Antoine, er könne sich vorstellen, daß Madame und *ces dames* gern ein Kaminfeuerchen hätten. Zum Aufmuntern. Zum Aufheitern.

»Unseretwegen bitte nicht«, schaltete sich Mrs. Barnes sofort sehr entschieden ein. »Dolly und ich empfinden es überhaupt nicht als kalt, das versichere ich Ihnen. Bitte nicht unseretwegen.«

»Aber es wäre doch gemütlich —«, begann ich, die ich bei Wärme wie eine Katze bin.

»Es wäre mir weitaus lieber, Sie verzichteten darauf«, sagte Mrs. Barnes, das Gesicht voller Kummerfalten. »Denken Sie an all das Holz!«

»Aber es wären doch nur ein paar Scheite —«

»Was gibt es heutzutage Wertvolleres als Holzscheite? Und es ist entschieden zu früh, um mit dem Heizen zu beginnen. Erst letzte Woche war es doch noch August, hatten wir noch die Hundstage.«

»Aber wenn es uns friert –«

»Wir wären in der Tat arme Geschöpfe, Dolly und ich, wenn es uns gleich frieren würde, kaum daß es etwas kälter geworden ist. Denken Sie bitte nicht, wir wüßten es nicht zu schätzen, daß Sie uns in Ihrer Gastfreundschaft ein Feuer machen lassen wollen, aber Dolly und mich würde es sehr treffen, wenn unser Aufenthalt hier Sie veranlassen sollte, so früh mit dem Heizen zu beginnen.«

»Aber –«

»Sparen Sie sich die Scheite für später auf. Ich bitte Sie darum.«

Also hatten wir eben kein Kaminfeuer; und da saßen wir denn, Mrs. Barnes mit dem weißen Schultertuch, das nun endlich zum Einsatz kam, und alle drei versuchten wir, ein Frösteln zu unterdrücken.

Nach dem Frühstück, das im wortwörtlichen Sinne weggetragen wurde, denn Antoine hob den Tisch mit allem, was darauf stand, aus unserer Mitte, so daß wir mit einem merkwürdigen Gefühl plötzlicher Nacktheit um die leere Fläche herumsaßen, rechnete ich fest damit, daß nun gleich Merivale hervorgeholt würde, weshalb ich aufstand, Dolly einen bequemen Stuhl zurechtrückte und das elektrische Licht einschaltete.

Zu meiner Überraschung stellte ich fest, daß Mrs. Barnes tatsächlich lieber auf das Vorlesen verzichtete, als bei Tag von meinem elektrischen Licht Gebrauch zu machen. Es wäre eine unverzeihliche Verschwendung, sagte sie. Dolly könne an ihrem Strickzeug arbeiten. Keine von ihnen benötige zum Stricken die Augen.

Ich war sehr gerührt. Von Anfang an hat sie eine rührende und zugleich peinlich wirkende Besorgnis zu erkennen gegeben, keine vermeidbaren Ausgaben zu verursachen, aber noch nie in diesem Maße. Ich weiß, wieviel ihr das Vorlesen bedeutet. Nun gut, vielleicht würde sich ja endlich mal ein Gespräch ergeben, wenn wir so im Dunkeln herumsaßen. Ich war wirklich sehr gerührt.

Aber Mrs. Barnes ist in der Tat rührend. Gerade weil sie sich so rührend bemüht, keine Umstände zu machen, uns völlig zufriedenzustellen, tut man stets genau das, was sie will. Eher würde ich alles mögliche tun, als Mrs. Barnes zu verletzen. Auch würde ich fast alles tun, um sie zu beruhigen. Und an ihrer selbstlosen Entschlossenheit hält sie derart eisern fest, daß jeder Versuch, sie davon abzubringen, vergebliche Liebesmüh zu sein scheint.

Zu dieser Erkenntnis bin ich allmählich gelangt. Anfangs vertat ich die meiste Zeit bei den Mahlzeiten damit, um sie zu beruhigen, daß die Speisen nicht eigens wegen ihr und Dolly gekauft worden seien, und da der einzige Grund, weswegen sie angeschafft wurden, ich selbst sein konnte, hatten meine Beschwichtigungsversuche zur Folge, daß ich den Eindruck erweckte, sehr gefräßig zu sein. Ich meinte, hier oben recht genügsam zu leben, aber Mrs. Barnes hat offensichtlich derart genügsam gelebt, daß sie fast alles für Luxus hält, den sie meiner Gastfreundschaft zu verdanken habe.

So war sie zum Beispiel felsenfest davon überzeugt, daß die Aprikosen, wie sie sagte, extra ihretwegen gekauft wurden, so daß ich schließlich Mrs. Antoine die Anweisung geben mußte, keine mehr zu kaufen, nur um Mrs. Barnes zu beruhigen. Und dabei mochten wir doch alle drei diese Früchte. Und drunten im Tal schwelgte man geradezu in Aprikosen. Danach gab es rote Johannisbeeren, weil sie, wie Mrs. Barnes wußte, aus dem Garten kamen; aber wir aßen sie nicht, weil wir sie nicht mochten.

Dann war es der täglich zum Mittagessen gereichte Krug Limonade, was ihr Kummer bereitete. Während dieser Phase drehten sich ihre Äußerungen bei Tisch ausschließlich um Zitronen und Zucker, um all die Zitronen und all den Zucker, die nicht verbraucht würden, wenn sie und Dolly nicht hier wären; und wieder wies ich Mrs. Antoine an, nur Wasser aufzutragen, bloß damit Mrs. Barnes beruhigt wäre und nicht unglücklich würde.

Vor einer Woche verschwanden die Kuchen vom Teetisch. Die Eier haben beim Frühstück überlebt, und ebenso der Honig, weil Mrs. Barnes die Hühner hören kann und die Bienen gesehen hat und somit weiß, daß sie nicht eigens für sie angeschafft wurden. Kartoffeln und Salat, und alles, was der Garten sonst noch hervorbringt, ißt sie unbekümmert, aber bei Fleisch wird sie nervös; und eine Hammelkeule machte sie gestern ganz unglücklich, denn durch nichts ließ sie sich von der Überzeugung abbringen, daß ich mich mit einem Kotelett beschieden hätte, wenn ich allein gewesen wäre.

»Bringen Sie keine Hammelkeulen mehr auf den Tisch«, sagte ich hinterher zu Mrs. Antoine. »Servieren Sie statt dessen drei Koteletts.«

Ich fürchte, Mrs. Antoine ist empört über die ungastliche Askese, die ich ihrer Meinung nach meinen Gästen zumute. Als ich heute morgen Antoine befahl, kein

Feuer zu machen, mag das ihren wachsenden Argwohn, daß ich allmählich eine knausrige Madame werde, noch verstärkt haben. Offenbar hat sie Antoine ihre Befürchtungen zum Ausdruck gebracht; denn neulich, als ich sie anwies, den Zucker und die Zitronen wegzulassen und nur Wasser zu bringen, warf sie ihm einen Blick zu, und als ich aus der Küche ging, hörte ich, wie sie mit gesenkter Stimme zu ihm sagte — er hatte ihr zweifellos erzählt, daß ich früher nie so war, weshalb ihr keine andere Erklärung einfiel —: »*C'est la guerre* [Das ist der Krieg].«

Da meine Gegenwart im Aufenthaltsraum nicht viel Gutes bewirkt hatte, wo eine so trostlose Stimmung herrschte, daß sich mir die gedankenlose Bemerkung entrang, ich würde am liebsten eine Pfeife rauchen, worauf Dolly sofort antwortete: »Ach, welch eine Wohltat«, und Mrs. Barnes vorwurfsvoll »Dolly« sagte, ging ich gegen elf Uhr in die Küche, angeblich um zu fragen, was es heute zum Abendessen gibt, in Wirklichkeit aber, um mich für ein paar Augenblicke in der Nähe eines Feuers aufhalten zu können.

Respektvoll, aber mißbilligend beobachtete Mrs. Antoine, wie ich mich aufwärmte.

»*Madame devrait faire un peu de feu dans la halle*«, sagte sie. »*Ces dames auront bien froid.*«

[»Madame sollte im Aufenthaltsraum etwas Feuer machen lassen«, sagte sie. »Diese Damen werden ziemlich frieren.«]

»*Ces dames* lassen mich doch nicht«, versuchte ich ihr im leidenschaftlichsten Französisch, dessen ich fähig war, zu erklären. »*Ces dames* beschwören mich, kein Feuer machen zu lassen. *Ces dames* verschmähen ein

Feuer. *Ces dames* verwahren sich gegen ein Feuer. Ich komme um vor Kälte, bloß weil *ces dames* partout kein Feuer haben wollen.«

Aber Mrs. Antoine glaubte mir einfach nicht. Ich sah ihr an, daß sie dachte, ich lasse an schutzlosen Gästen eine widerwärtige Knausrigkeit aus. Unter den Entbehrungen des Krieges, schloß sie, hat sich Madames Wesen verändert. Das war die wohlwollendste, die einzig mögliche Erklärung.

Abend

Gerade in diesem Augenblick klopfte es an meiner Tür. Ich dachte, Mrs. Antoine sei hochgekommen, um mich wegen irgendeiner Haushaltsangelegenheit zu fragen, und sagte *Entrez*, aber es war Mrs. Barnes.

Noch nie ist sie bisher bis in mein Schlafzimmer vorgedrungen. Hoffentlich machte ich kein allzu überraschtes Gesicht. Ich denke jedoch, daß ich nach allenfalls einer Sekunde der Verblüffung meine Gastfreundschaft wiedergefunden hatte.

»Oh — kommen Sie doch herein«, sagte ich. »Wie nett von Ihnen.«

So hüllen wohlerzogene Leute ihre wahren Empfindungen in prachtvolle Gewänder der Höflichkeit.

»Dolly und ich haben Sie doch hoffentlich nicht aus dem Aufenthaltsraum vertrieben?« begann Mrs. Barnes mit sorgenvoller Stimme.

»Ich bin nur eben mal kurz hier hochgegangen«, erklärte ich, »und wollte gleich wieder runterkommen.«

»Oh, da bin ich ja beruhigt. Ich hatte schon befürchtet, daß vielleicht —«

»Wenn Sie doch nicht sooft befürchten würden, mich zu vertreiben!« sagte ich fröhlich. »Sehe ich denn aus wie eine Vertriebene?«

Aber Mrs. Barnes nahm von meiner Fröhlichkeit keine Notiz. Sie hatte etwas auf dem Herzen. Sie sah aus wie jemand, der sich sträubt und dennoch etwas loswerden muß.

»Ich glaube«, sagte sie feierlich, »wenn Sie einen Augenblick Zeit hätten, wäre das eine gute Gelegenheit für ein kleines Gespräch. Ich würde gern mit Ihnen ein paar Worte reden.«

Und sie stand da und betrachtete mich, wobei ihr anzusehen war, wie sehr sie innerlich mit sich rang.

»Reden Sie«, sagte ich mit höflicher Begeisterung. »Reden Sie.«

Dies ist das Nachspiel, dachte ich, zu Dollys Ausflug ins Deutsche neulich, und ich werde nun also doch noch aufgeklärt, was es mit Siegfried auf sich hat.

»Möchten Sie sich nicht in diesen Sessel setzen?« sagte ich, indem ich ihr einen bequemen hinschob und mich dann auf der Lehne des Sofas niederließ.

»Danke. Was ich Ihnen sagen möchte, ist —«

Sie zögerte. Ich nahm an, daß es ihr schwerfiel, mit Siegfried fortzufahren, und kam ihr sofort zu Hilfe.

»Sie wissen ja, es macht mir nicht das Geringste aus —«, begann ich.

»Was ich Ihnen sagen möchte, ist«, hob sie abermals an, bevor ich das fatale Wort herausgebracht hatte, »worauf ich Sie hinweisen möchte — ist, daß sich das Wetter bedeutend abgekühlt hat.«

Das hatte mit Siegfried so wenig zu tun, daß ich sie

einen Augenblick lang stumm anstarrte. Dann dämmerte mir, was nun kommen würde, und ich versuchte, es abzubiegen. »Ah«, sagte ich — denn ich fürchtete, sie werde nun gleich wieder unter vielen Dankbarkeitsbekundungen davon anfangen, wie lange sie nun schon hier seien —, »Sie hätten nun also doch gern, daß im Aufenthaltsraum geheizt wird.«

»Nein, nein. Uns ist wirklich überhaupt nicht kalt, das versichere ich Ihnen. Ein Feuer würde uns nur bekümmern. Was ich Ihnen sagen möchte — .« Wieder zögerte sie, dann fuhr sie entschlossener fort, »also, ich möchte Ihnen sagen, daß nun, da das Wetter umgeschlagen und die große Hitze vorbei ist, kein Grund mehr für Sie besteht, Ihre freundliche, reizende Gastfreundschaft noch länger auszudehnen. Ich brauche Ihnen wohl kaum zu sagen, daß wir nie, niemals zum Ausdruck bringen werden können, wie sehr —«

»Oh, aber Sie wollen mir doch wohl nicht kündigen?« fiel ich ihr ins Wort und versuchte munter über ihre unerschütterliche Dankbarkeit hinwegzugehen wie ein leuchtendes herbstliches Klettergewächs über einen Felsblock. Denn ich war nervös. Ich werde immer schrecklich aufgedreht, wenn ich nervös bin.

Aber vor Mrs. Barnes' Dankbarkeit zucke ich in der Tat zurück. Sie drückt mich in den Staub. Sie hinterläßt in mir ein Gefühl von Trauer, fast wie die Dankbarkeit Simon Lees bei Wordsworth. Ich kann sie nicht ertragen. Was ist das für eine Welt, möchte ich hinausschreien — was für eine elende, beschämende, niederschmetternde Welt, in der so schrecklich wenig Leute so schrecklich glücklich sind!

Dann fiel mir plötzlich siedendheiß ein, daß der Ausdruck kündigen von der ernsten Mrs. Barnes vielleicht nicht so verstanden werden könnte, wie ich ihn in meiner Ausgelassenheit gemeint hatte; und vor lauter Angst, sie womöglich verletzt zu haben, griff ich nach dem erstbesten Einfall, von dem ich annehmen konnte, daß er sie höchstwahrscheinlich besänftigen würde: mit glühenden Worten verlängerte ich meine Einladung auf unbestimmte Zeit. »Weil ich nämlich«, sagte ich, fortgerissen von diesem Wunsch, einer Kränkung vorzubeugen, »die Kündigung nicht annehmen werde. Ich lasse Sie nicht gehen. Das heißt natürlich«, fügte ich hinzu, »falls Ihnen und Dolly die Stille und die Eintönigkeit hier oben nichts ausmachen. Möchten Sie nicht hierbleiben, bis ich selbst abreise?«

Mrs. Barnes öffnete den Mund, um etwas zu erwidern, aber ich stand schnell auf, ging zu ihr hinüber und gab ihr einen Kuß. Instinktiv trat ich neben sie und gab ihr einen Kuß, bloß um ein bißchen Zeit zu gewinnen, um den Augenblick ein wenig hinauszuzögern, wo ich mir würde anhören müssen, was immer sie auch sagen mochte; denn ganz gleich, ob sie nun die Einladung annahm oder ablehnte, ich wußte, daß eine unerträgliche Flut von Dankbarkeitsbekundungen auf mich einströmen würde.

Aber als ich hinüberging und ihr einen Kuß gab, legte mir Mrs. Barnes ihren Arm um den Nacken und hielt mich fest; und in dieser plötzlichen Geste von seiten einer mit äußeren Zeichen der Zuneigung so sparsamen Person lag etwas, das meinem Herz einen kleinen Stich versetzte, und ich merkte auf einmal, wie ich ihr ins Ohr murmelte — erstaunlich, daß ich in Mrs. Barnes' Ohr murmelte —: »Bitte gehen Sie nicht fort, verlassen Sie mich nicht — bitte nicht — bitte bleiben Sie —«

Und da sie nichts sagte, gab ich ihr noch einen Kuß und murmelte wieder: »Bitte —«

Und da sie immer noch nichts sagte, murmelte ich: »Möchten Sie denn nicht? Sagen Sie doch ja —«

Und da stellte ich zu meinem Entsetzen fest, daß sie nur deshalb nichts sagte, weil sie weinte.

Bezüglich Mrs. Barnes bin ich begriffsstutzig und phantasielos gewesen. Nachdem ich erraten hatte, daß Dolly die Witwe eines Deutschen ist, hätte ich mir so leicht alles übrige denken können: die Armut, die aus einer solchen Lage erwuchs, die Schikanen und Demütigungen von seiten der Leute in den Pensionen, in denen sie während des Kriegs und danach zeitweilig Unterschlupf fanden — wo Dollys Name notwendigerweise registriert und ihre Nationalität bekannt gewesen sein muß; die Mühsal und Einsamkeit eines solchen Lebens, ohne irgendwo ein Zuhause, immerzu umherirren zu müssen; ihr kleiner Bekanntenkreis in Dulwich, der sie wahrscheinlich wegen Dolly verstieß oder ihr in spärlich eintrudelnden Briefen Vorhaltungen machte, weil sie so dumm war, sich aufzuopfern; ohne ein Ziel, zu dem sie heimkehren und ohne etwas, worauf sie sich freuen konnte; und die Erinnerungen an die verlorenen Herrlichkeiten jenes geordneten Lebens in einem gut eingerichteten Haus, als am Sonntag die Kirchenglocken läuteten und jedermann höflich war und selbst der Straßenkehrer am Ende der Straße respektvoll die Mütze zog.

Mrs. Barnes hat sich nie im Leben auch nur das Geringste zuschulden kommen lassen. Aus ihren Äußerungen entnehme ich, daß ihr nichts über ihren guten Ruf ging. Glück bedeutete für sie stets, ihren Freunden unbefangen und offen gegenüberzutreten und sich so zu verhalten, daß sie keiner Verteidigung oder Erklärung bedurfte. Und nun ist sie hier und irrt umher in einer Art Versteck. Mit Dolly. Mit der geliebten, der schwierigen, der unerklärlichen Dolly. Nirgends gern gesehen, überall unerwünscht. Und von Pensionsinhabern, unter denen es viele entschieden antideutsch Gesinnte gibt, wurde sie bestimmt schon des öfteren gebeten, sich anderswo eine Bleibe zu suchen.

Ich bin gegenüber Mrs. Barnes recht unsensibel gewesen. Ich schäme mich. Und ob ich nun richtig geraten habe oder nicht, sie soll ihre Geheimnisse für sich behalten. Wie gutgemeint mir meine törichten Absichten auch erscheinen mögen, wie sehr es auch meines Erachtens unseren täglichen Umgang erleichtern würde, ich werde nicht mehr versuchen, in Dingen herumzustochern, über die sie Stillschweigen bewahren möchte. Als sie heute morgen so weinte, wurde mir, nachdem ich sie einen Moment bestürzt und entgeistert angesehen hatte, auf einmal alles klar. Ich wußte plötzlich, was ich eben niederschrieb, so als ob sie es mir erzählt hätte. Und ich streichelte ihre Hand und versuchte so zu tun, als merkte ich nichts, weil es mir ans Herz ging, wie sie sich ihrerseits verzweifelt bemühte, ihre Tränen zu überspielen. Und andauernd murmelte ich — denn ich wußte wirklich nicht, was ich sonst hätte sagen sollen —: »Dann bleiben Sie also — wie froh ich darüber bin — dann ist es also abgemacht —«

Und ich hörte mich doch tatsächlich Freude äußern

über die Gewißheit, Merivale bis zum Schluß mitzubekommen!

Die Unterredung endete damit, daß mir die glänzende Idee kam, unter dem Vorwand, eine Anordnung treffen zu müssen, Mrs. Barnes allein in meinem Zimmer zurückzulassen, bis sie sich wieder soweit gefaßt haben würde, um nach unten zu gehen.

»Ich muß mal schnell weg und Mrs. Antoine etwas auftragen«, sagte ich plötzlich, »ich habe etwas vergessen.« Und schon eilte ich davon.

Diesmal war ich taktvoll gewesen. Wunderbar. Ich freute mich richtig, daß mir dieser Ausweg aus der etwas peinlichen Situation eingefallen war. Mrs. Barnes wäre es bestimmt nicht recht, wenn Dolly ihr ansähe, daß sie geweint hatte. Sie würde nun ruhig oben in meinem Zimmer bleiben, bis ihre Augen nicht mehr rot waren, und dann herunterkommen, so gelassen und bereit wie immer, mit gutem Beispiel voranzugehen.

Unvermindert taktvoll vermied ich es, in den Aufenthaltsraum zu gehen, weil außer Dolly niemand dort war, und sich mir somit zum erstenmal die lange ersehnte Gelegenheit geboten hätte, mit ihr allein zu sprechen; aber ich wollte jetzt natürlich nichts unternehmen, was Mrs. Barnes womöglich beunruhigen würde; ich hoffe sehr, daß ich sie nie wieder beunruhigen werde.

Den Aufenthaltsraum meiden bedeutete jedoch, plötzlich im Wohnbereich der Antoines zu stehen. In der Küche konnte ich auch nicht Zuflucht suchen und mich erneut aufwärmen, weil sie gerade beim Essen waren. Da blieb nur noch die Hintertür, die letzte Zuflucht einer Gastgeberin. Sie stand offen, und draußen lag der Hof im

Regen, und durch den Nebel sah man kaum noch die Umrisse von Mou-Mous Hütte.

Ich blieb in der Tür stehen, versunken in den Anblick, der sich mir von dort aus bot, und wartete, bis ich der Meinung war, daß Mrs. Barnes nun genug Zeit gehabt haben würde, um mein Schlafzimmer verlassen zu können. Ich wußte, sie würde so lange dort bleiben, bis sie wieder aus den Augen schauen konnte, also wußte ich, daß ich Geduld haben mußte. Deshalb blieb ich in der Tür stehen und betrachtete, was sich von dort aus meinen Blicken bot, während ich um Geduld rang. Aber es ist erstaunlich, wie kalt diese Gebirgsnebel sind, wie sie durch alle Ritzen dringen. Sie scheinen einem durch Mark und Bein zu gehen, ja sogar bis ins Gemüt, und auch dieses frösteln zu machen und mit Zweifeln an der Zukunft zu erfüllen.

4. September

Dolly schaute bekümmert drein, fand ich, als Mrs. Barnes, so unbewegt und anscheinend trocken wie immer — aber ich wußte es besser —, ihr gestern beim Tee in meinem Beisein eröffnete, daß ich sie eingeladen hätte, so lange zu bleiben, bis ich selbst abreisen würde.

Zum Glück zierten diesmal nur wenige Dankesäußerungen Mrs. Barnes' Ankündigung. Ich glaube, sie hatte sich immer noch nicht ganz im Griff, weshalb sie sich so kurz faßte. Dolly warf mir einen schnellen Blick zu, ohne jedoch, wie sonst, dabei zu lächeln. Ich sagte, welch eine große Freude es für mich sei, zu wissen, daß sie nicht abreisten. »Sie bleiben doch gern hier, nicht wahr, Dolly?« fragte ich und stockte plötzlich, denn aus ihren ernsten

Augen schlug mir nicht gerade die helle Begeisterung entgegen.

Sie bejahte; natürlich bejahte sie und fügte die in solchen Fällen angebrachten Artigkeiten hinzu. Aber sie schaute weiter nachdenklich drein, und ich glaube, sie möchte mir von Siegfried erzählen, oder hätte gern, daß Mrs. Barnes mir von ihm erzählt. Sie meinte vermutlich, ich sollte wissen, mit welcher Art von Gast ich es zu tun habe, ehe ich entscheide, ob ich sie wirklich noch länger hierbehalten möchte.

Ich wünschte, ich könnte Dolly irgendwie und ohne Mrs. Barnes aus der Fassung zu bringen, zu verstehen geben, daß ich Bescheid weiß und mich nicht daran stoße. Ich versuchte es mit einem aufmunternden Lächeln, aber je mehr ich lächelte, desto ernster wurde sie.

Was indessen Mrs. Barnes angeht, so besteht jetzt zwischen ihr und mir die scheue Zuneigung, die einem geheimen Einverständnis entspringt. Sie mag sich noch so beherrscht und förmlich geben — wir haben einander jedenfalls einen herzlichen Kuß gegeben, und ich habe gespürt, wie sich ihr Arm um meinen Nacken legte. Wieviel aufschlußreicher, wieviel wirkungsvoller als alle Worte, als alle Erklärungen ist doch diese einfache Geste, die man Kuß nennt! Ich glaube, wenn wir alle weniger redeten und mehr küßten, würden wir viel schneller zur Einsicht gelangen. Ich gebe diese Auffassung etwas schüchtern zum besten. Sie ist eher eine Annahme denn eine Ansicht. Meines Wissens wird sie in der Literatur nicht geteilt — im Gespräch würde ich sie mir verkneifen —, nur einmal bin ich darauf gestoßen, und zwar bei einem deutschen Autor. Er schrieb ein Gedicht, dessen erste Zeile lautet:

»O schwöre nicht und küsse nur!«

Und das erschien mir ein vernünftiger Rat zu sein.

5. September

Das Wetter ist nun also doch nicht umgeschlagen. Es hat ein Gewitter gegeben und einen Tag lang geregnet, und dann klarte es wieder auf. Es wurde nicht mehr so heiß — mit der großen Hitze ist es heuer vorbei —, aber alles ist wie in kühles reines Gold getaucht. Gestern klarte es tagsüber auf, und gegen Abend kam ein starker Wind auf und fegte während der Nacht den Himmel so rein, daß nur noch die Sterne funkelten; und als ich heute morgen aufwachte, war wieder der vertraute goldene Fleck an der Wand, und ich wußte, daß es ein wunderschöner Tag werden würde.

Und so war es auch. Bis weit ins Tal liegen die Berge im Neuschnee, es ist windstill und die Luft sehr frisch. Alles funkelt und strahlt; und man kommt sich selbst wie eine leuchtende Seifenblase vor. Selbst Mrs. Barnes ist es fast so ergangen — sie war, für sie erstaunlich, ungeheuer gut gelaunt.

»Ah«, sagte sie, als sie nach dem Frühstück auf der Terrasse stand und tief Luft holte, »nun verstehe ich den Ausdruck, der in Landschaftsbeschreibungen sooft vorkommt. Die Luft hier oben ist tatsächlich wie Champagner.«

»Sie hat in der Tat eine sehr heilsame Wirkung«, sagte ich. Statt dieser Antwort hätte ich lieber etwas anderes darauf erwidert, verschiedene Gedanken geäußert, die mir bei ihrer Bemerkung gekommen waren, aber ich unterließ es. Ich will jetzt sorgfältig darauf achten, daß ich Mrs. Barnes nur mit »ja, ja« und »nein, nein« antworte — das heißt, kurz und schlicht und ohne jede Anspielung, durch die sich Dolly direkt oder indirekt ermutigt fühlen könnte. Dolly hat versucht, mich allein zu fassen zu kriegen. Seit Mrs. Barnes ihr gestern beim Tee eröffnete, daß ich sie gebeten hätte, noch zu bleiben, hat sie es zweimal versucht, aber ich bin ihr aus dem Weg gegangen.

»Heilsam?« wiederholte Mrs. Barnes. »Sie ist mehr als nur heilsam. Die Luft steigt einem zu Kopf. Ich glaube, mir wird noch ganz schwindlig davon — ganz wirr im Kopf.«

Und dann gab sie mir doch tatsächlich ein Kinderrätsel zu lösen — man stelle sich vor: Mrs. Barnes gab mir ein Kinderrätsel zu lösen, morgens um zehn Uhr, mir, einer Person, die für Rätsel längst keinen Sinn mehr hat und sich seit Vollendung ihres sechsten Lebensjahres nie besonders für Rätsel begeistern konnte.

Natürlich traf ich nicht die richtige Antwort. In meiner Verwirrung antwortete ich auf gut Glück und ohne lange zu überlegen »Brandy«, während die Antwort »Whisky« hätte lauten müssen; aber ich finde, es ist schon toll, daß ich auf einen der richtigen Antwort so nahekommenden Begriff wie Brandy verfallen war. Ich kann mich nicht erinnern, dieses Rätsel je gehört zu haben. Bereits in Mrs. Barnes' Jugend war es nicht mehr taufrisch, denn sie erzählte mir, sie habe es von ihrem Vater, der sich an einem Scherz genauso herzlich erfreuen konnte wie sie.

Was mich jedoch so überraschte war, daß die frische, sonnendurchflutete Luft Mrs. Barnes zu Rätseln inspirierte. Diese Wirkung hatte die Luft bei meinen Vorkriegsgästen nicht gezeitigt. Sie wurden jung, aber nicht jünger als zwanzig. Mrs. Barnes hingegen fiel heute ins Lätzchenalter zurück. Das hätte ich nie von ihr erwartet. Nie hätte ich es für möglich gehalten, daß sie drauf und dran sein könnte, in einen Zustand zu verfallen, den ich nur »schrecklich ausgelassen« nennen kann. Und das nicht nur heute morgen im ersten Rausch der herrlichen, vom Regen frischen Luft; nein, es ging den ganzen Tag so weiter! Auf den Berghängen, die nun wegen des starken Gewitterregens glitschig und schwer zu begehen sind, wären heute nachmittag drei Gestalten zu sehen gewesen, zwei schwarze und eine weiße, die recht wackelig und im Gänsemarsch eine Weile dahinliefen, dann eine Pause einlegten und ein angeregt plauderndes Grüppchen bildeten, und dann wieder weitergingen. Wenn sie stehenblieben, so deshalb, weil Mrs. Barnes wieder ein neues Rätsel eingefallen war.

Dolly antwortete immer wie aus der Pistole geschossen — weshalb ich vermutete, daß sie mit denselben Rätseln großgeworden war, aber ich selbst gab eine klägliche Figur ab. Mit viel gutem Willen versuchte ich, meine angeborene Unfähigkeit wettzumachen. Mrs. Barnes' gute Laune war zu selten und zu kostbar, fand ich, um sich ihr zu verschließen; und da ich bei den Antworten danebengelegen hatte, zermarterte ich mir das Gehirn nach Fragen, damit auch ich Rätsel stellen konnte.

Aber aufgrund eines merkwürdig verqueren Erinnerungsvermögens fielen mir zwar mehrere Antworten ein, nicht jedoch die dazugehörigen Fragen. Wie ich nach einigem Nachforschen feststellte, hatten sich in meinem

Gedächtnis Fragmente wie die folgenden recht fest eingegraben — offenkundig Antworten auf Kinderrätsel von einst.

Weil sein Schwanz aus seinem Kopf herauskommt.
Das tat auch der andere Esel.
Er fing eine Fliege und ging heim.
Orléans.

Da ich Mrs. Barnes nichts Besseres zu bieten hatte, offerierte ich ihr diese und schlug vor, sie solle die entsprechenden Fragen dazu finden.

Sie fand diesen Umgang mit Rätseln geradezu subversiv und schwierig. Dolly fing an zu lachen. Und da lachte Mrs. Barnes, inspiriert von der würzigen Luft, doch tatsächlich auch. Es war das erste Mal, daß ich sie lachen hörte. Ich lauschte voller Ehrfurcht. Offenbar lacht sie sehr selten, denn Dolly freute sich wie ein Schneekönig; offenbar wurde der heutige Tag dadurch zu einem denkwürdigen Datum, denn auf Dollys Gesicht, das sie ihrer Schwester entzückt und überrascht zugewandt hatte, lag ein Ausdruck, wie ihn die Züge einer Mutter annehmen, deren Sprößling sich plötzlich ganz unverhofft manierlich benimmt.

So standen wir also auf dem glitschigen Hang und gestikulierten vor lauter Ausgelassenheit wild durcheinander.

Dies hier ist schon ein merkwürdiges Fleckchen Erde. Seine Wirkungen sind unberechenbar. Vermutlich weil es in fünftausend Fuß Höhe liegt und soviel Sonne abkriegt.

6. September

Heute morgen trafen Briefe aus England ein, die mir die ganze gestrige Fröhlichkeit austrieben; Briefe, die mich *erinnerten*. Es war, als sei der kalte Nebel zurückgekehrt und verhülle das Licht, nachdem ich doch gehofft hatte, er habe sich für immer gelichtet. Es war, als habe sich wieder eine zentnerschwere Last auf mein Herz gelegt, die mir die Luft abschnürt, mir das Atmen schwermacht, nachdem ich doch gehofft hatte, sie sei für immer von mir genommen. Ich fühle mich elend. Elend, weil der altvertraute Schmerz wieder da ist, elend, weil ich Angst habe, ihm abermals hoffnungslos zu verfallen. Ob ich schon wieder so weit bin? Ach, und ich hatte doch so sehr *gehofft*, es ginge mir besser! Soll ich denn nie mehr wieder auf die Beine kommen? Wird nicht doch nach all den Mühen, nach all den standhaft ausgefochtenen inneren Kämpfen allenfalls eine mehr oder weniger geschickte Flickschusterei, ein mehr oder weniger erfolgreiches Zusammenfügen zerbrochener Teile herauskommen? Ich dachte, ich sei wieder heil geworden. Ich dachte, ich würde nicht mehr zusammenzucken. Und nun diese Briefe . . .

Lächerlich, widerlich und lächerlich, den eigenen Körper so wenig in der Gewalt zu haben, daß man hilflos mitansehen muß, wie einem die Hände zittern!

Ich will vergessen. Ich will nicht mehr erinnert werden. Nur im Vergessen fühle ich mich sicher, nur im Vergessen kann ich hoffen, der Vergangenheit zu entrinnen. Vergessen — vergessen, bis meine Psyche wieder ganz in Ordnung ist, nicht mehr nur ein schwer lädiertes Etwas. Ich nenne es meine Psyche. Ich weiß nicht, was es ist. Ich fühle mich hundeelend.

Die Einzelheiten sind es, die mir so zu schaffen machen. Solange in meinem Kopf alles nur ein einziger großer unheilvoller Nebel ist, könnte ich womöglich zur Ruhe kommen, mein inneres Gleichgewicht allmählich und mühsam wiederfinden. Aber Einzelheiten erinnern mich zu heftig an die Vergangenheit, lassen alte Ängste in allzu scharf umrissenen Konturen wieder aufblitzen. Ich hätte die Briefe nicht öffnen sollen, bevor ich allein war. Aber ich hatte mich so sehr darüber gefreut, als ich sie bekam. Ich bekomme schrecklich gern Briefe. Sie trugen die Handschrift von Freunden. Als ich sie auf dem Frühstückstisch liegen sah, wie konnte ich da ahnen, daß so viel Schmerzliches darin stehen würde? Und als ich sie gelesen hatte und meine Tasse hochhob und mir den Anschein zu geben versuchte, als sei nichts geschehen, und meinen Kaffee wie alle anderen trinken wollte, zitterte meine alberne Hand derart, daß Dolly es merkte.

Unsere Blicke begegneten sich.

Ich vermochte diese elende Tasse nicht auf ihre Untertasse zurückzusetzen, ohne Kaffee zu verschütten. Wenn ich mich immer noch so benehme, was hat dann mein Aufenthalt hier genützt? War er nicht nur vertane Zeit? Was war die Kur dann anderes als ein Mißerfolg?

Ich bin in mein Zimmer gegangen. Unten halte ich es nicht aus. Es wäre mir heute morgen unerträglich, auf der Terrasse zu sitzen und mir vorlesen zu lassen. Aber ich muß mir eine Ausrede einfallen lassen, und zwar schnell. Mrs. Barnes kann jede Minute hier sein, um mich zu fragen — oh, ich fühle mich wie ein gehetztes Tier!

Es tut gut, das alles niederzuschreiben. Beim Schreiben fühlt man sich merkwürdigerweise weniger einsam. Dennoch — sich selbst den Spiegel vorhalten zu müssen, um Gesellschaft zu haben —, bedeutet das nicht, daß man den tiefsten Punkt der Einsamkeit erreicht hat?

Abend

Immerhin waren es diese Briefe, die Dolly und mich nun endlich zusammenbrachten.

Sie folgte mir in den Küchengarten, in den ich heute morgen ging, nachdem ich mich wieder etwas gefangen hatte. Auf dem Weg dorthin sagte ich Mrs. Barnes mit möglichst gelassener Miene, ich hätte verschiedene Anordnungen mit Antoine zu besprechen und würde deshalb, so fürchte ich, das Vorlesen wohl einmal verpassen.

Ich wußte, daß Antoine im Küchengarten arbeitete, einem Stückchen Land, das vom Haus aus nicht zu sehen ist, weil es in einer tiefen Mulde liegt, und ich ging zu ihm und bat, ihm helfen zu dürfen. Ich sagte, ich würde alles tun — umgraben, jäten, Schnecken sammeln, einfach alles, aber er müsse mich arbeiten lassen. Im Freien mit den eigenen Händen arbeiten war das einzige, wozu ich mich heute in der Lage fühlte. Es ist nicht das erste Mal, ging es mir durch den Kopf, daß jemand zwischen Salatköpfen Frieden findet.

Antoine erhob natürlich Einwände, erklärte sich aber schließlich bereit, mich rote Johannisbeeren pflücken zu lassen. Das war keine schwere Arbeit und nützlich überdies, denn Lisette, die Küchenhilfe, würde dadurch Zeit sparen, da sie sich ansonsten gleich ans Pflücken hätte machen müssen. Also suchte ich mir die Sträucher aus, die unmittelbar neben der Stelle standen, wo er den Boden umgrub, weil ich in der Nähe eines Menschen sein wollte, der weder redete noch Notiz von mir nahm, der sich betätigte, der freundlich und nett war und der mich nicht ansehen würde, und ich begann, diese merkwürdig verspäteten Früchte zu pflücken, deren Zeit im Tal schon seit zwei Monaten vorbei war und an die dort keiner mehr dachte.

Da sah ich, wie Dolly die in die Grasnarbe geschnittenen Stufen herunterkam. Sie schürzte ihren langen schwarzen Rock. Auf dem Kopf hatte sie nichts, und die Sonne schien ihr in die Augen, so daß sie sie zusammenkneifen mußte, als sie kurz auf der untersten Stufe stehenblieb und nach mir Ausschau hielt. All das sah ich, obwohl ich über die Sträucher gebeugt war.

Dann kam sie zu mir und stellte sich neben mich.

»Sie sollten nicht hier sein«, sagte ich, ohne sie anzusehen, und pflückte weiter.

»Ich weiß«, sagte Dolly.

»Sollten Sie dann nicht lieber zurückgehen?«

»Ja. Aber ich gehe nicht.«

Ich pflückte schweigend weiter.

»Sie haben geweint«, sagte sie als nächstes.

»Nein«, sagte ich.

»Vielleicht nicht mit den Augen, aber mit dem Herzen.«

Hierauf kam ich mir fast wie Mrs. Barnes vor; fast so, wie sich Mrs. Barnes gefühlt haben muß, als ich sie zu mehr Offenheit zu bewegen versuchte.

»Wissen Sie, was Ihre Schwester neulich zu mir sagte?« fragte ich, fleißig pflückend. »Sie sagte, sie halte sehr viel von Diskretion.«

»Ja«, sagte Dolly. »Aber ich nicht.«

»Und ich auch nicht«, gab ich zu.

»Na also«, sagte Dolly.

Ich richtete mich auf, und wir sahen einander an. Ihre Augen haben einen entzückenden Glanz. Siegfried wird sich bestimmt gefreut haben, als er sie an dem Bettlaken herunterkommen sah und sie in seine Arme sprang.

»Sie brauchen mir nichts zu erzählen, was Sie nicht wirklich erzählen wollen«, sagte Dolly, und ihre liebreizenden Augen lächelten, »aber als ich Sie so unglücklich dreinschauen sah, da konnte ich nicht anders; ich mußte einfach zu Ihnen gehen und — na ja, Sie streicheln.«

»Es gibt nichts zu erzählen«, sagte ich und fühlte mich allein schon von der bloßen Vorstellung, gestreichelt zu werden, getröstet.

»Doch.«

»Eigentlich nicht. Es ist nur, daß einmal — ach, was soll das Ganze? Ich möchte nicht mehr daran denken — ich möchte vergessen.«

Dolly nickte. »Ja«, sagte sie. »Ja.«

»Ich bin nämlich hierhergekommen, um im Vergessen Heilung zu suchen, und ich dachte, ich sei geheilt. Und heute morgen mußte ich feststellen, daß dem nicht so ist, und es hat — und es hat mich enttäuscht.«

»Sie dürfen nicht weinen, hören Sie«, sagte Dolly sanft. »Nicht mitten beim Johannisbeerenpflücken. Der Mann dort —« Rasch warf sie einen Blick auf Antoine, der unverdrossen grub.

Ich schniefte meine Tränen weg, ohne mich durch den Gebrauch eines Taschentuchs zu verraten, und schaffte es, ihr zuzulächeln.

»Was für Idioten wir doch immer noch sind«, sagte ich reumütig.

»Oh — Idioten!«

Dolly machte eine Handbewegung, als wolle sie die ganze Welt miteinschließen.

»Wird man wohl je erwachsen?« fragte ich.

»Ich weiß es nicht. Ich jedenfalls nicht.«

»Aber glauben Sie denn, daß man jemals lernt, Schmerz zu ertragen, ohne gleich bitterlich weinend zu seiner Mutter rennen zu wollen?«

»Ich denke, es ist schwierig. Man scheint mehr Zeit dazu zu brauchen«, fügte sie lächelnd hinzu, »als ich bisher hatte, und ich bin vierzig. Sie wissen, daß ich vierzig bin?«

»Ja. Das heißt, so hat man mir erzählt, aber bewiesen ist es noch nicht.«

»Oh, ich konnte noch nie etwas *beweisen*«, bekannte Dolly. Dann setzte sie eine entschlossene Miene auf, die Mrs. Barnes bestimmt in Alarmbereitschaft versetzt hätte, und sagte: »Es gäbe noch manch anderes über mich zu sagen, wovon Sie nichts wissen, und da ich nun endlich hier mit Ihnen allein bin, kann ich Ihnen auch gleich davon erzählen. Ja, ich weiche keinen Schritt von diesen Johannisbeersträuchern, bis ich es Ihnen erzählt *habe*.«

»Wäre es dann nicht besser«, sagte ich, »wenn Sie mir beim Pflücken helfen würden, während Sie es mir erzählen?« Und ich reichte ihr den Korb hinüber und stellte ihn zwischen uns auf den Boden.

Und schon fühlte ich mich besser. Getröstet und ermutigt durch Dollys bloße Gegenwart und das wohltuende Verständnis, das wie ein Lichtschein von ihr auszugehen scheint.

Sie krempelte die Ärmel hoch und fuhr mit beiden Armen in die Johannisbeersträucher. Zum Glück haben Johannisbeeren keine Dornen, denn wenn es ein Stachelbeerstrauch gewesen wäre, hätte sie es wohl genauso gemacht.

»Sie haben uns gebeten zu bleiben«, begann sie, »und es ist nicht fair, Sie im unklaren zu lassen, mit wem Sie es zu tun haben.«

»Wenn Sie mich darüber aufklären wollen, wie Ihr Name buchstabiert wird«, sagte ich, »das habe ich bereits erraten. Er schreibt sich Juchs.«

»Oh, Sie sind wirklich klug!« rief Dolly unerwartet aus.

»Na, wenn das klug ist«, entgegnete ich bescheiden, »was werden Sie dann erst zu *gewissen* Dingen sagen, die mir im Kopf herumgehen?«

Dolly lachte. Dann schaute sie wieder ernst drein und riß an den Johannisbeeren in einer Weise, die dem Strauch nicht gut bekam.

»Ja. Er hieß Juchs«, sagte sie. »Kitty sprach den Namen immer wie Jewks aus. Nicht wegen des Kriegs. Nicht aus Gründen der Tarnung. Sie dachte, er werde so ausgesprochen. Das dachten auch die anderen Verwandten in England. Das heißt, wenn sie den Namen überhaupt aussprachen, was wohl nie der Fall war.«

»Sie meinen, sie nannten ihn Siegfried«, sagte ich.

Dolly hörte plötzlich auf zu pflücken und sah mich ganz überrascht an. »Siegfried?« wiederholte sie, die Hände voll mit Johannisbeeren.

»Das gehört zu den anderen Dingen, die ich erraten habe«, sagte ich stolz. »Indem ich ganz einfach zwei und zwei zusammenzählte.«

»Er hieß nicht Siegfried«, sagte Dolly.

»Nicht Siegfried?«

Nun war ich es, die zu pflücken aufhörte und überrascht dreinschaute.

»Und neulich im Schlaf — ? Und so zärtlich — ?« stammelte ich.

»Siegfried hieß nicht Juchs, er hieß Bretterstangel«, sagte Dolly. »Habe ich neulich im Schlaf seinen Namen gemurmelt? Der liebe Siegfried.« Und selbst während sie mich ansah, war aus ihren Augen zu lesen, daß sie in Erinnerungen schwelgte.

»Aber Dolly — wenn Siegfried nicht Ihr Mann war, durften Sie dann — nun ja, finden Sie es klug, von ihm zu träumen?«

»Aber er war doch mein Mann.«

Ich staunte.

»Aber Sie sagten doch, Ihr Mann hieß Juchs«, wandte ich ein.

»So hieß er auch«, sagte Dolly.

»Hieß er? Warum dann — ich weiß, ich bin fürchterlich begriffsstutzig, aber sagen Sie mir doch — wenn Juchs Ihr Mann war, warum wurde er dann nicht Siegfried genannt?«

»Weil Siegfried mit Nachnamen Bretterstangel hieß. Mit Siegfried *begann* ich.«

Schweigen trat ein. Wir standen da und sahen einander an, die Hände voller Johannisbeeren.

Dann sagte ich: »Oh.« Und nach ein paar Sekunden

sagte ich: »Verstehe.« Und nach ein paar weiteren Sekunden sagte ich: »Mit Siegfried *begannen* Sie.«

Ich war völlig baff. Die Vermutungen, die ich mir so fein säuberlich in meinem Kopf zurechtgelegt hatte, waren auf einmal total durcheinandergeraten.

»Sie müssen begreifen«, sagte Dolly, und es bereitete ihr offensichtlich Mühe, »daß er nicht der einzige Deutsche war, den ich heiratete. Ich hätte bei Siegfried aufhören sollen. Ich wünschte nun, ich hätte es getan. Aber man gewöhnt es sich eben an —«

»Aber«, fiel ich ihr ins Wort, »Sie machten weiter —?«

»Ja«, sagte Dolly, trotzig und hocherhobenen Hauptes, »ich machte weiter, und genau das ist es, worüber Sie sich ganz klar werden sollten, ehe wir uns hier auf unbestimmte Zeit einnisten. Kitty kann nicht bleiben, wenn ich nicht will. Manchmal werde ich energisch, und in diesem Fall würde ich es ganz gewiß. Der arme Liebling — was ich getan habe, geht ihr schrecklich nahe, und so gut ich kann, helfe ich ihr dabei, es vor normalen Leuten geheim zu halten — oh, mehr als ein paar Kleinigkeiten plaudere ich nie aus! Aber ich kann und will damit nicht hinter dem Berg halten gegenüber einer Freundin, die uns auf so wundervolle Weise einlädt —«

»Jetzt fangen *Sie* wohl auch noch an, in Dankbarkeit zu zerfließen?« fiel ich ihr schnell ins Wort.

»Sie können sich nicht vorstellen«, antwortete Dolly, ohne auf meine Frage einzugehen, die Augen vor Erstaunen über die eigene Vergangenheit weit aufgerissen, »wie schwierig es ist, aufzuhören, wenn man erst einmal damit angefangen hat.«

»Aber — wie viele?« brachte ich mühsam heraus.

»Oh, nur zwei. Es war gar nicht so sehr ihre Zahl. Es war ihr Stand.«

»Was — Junker?«

»Junker? Würde es Sie mehr stören, wenn die beiden Junker gewesen wären? Stört es Sie überhaupt sehr?«

»Mich stört gar nichts. Es stört mich nicht im geringsten, daß Sie nach dem Buchstaben des Gesetzes Deutsche sind. Ich denke nur, daß es ein bißchen — na ja, vielleicht ein bißchen übertrieben war, noch einen Deutschen zu heiraten, nachdem Sie schon einmal einen geheiratet hatten. Freilich habe ich schon immer einen gewissen Hang zur Genügsamkeit. Mir sind die wenigen lieber als die vielen, und ich ziehe das Wenige der Menge vor.«

»Auch bei Ehemännern?«

»Nun ja — ich denke schon.«

Dolly seufzte.

»Ich wünschte, ich wäre auch so gewesen«, sagte sie. »Der armen Kitty wäre so viel erspart geblieben.«

Sie ließ die Johannisbeeren, die sie in den Händen hielt, langsam, Träubchen für Träubchen, in den Korb fallen.

»Aber ich kann nicht erkennen«, sagte ich, »was das für Kitty an der Sache änderte. Ich meine, nachdem Sie schon einmal einen Deutschen zum Mann gehabt hatten, was fällt da einer mehr oder weniger noch ins Gewicht? Und war nicht der zweite schon — ich meine, hatte er nicht schon das Zeitliche gesegnet, ehe der Krieg ausbrach? Somit kann ich nicht erkennen, was das für Kitty an der Sache änderte.«

»Aber genau das ist es ja, was Sie sich klarmachen müssen«, sagte Dolly und ließ den letzten Büschel Johannisbeeren aus ihrer Hand in den Korb fallen.

Sie sah mich an, und ich merkte, wie sie langsam rot wurde. Eine zarte Röte überzog ganz langsam ihr Gesicht, so zart, daß ich im ersten Moment gar nicht verstand, weshalb sie immer schuldbewußter dreinschaute, immer mehr einem Kind ähnelte, das etwas beichten muß – aber einem ehrlichen, braven Kind, das unbedingt beichten *will*.

»Sie wissen«, begann sie, »daß ich viele Jahre lang in Deutschland gelebt habe.«

»Ja«, sagte ich. »Das habe ich mir schon gedacht.«

»Und es ist anders als England.«

»Ja«, sagte ich. »Das habe ich gehört.«

»Die Ansichten der Leute. Ihre Gesetze.«

»Ja«, sagte ich.

Es fiel Dolly offenbar schwer, loszuwerden, was sie auf dem Herzen hatte. Ich dachte, es könnte ihr vielleicht helfen, wenn ich sie nicht ansähe, deshalb machte ich mich wieder über die Johannisbeeren her. Mechanisch folgte sie meinem Beispiel.

»Kitty«, sagte sie, als wir uns beide fleißig pflückend über denselben Strauch beugten, »hält das, was ich tat, für zu schrecklich. Alle unsere Verwandten in England fanden das auch. Eben weil Sie womöglich derselben Meinung sind, muß ich es Ihnen offenbaren. Dann können Sie entscheiden, ob Sie mich wirklich hierhaben wollen oder nicht.«

»Liebe Dolly«, murmelte ich, »bitte lassen Sie mir nicht das Blut in den Adern erstarren –«

»Ach, aber im Katechismus ist es doch verboten.«

»Was ist verboten?«

»Das, was ich getan habe.«

»*Was* haben Sie denn getan, Dolly?« fragte ich, nunmehr durch und durch beunruhigt; war sie in ihrer Tollkühnheit so weit gegangen, daß sie mit den zehn Geboten in Konflikt geriet?

Dolly riß ganze Hände voll Johannisbeeren und Blätter vom Strauch und warf alles zusammen in den Korb. »Ich heiratete meinen Onkel«, sagte sie.

»Was?« fragte ich, echt erstaunt.

»Karl — das war mein zweiter Mann — war der Onkel von Siegfried, meinem ersten Mann. Er war der Bruder von Siegfrieds Mutter — der Bruder meiner ersten Schwiegermutter. Meine zweite Schwiegermutter war die Großmutter meines ersten Mannes. In Deutschland kann man das. In Deutschland macht man das. Aber der englische Katechismus verbietet es. Im Abschnitt über Blutsverwandtschaft und Schwägerschaft steht, daß man das nicht tun darf. Es ist die Nummer neun in der rechten Spalte — Brüder der Mütter von Ehemännern. Und Kitty — na, Sie können sich ja denken, wie Kitty die Sache sah. Wenn es mein leiblicher Onkel, der Bruder meiner Mutter gewesen wäre, hätte sie nicht entsetzter und untröstlicher sein können. Darüber war ich mir nicht im klaren gewesen. Ich hatte nicht bedacht, wie es auf die Leute zu Hause wirken würde. Ich tat es einfach. Sie erfuhren es erst, als ich schon verheiratet war. Ich finde, es erspart einem Ärger, wenn man heiratet und es erst hinterher erzählt. Ich hatte so viele Jahre in Deutschland gelebt. Es erschien mir ganz natürlich. Ich blieb einfach in derselben Familie. Es war im Grunde genommen Gewohnheit.«

Sie warf einige Johannisbeeren in den Korb und wandte mir dann ihr Gesicht zu. »So«, sagte sie und sah mir voll in die Augen, »nun habe ich es Ihnen erzählt, und wenn Sie mich für unmöglich halten, werde ich gehen.«

»Aber —«, setzte ich an.

Ihr Gesicht war nun richtig gerötet, und ihre Augen strahlten.

»Oh, es täte mir ja so leid«, sagte sie ungestüm, »wenn uns dies entzweite!«

»Uns?«

»Sie und mich. Aber ich konnte doch nicht hierbleiben und es Ihnen verschweigen. Gerade weil Sie vielleicht davon abgestoßen sein würden, mußte ich es Ihnen erzählen. Sie haben in Ihrer Familie einen Dekan. Der Katechismus liegt Ihnen im Blut. Und wenn Sie es abscheulich finden, so habe ich dafür vollstes Verständnis, und ich werde gehen und Kitty mitnehmen, und Sie werden nie mehr etwas von mir sehen oder hören, also sagen Sie mir ruhig ...«

»Oh, so warten Sie doch einen Augenblick!« rief ich. »Ich verabscheue es nicht. Es macht mir nichts aus. Das wäre nur der Fall, wenn ich selbst einen deutschen Onkel hätte heiraten müssen. Ich kann mir zwar nicht vorstellen, wie Frauen darauf kommen, Onkel heiraten zu wollen, aber wenn sie den Wunsch haben und es sich nicht um leibliche Onkel handelt und mit den Sitten ihres Landes verträgt, warum nicht? Sie bleiben hier, Dolly. Ich lasse Sie nicht gehen. Es kümmert mich nicht, und wenn Sie fünfzig deutsche Onkel geheiratet hätten. Von dem Augenblick an, als ich Sie oben auf der Mauer in Ihrem ulkigen Unterrock stehen sah, habe ich Sie ins Herz geschlossen. Sie werden doch wohl nicht im Ernst glauben«, sagte ich zum Schluß, auf einmal ganz stolze Britin, »daß wir uns durch einen lächerlichen *Deutschen* auseinanderbringen lassen?«

Hierauf küßten wir einander — nicht einmal, sondern mehrmals; ja, wir fielen uns um den Hals. Antoine, der herbeikam, um die roten Johannisbeeren für Lisette zu holen, die ihm von der Treppe aus schon seit einiger Zeit Zeichen machte, blieb stehen und wartete in Ruhe ab, bis wir fertig waren.

Als er der Meinung war, daß wir fertig seien, trat er herzu, sagte: *»Pardon, mesdames —«*, bückte sich und angelte sich geschickt den Korb, der zwischen uns stand.

Dabei verweilte sein Auge sekundenlang auf den abgerupften und geknickten Zweigen des Johannisbeerstrauchs.

Er wunderte sich nicht.

7. September

Letzte Nacht konnte ich meine Aufzeichnungen über den gestrigen Tag nicht mehr beenden. Als ich zu Antoine und dem Korb gekommen war, warf ich einen Blick auf die kleine Uhr auf meinem Schreibtisch und sah zu meinem Entsetzen, daß es fast zwölf war. Also begab ich mich schleunigst zu Bett; denn was hätte Mrs. Barnes gesagt, wenn sie gesehen hätte, daß ich um diese Zeit noch elektrisches Licht anhatte und, wie sie sich ausdrücken würde, meine Augen überanstrengte? Es tut nichts zur Sache, daß es meine Augen und mein Licht sind. Kraft ihrer Sorgen ist Mrs. Barnes zur heimlichen Richtschnur meines Verhaltens geworden. Sie ist für mich jetzt wie das Auge Gottes — allerorten. Und seit Dolly und ich all ihren Vorsichtsmaßnahmen zum Trotz endlich doch echte Freundinnen geworden sind, bin ich noch hundertmal mehr bestrebt, sie zu erfreuen und glücklich zu machen.

Bevor wir gestern den Küchengarten verließen, beschlossen wir, daß unsere Maxime lauten müsse, Mrs. Barnes vor jedem Schmerz zu bewahren, den wir ihr ersparen können. Sie hat schon so viel durchgemacht. Sie wird noch viel mehr durchmachen müssen. Ich verstehe nun, daß Dolly all das, was ihre arme Kitty um ihretwillen aufgegeben und erduldet hat, sich so zu Herzen nimmt, und ich verstehe nun auch, daß Dolly wegen dieser Opfer die Hände gebunden sind. Es ist eine schreckliche Bürde, abgöttisch geliebt zu werden. Wenn Dolly nicht ein so heiteres Naturell hätte, würde sie unter dieser Last zusammenbrechen, wäre sie nach fünf Jahren ein blasses, verängstigtes Wesen.

Wir kamen überein, daß Mrs. Barnes nicht zu wissen brauche, daß ich über Dollys Ehen im Bilde bin. Dolly sagte klipp und klar, es würde ihre Schwester umbringen. In Mrs. Barnes' Augen hat ihre irregeleitete Schwester eine Sünde begangen. Der Katechismus verbietet eine solche Heirat. Die Möglichkeit, daß andere Länder eigene Katechismen besitzen, tut sie einfach ab. Daher soll mir das Wort »deutsch« nicht mehr über die Lippen kommen, solange sie hier ist, und auch von Ehemännern will ich nicht sprechen, und vielleicht sollte man auch vermeiden, die Rede auf Onkel zu bringen. Herrje, wie fürchterlich ich mich werde in acht nehmen müssen! Zum erstenmal in seinem Leben ist nun der Dekan tabu.

Diese Zeilen schreibe ich vor dem Frühstück. Seit der Aussprache im Küchengarten habe ich Dolly nicht mehr allein angetroffen. Ich weiß nicht, wie sie es angestellt hat, Mrs. Barnes zu besänftigen und ihr ihre lange Abwesenheit plausibel zu machen, aber daß sie es geschafft hat, war unverkennbar, denn als ich eine halbe Stunde später ebenfalls ins Haus zurückging, bot sich mir ein Bild reinster Harmonie. Direkt vor der Haustür saßen sie zusammen in der Sonne und strickten. Mrs. Barnes' Gesicht wirkte völlig entspannt. Dolly strahlte noch mehr als sonst. Ich glaube, sie besteht nur aus Liebe und Lachen – gefährliche, reizende Bestandteile! Wir sahen uns nur an, als ich aus dem Haus trat. Nichts ist so ermutigend, so tröstlich und wohltuend, als ganz unerwartet eine Freundin gefunden zu haben, mit der man auf einer Wellenlänge liegt.

10. September

Hat man mit jemandem erst einmal einen Zustand völligen Einverständnisses erreicht, so bedarf es, wie ich weiß, nicht mehr vieler Worte. Kluge Leute haben mir das gesagt. Sie behaupteten, allein schon das Wissen, daß man einander versteht, genüge. Seelische Übereinstimmung müsse sich nicht eigens kundtun, ideales Miteinander komme ohne Worte aus. Das mag ja sein; aber ich möchte mich einfach unterhalten. Nicht übermäßig oft, aber manchmal. Freundschaft erhält durch Gespräche erst ihren Reiz und ihre Befriedigung. Sie sind vielleicht nicht nötig, aber sie tun einem sehr gut.

Soweit ich erkennen kann, werde ich nie Gelegenheit haben, mit Dolly unter vier Augen zu sprechen, außer durch puren Zufall. Und es gibt so vieles, was ich sie fragen möchte. Hat sie nur erfreuliche Erfahrungen gemacht? Oder liegt es an ihrem fröhlichen, unbezähmbaren Lebensmut, daß sie keinerlei Spuren davontrug? Angenehm können die letzten fünf Jahre jedoch unmöglich gewesen sein, und dennoch haben sie ihre Heiterkeit nicht im geringsten getrübt. Mir scheint, sie würde über alles, was ihr heiteres Gemüt berührte, sehr vernünftig denken. Dolly verfügt über eine Ausstrahlung, die irgendwie desinfizierend wirkt. Ich glaube, sie würde die letzten Krankheitskeime abtöten, die vielleicht noch immer in meinem Innern lauern.

Sie und Mrs. Barnes sind bitterarm. Als der Krieg begann, lebte Dolly in Deutschland, so erzählte sie mir an jenem Vormittag im Küchengarten, und war seit fast einem Jahr Witwe. Nicht Siegfrieds Witwe, sondern die von Juchs. Ihre Witwenschaften machen mich ganz konfus.

»Hatten Sie denn Kinder, Dolly?« fragte ich.

»Nein«, entgegnete sie.

»Wie kommt es dann, daß Sie am ersten Tag hier Ihrer schlafenden Schwester so gekonnt das Taschentuch vom Gesicht zogen und ›Guck–Guck‹ zu ihr sagten?«

»Das habe ich immer bei Siegfried gemacht. Wir waren ja anfangs beide noch ganz jung und machten alberne Scherze.«

»Ich verstehe«, sagte ich. »Erzählen Sie weiter.«

Juchs hatte ihr etwas Geld hinterlassen; gerade genug

zum Leben. Siegfried hatte nie welches besessen, bis auf das, was er als Angestellter in einer Bank verdiente, aber Juchs hatte etwas gehabt. Juchs hatte sie offenbar nur geheiratet, um ihm eine Freude zu bereiten. Er war wirklich sehr erfreut, sagte sie, und das kann ich mir gut vorstellen. Auch Siegfried war zu seiner Zeit sehr angetan gewesen. »Ich habe anscheinend ein Talent, Deutschen zu gefallen«, bemerkte sie lächelnd. »Sie waren beide sehr nett zu mir. Am Ende hatte ich beide sehr gern. Ich glaube, ich wäre in jeden vernarrt, der nett ist. Ich habe viel Ähnlichkeit mit einem Hund.«

Unmittelbar nach Ausbruch des Krieges packte sie ihre Siebensachen und ging in die Schweiz; sie wollte unter diesen Umständen nicht riskieren, noch mehr Deutschen zu gefallen. Nach ihrer Eheschließung mit Juchs hatten alle ihre englischen Verwandten bis auf Kitty sie verstoßen, so daß ihr nur noch ein neutrales Land offenstand, und Kitty gab augenblicklich alle und alles auf, um zu ihr zu kommen und bei ihr zu bleiben. Anfangs wurde ihr die kleine Rente von ihrer deutschen Bank überwiesen, aber nach den ersten Kriegswochen stellte diese die Überweisungen ein, und Dolly war nunmehr gänzlich von Kitty abhängig. Die besaß nur das, was sie aus dem Verkauf ihres Hauses erlöst hatte. Die Deutschen, sagte Dolly, wollten kein Geld mehr aus dem Land lassen. Obwohl der Krieg zu Ende sei, bekäme sie keine müde Mark mehr, es sei denn, sie ginge zurück. Sie werde nie mehr zurückgehen. Es wäre Kittys Tod; und auch sie würde das wahrscheinlich nicht überleben. Die Zeit, in der sie Deutschen gefiel, scheint endgültig vorbei zu sein.

»Sie sehen also«, sagte sie lächelnd, »wie phantastisch es für uns ist, *Sie* gefunden zu haben.«

»Was ich noch immer nicht glauben kann«, erwiderte ich, »ist, daß ich *Sie* gefunden habe.«

Aber nachdem ich sie nun gefunden habe, würde ich mich doch ganz gern manchmal mit ihr unterhalten.

12. September

Wir leben hier in einer Atmosphäre von *combats de générosité*. Es ist fürchterlich. Mrs. Barnes und ich tun laufend Dinge, die wir gar nicht tun wollen, nur weil wir meinen, der anderen damit eine Freude zu machen. Die Tyrannei der Selbstlosigkeit! Ich kann kaum mehr Luft holen.

19. September

Ich denke, es tut Frauen nicht gut, wenn sie zu lange an einem Ort ohne Mann zusammengesperrt sind. Sie scheinen irgendwie zu modern. Selbst die Edelsten. Unsere Absichten sind durchwegs wirklich recht edel. Wir streben ein in jeder Hinsicht vorbildliches Verhalten an und möchten uns dabei gegenseitig alle nur denkbaren Hindernisse aus dem Weg räumen; und dennoch modern wir vor uns hin. Nicht so Dolly. Sie vermag nichts aus dem Gleichgewicht zu bringen; aber es gibt Augenblicke, da erscheint es mir, als habe man Mrs. Barnes und mich gemeinsam in eine klebrige Masse gesteckt. Ab und zu kämpfe ich schwach dagegen an, bemühe ich mich kurz, von ihr loszukommen, ein Zeichen, daß sich noch immer ein gewisser Egoismus in mir regt, doch gleich darauf bereue ich diese Befreiungsversuche, weil Mrs. Barnes' müde, rührende Augen sofort einen schmerzlichen und befremdeten Ausdruck annehmen, und schnell bin ich wieder der Edelmut in Person.

Aus diesem Grund habe ich in letzter Zeit nichts geschrieben, eine ganze Woche lang kein Tagebuch geführt. Diese ständige Edelmütigkeit ist wie Klebstoff. Ich klebe daran fest. Mir war, als habe man meinen Kopf in Sirup getaucht. Heute dachte ich wieder an meine alten Tage und daß die hochbetagte Dame, die ich einmal sein werde, sich bestimmt wird amüsieren wollen, also fing ich wieder an zu schreiben. Ich habe das Gefühl, daß sich diese alte Dame, diese runzlige, abgeklärte Greisin über die Zeiten, in denen ich mich nicht wohl fühlte, am meisten amüsieren wird. Sie wird sich so wohl fühlen, sie wird mit allem abgeschlossen haben, ein gänzlich unbeteiligter Zuschauer sein, und über die rebellischen Anwandlungen, inneren Verrenkungen und Nöte jenes Wesens, das einst sie selbst gewesen ist, nur lachen. In ihrer Sorglosigkeit wird sie sich köstlich amüsieren. Überdies wird sie die Fortsetzung kennen, wird wissen, was als nächstes kam und wie sinnlos all die Sorgen und Aufregungen waren. Deshalb wird sie natürlich lachen. Ich kann mir vorstellen, wie sie ausruft: »Du dummes kleines Ding! Wenn du nur gewußt hättest, daß alles letztlich belanglos ist!« Und sie wird aus vollem Herzen lachen; denn ich bin überzeugt, sie ist eine fröhliche alte Dame.

Aber was wir hier jetzt wirklich brauchen, ist ab und an ein Hauch von Grobheit — der gelegentliche, nicht zu häufige und nicht zu ausgedehnte Besuch eines Mannes. Es genügte schon, wenn er mal zum Tee käme. Er wäre wie ein frischer Windstoß, als würde ein Fenster aufgerissen. So lange schon ergehen wir uns in betulicher Rücksichtnahme, leben wir in der ständigen Angst, ein falsches Wort zu sagen, das den anderen verletzen könnte. Ich möchte endlich mal den würzigen Geruch einer Pfeife atmen und erleben, daß jemand mit Kissen um sich wirft. Ich möchte mal jemanden sehen, der nicht strickt. Ich möchte hören, daß jemand Mrs. Barnes zu widersprechen wagt. Ja, das vor allem . . . oh, ich fürchte, mit meinem Edelmut ist es noch nicht weit her!

20. September

Drunten in den Weinbergen, die das Tal beidseitig einsäumen, sind die Trauben reif, und heute morgen machte ich den Vorschlag, daß wir gleich aufbrechen und uns einer ganztägigen Traubenkur unterziehen sollten.

Mrs. Barnes war von dieser Idee sehr angetan, und ich ließ belegte Brote machen, denn wir wollten erst gegen Abend zurück sein; im letzten Augenblick fiel ihr dann ein, daß es im Tal zu heiß sei und ihre Kopfschmerzen, die sie seit einiger Zeit hat, sich womöglich verschlimmern könnten. Die belegten Brote lagen auf dem Tisch im Aufenthaltsraum bereit. Dolly und ich waren ebenfalls startbereit, hatten schon unsere Stiefel an und die Spazierstöcke in der Hand. Mrs. Barnes besah sich die belegten Brote und meinte, man dürfe sie nicht umkommen lassen, da sie nun einmal gemacht worden seien. Und zu unserer großen Überraschung sagte sie dann, es wäre besser, wenn wir zu zweit gingen.

Wir waren verblüfft. Uns war wie Kindern zumute, die schulfrei bekommen haben. Beim Abschied gab sie einer jeden einen herzlichen Kuß, als wolle sie hervorheben, welches Vertrauen sie in uns setze — in Dolly, daß sie mir nicht die schreckliche Wahrheit über sich erzählen werde, in mich, daß ich Dolly nicht in irgendwelchen unerwünschten Ansichten bestärke. Wie zuverlässig wir waren, wie sehr wir ihr Vertrauen verdienten, konnte Mrs. Barnes natürlich nicht ahnen. Denn nichts, was eine von uns beiden hätte äußern können, vermochte die andere mehr zu erschüttern.

»Wäre Mrs. Barnes nicht vielleicht glücklicher, wenn sie das Schlimmste wüßte, das heißt, daß ich ja bereits alles weiß?« fragte ich Dolly, als wir hurtig den Berg hinabliefen. »Würde sie nicht zumindest einen Teil ihrer täglichen Ängste los, nämlich die Angst, daß ich etwas erfahren könnte?«

»Es würde sie umbringen«, sagte Dolly entschieden.

»Aber bestimmt —«

»Sie dürfen nicht vergessen, daß sie das, was ich tat, für Sünde hält.«

»Sie meinen den Onkel.«

»Oh, es würde ihr nicht sehr viel ausmachen, daß Sie von Siegfried wissen. Sie würde zwar alles daran setzen, das zu verhindern, weil ihr Deutsche ein Greuel sind und sie Ihnen die gleiche Abneigung unterstellt. Aber wenn Sie es erst einmal wüßten, fände sie sich damit ab. Das andere —« Dolly schüttelte den Kopf. »Es würde sie umbringen«, sagte sie erneut.

Wir kamen zu einem grünen Abhang, der mit Herbstzeitlosen übersät war, und wir setzten uns ins Gras, um sie zu betrachten. Diese zarten, allerliebsten Wesen sind erst vor kurzem hier oben aufgetaucht, zuerst eines nach dem anderen und dann in Scharen — blasse Lichtkelche, lila auf langen weißen Stengeln, die bei der geringsten Berührung abbrechen. Wie die Mandelbäume in den Vorstadtgärten rings um London, die in höchster Blüte stehen, wenn die Winde am unbarmherzigsten blasen, scheinen die Herbstzeitlosen zu zerbrechlich zu sein, um den kalten Nächten zu trotzen, die wir nun haben; dennoch erblühen sie gerade dann, wenn es so richtig unwirtlich wird. Überall stehen sie dann auf den Bergwiesen und blühen desto üppiger, je weiter der Monat auf den Winter zugeht.

Diese spezielle Wiese mit ihren Herbstzeitlosen war so schön, daß Dolly und ich uns einträchtig hinsetzten, um zu schauen. An so etwas Schönem geht man nicht einfach vorüber. Ich glaube, wir saßen eine halbe Stunde so da und sogen den Anblick in uns ein, der sich dort bot: die Herbstzeitlosen und ihr besonntes Plateau und die Wipfel der Fichten auf dem Abhang darunter, die scherenschnittartig in die tiefe Bläue des Tals ragten. Wir waren rundherum zufrieden. Die Sonne schien so warm, die Luft war ungemein frisch und klar. Es war eine Lust zu atmen. Ich glaube, gesegnet bin ich in meinem Leben vor allem darin gewesen, daß ich so oft das bloße Atmen als Glück empfand.

Nun, da wir soviel plaudern konnten, wie wir wollten, machten Dolly und ich kaum Gebrauch davon. Plötzlich interessierten mich ihre Deutschen nicht mehr. Inmitten der Herbstzeitlosen störten sie nur. In dieser lichten Gegenwart schien die Vergangenheit, sowohl die ihre als auch die meine, sehr wenig zu bedeuten, schien ein muffiges, gleichgültiges kleines Etwas zu sein. Hätten wir nicht einen leeren Korb dabeigehabt, um Mrs. Barnes

Trauben mitzubringen, so wären wir womöglich überhaupt nicht zu den Weinbergen hinuntergegangen, sondern den ganzen Tag lang geblieben, wo wir jetzt waren. Der Korb mußte jedoch gefüllt werden; er mußte im gefüllten Zustand zurückgebracht werden. Er sollte als Beweis dienen, daß wir auch tatsächlich getan hatten, was wir versprachen. Kitty, sagte Dolly, werde nervös werden, wenn wir den ursprünglichen Plan nicht ausgeführt hätten, und wenn wir nicht, wie abgemacht, den lieben langen Tag Trauben äßen. Sie fürchte dann womöglich, wir hätten unsere untätigen Münder dazu gebraucht, Dinge zu sagen, die sie nicht erwähnt wissen möchte.

»Ist denn die arme Kitty *immerzu* nervös?« fragte ich.

»Immerzu«, antwortete Dolly.

»Über jede Kleinigkeit, die passieren könnte?«

»Über alles und jedes. Ihr Leben besteht jetzt nur noch aus Ängsten — und das alles meinetwegen.«

»Aber solange sie bei mir ist, könnte sie sich doch wirklich etwas von ihrer Angst erholen, wenn wir ihr sagten, daß ich von Ihrem Onkel weiß und das ganze völlig gelassen aufgenommen habe«, wandte ich ein.

»Es würde sie umbringen«, sagte Dolly abermals und mit Entschiedenheit.

Wir nahmen unser Mittagessen in den Weinbergen ein, und unser Nachtisch bestand aus Trauben. Eine ganze Weile aßen wir sie mit Begeisterung und hörten auch dann nicht damit auf, als sie uns immer weniger schmeckten und schließlich gar anwiderten. Für fünfzig Centimes erhielten wir vom Besitzer die Erlaubnis, so viele Trauben zu essen, bis wir tot umfielen, falls uns der Sinn danach stehen sollte. Für einen weiteren Franc durften wir den Korb für Mrs. Barnes füllen. Nur aus Gewissenhaftigkeit füllten wir ihn bis zum Rand, denn wir konnten uns nicht vorstellen, daß jemand wirklich den Wunsch verspüren sollte, ausgerechnet Trauben zu essen. Dann schleppten wir uns wieder den Berg hoch, vollbepackt, sowohl innerlich als auch äußerlich.

Mehr als drei Stunden brauchten wir, um nach Hause zu kommen. Den Korb trugen wir abwechselnd, jede eine halbe Stunde; aber was war mit den anderen unsichtbaren Trauben, die auch mitkamen? Ich denke, Leute, die eine Traubenkur gemacht haben, sollten den Rest des Tages stillsitzen oder aber sich nur auf ebenem Gelände fortbewegen. Die Kur fünftausend Fuß hoch mit sich schleppen zu müssen, das ist hart. Wieder schwiegen wir; diesmal der Not gehorchend. Wir keuchten und schwitzten, zu mehr waren wir nicht fähig.

Es war ein strahlender Nachmittag, und als die Weinberge aufhörten, führte der Weg durch verkrüppelte Fichten hindurch, die keinen Schatten spendeten, über schmale Pfade mit trockenen Fichtennadeln — auf keinem anderen Untergrund läuft es sich so unsicher wie auf diesem glatten Zeug. Durch diese heißen, schattenlosen Bäume brannte die Sonne unbarmherzig auf unsere gebeugten, vollbepackten Gestalten herab. Wann immer wir eine Verschnaufpause einlegten und unsere feuerroten, schweißnassen Gesichter erblickten, mußten wir lachen.

»Kitty braucht keine Angst zu haben, daß wir viel *reden*«, keuchte Dolly bei einer dieser Pausen und verdrehte die Augen, weil sie so furchtbar lachen mußte, wie aufgelöst ich daherkam.

Ich brauchte sie nur anzusehen, um zu wissen, wie ich selbst aussah.

Es war fünf Uhr, als wir zu der Wiese mit den Herbstzeitlosen kamen, und dort, wo wir am Morgen gesessen hatten, sanken wir wieder ins Gras, wortlos, schweißnaß, fix und fertig von all den Trauben. Lange Zeit sagten wir nichts. Es war eine Wonne, im kühlen Gras zu liegen und nichts tragen zu müssen. Die Sonne, die tief am Himmel stand, sandte ihre Strahlen fast waagerecht über die Wiese, und da sie direkt durch die dünnen Blütenblätter der Herbstzeitlosen schien, verwandelte sie eine jede in einen kleinen Stern. Ich kenne kein größeres Glück, als an einer schönen Stelle mit einem Menschen zu verweilen, der dies ebenso zu genießen weiß wie man selbst. Wir lagen ausgestreckt im Gras, sagten kein Wort und sahen zu, wie das Leuchten an Intensität gewann, bis es plötzlich erlosch. Die Sonne versank hinter der Bergkette im Westen, und das Licht ging aus; schlagartig, von einem Augenblick auf den anderen. Und die Herbstzeitlosen, auf ihrer gelbbraunen Wiese sich selbst überlassen, sahen aus wie ausgeblasene Kerzen.

Dolly setzte sich auf.

»Da haben wir's«, sagte sie. »Es ist vorbei. Sie sehen so matt und blaß aus wie eine Frau, die von ihrem Geliebten verlassen wurde. Haben Sie schon mal«, fragte sie und drehte den Kopf zu mir, die ich immer noch auf Mrs. Barnes' Trauben gebettet lag — der Korb hatte nämlich einen Deckel —, »eine Frau gesehen, die ihr Geliebter verlassen hat?«

»Natürlich. Jeder ist einmal von jemandem verlassen worden.«

»Ich meine, *gerade eben* verlassen.«

»Ja. Auch das habe ich schon erlebt.«

»Sie sehen genauso aus wie die da«, sagte Dolly und wies mit dem Kopf zu den Herbstzeitlosen hin. »Alle Farbe ist plötzlich aus ihnen gewichen. Licht, Leben, Schönheit, alles dahin – tote Wesen in einer toten Welt. Ich«, schloß sie und schüttelte langsam den Kopf, »halte nichts von Liebe.«

Daraufhin setzte ich mich ebenfalls auf, brachte mein Haar in Ordnung und setzte meinen Hut wieder auf. »Es ist kalt«, sagte ich, »jetzt, wo die Sonne weg ist. Lassen Sie uns nach Hause gehen.«

Dolly rührte sich nicht von der Stelle.

»Sie etwa?« fragte sie.

»Ich?«

»Halten Sie was von Liebe?«

»Ja«, sagte ich.

»Was immer auch geschieht?«

»Ja.«

»Wie immer es auch ausgeht?«

»Ja«, sagte ich. »Ein klares Ja, nicht jenes Ja *und* Nein, mit dem die vorsichtige Charlotte Brontë antwortete, als sie gefragt wurde, ob ihr London gefalle. In der Liebe will ich mich nicht in acht nehmen müssen. Ich möchte nicht erst sämtliche Gründe prüfen, die gegen sie sprechen. Es ist etwas Herrliches, sie erlebt zu haben. Es ist wunderbar, geglaubt zu haben, was man glaubte.«

»Selbst wenn dieser Glaube durch nichts gerechtfertigt war?« fragte Dolly, ohne mich dabei aus den Augen zu lassen.

»Ja«, sagte ich und begann derart vehement meinen

Hut festzustecken, daß ich mir vor lauter Ungestüm mit der Nadel in die Kopfhaut stach. »Ja. Man muß vor allem glauben. Nicht erst wie eine Katze um den heißen Brei herumschleichen, um sicherzugehen, daß man sein kostbares Vertrauen nicht umsonst verschenkt. Sicher! In der Liebe gibt es keine Sicherheit. Das ganze Leben ist ein Risiko. Aber das Großartige ist ja gerade, daß man ein Risiko eingeht — daß man glaubt und für seinen Glauben alles aufs Spiel setzt. Und selbst wenn gar nichts da wäre, selbst wenn alles Schöne und Gute im anderen einzig und allein der eigenen Phantasie entspränge, was ist schon dabei? Diese Eigenschaften existierten gar nicht, aber man selbst war einmal in der Lage, sie sich vorzustellen. Man schwebte ein Weilchen zwischen den Sternen, befand sich im siebten Himmel. Und wenn man wieder heruntergefallen und dabei zu Bruch gegangen und nur noch ein Häuflein Elend ist, wo nimmt man dann den Mumm her, sich zu beklagen? Hat man dort oben nicht unsagbare Wunder gesehen und himmlische Freuden genossen? Gerade weil man im siebten Himmel schwebte, ist der Fall so fürchterlich und tut so weh. Man darf sich davon nicht umbringen lassen. Man muß um jeden Preis am Leben bleiben, damit man für den Rest seiner Tage dankbar sein kann, Gott danken kann, daß man einmal... Sie sehen«, schloß ich plötzlich, »ich halte viel davon, danke zu sagen.«

»Oh«, sagte Dolly, indem sie mir ihre Hand aufs Knie legte und mich sehr freundlich ansah, »ich bin ja so froh!«

»Worüber sind Sie denn so froh?« fragte ich, drehte mich zu ihr um und rückte meinen Hut gerade. Dann fügte ich, das Kinn trotzig vorgestreckt, hinzu: »Ach, Sie mit Ihren toten Frauen in einer toten Welt! Schämen sollten die sich — ja, das sollten sie.«

»Sie sind geheilt«, sagte Dolly.

»Geheilt?« wiederholte ich wie ein Echo.

Ich fixierte sie streng. »Oh — ich verstehe«, sagte ich. »Sie haben mich ausgehorcht.«

»Freilich. Ich konnte den Gedanken nicht ertragen, daß Sie dauernd so unglücklich sind — sich so vor Sehnsucht verzehren —«

»Vor Sehnsucht verzehren?«

Dolly stand auf. »Gehen wir«, sagte sie. »Jetzt bin ich mit dem Korb dran. Ja, es ist ein gräßliches Wort. Niemand sollte sich jemals vor Sehnsucht verzehren müssen. Bei Ihnen könnte ich es nicht mitansehen. Ich habe gefürchtet, daß vielleicht —«

»Vor Sehnsucht verzehren!«

Auch ich stand nun auf und richtete mich zu meiner vollen Größe auf.

»Geben Sie mir die Trauben«, sagte Dolly.

»Vor Sehnsucht verzehren!« sagte ich noch einmal.

Und während des restlichen Heimwegs, auf dem kühlen Pfad, wo die Dämmerung zwischen den Sträuchern dichter wurde und das Gras unter unseren staubigen Schuhen nun feucht war, gingen wir hocherhobenen Hauptes — sich vor Sehnsucht verzehren, daß ich nicht lache! —, zwei Frauen, vollkommen im Einklang mit sich und der Welt und dem stillen Abend, kluge, intelligente Frauen, entsprechend stolz und selbstbewußt, zwei freundliche, brave Frauen, liebenswert, zufrieden, fröhlich; und an der letzten Kehre des Wegs, der letzten, wo uns Mrs. Barnes von der Terrasse aus noch nicht sehen konnte, hielt Dolly an, stellte den Korb ab, legte mir ihre beiden Arme um die Schultern und küßte mich.

»Geheilt«, sagte sie und gab mir einen Kuß auf die eine Wange. »Gerettet«, sagte sie und küßte mich auf die andere.

Und beide mußten wir lachen, zuversichtlich und froh. Und zuversichtlich und froh ging ich in mein Zimmer hoch, denn wenn ich mich geheilt fühlte, und Dolly fest davon überzeugt war, daß ich geheilt sei — war es dann nicht auch so?

Vor Sehnsucht verzehren, daß ich nicht lache!

21. September

Aber ich bin nicht geheilt. Denn gestern nacht, als ich in meinem Zimmer war und alles im Hause schlief, überfiel mich eine große Leere, und jene gedrechselten, trotzigen Behauptungen, die ich am Nachmittag von mir gegeben hatte, kamen mir nun armselig vor, so jämmerlich zusammengeschrumpft wie königliche Hoheiten im Nachthemd. Ich lag wach und hatte nur den einen Wunsch: zurückzukriechen — zurück in die Trümmer meiner früheren Überzeugungen, selbst wenn sich mir dort nur ein winzigstes Eckchen böte. Es mußte doch noch ein bewohnbares Eckchen geben, in das ich mich drücken könnte. Ich bin ja so klein. Ich brauche nicht viel Platz. Ich würde mich zusammenrollen. Ich würde mich schon einpassen. Und ich würde keinen Blick auf den Verfall der großen herrlichen Räume werfen, in denen ich einst zu leben meinte, sondern mit ein paar Quadratzentimetern zufrieden sein. Oh, es ist kalt, kalt, kalt, so im Dunkeln zu stehen, den Glauben verloren zu haben . . .

Stundenlang lag ich wach; und es nützte nichts, daß ich mich schämte, weil es der Liebe egal ist, ob man sich schämt.

Abends

Den ganzen Tag bin ich schweigend umhergeschlichen und habe auf eine Gelegenheit gelauert, mit Dolly ein paar Worte wechseln zu können. Ich möchte ihr sagen, daß das gestern nur eine Seite von mir war, und daß es noch eine andere gibt, und noch eine — ach, so viele andere; daß ich zwar jedes Wort so gemeint habe, wie ich es sagte, daß mir aber auch noch ganz andere Dinge durch den Kopf gehen, die nichts damit zu tun haben, ja, meine gestrigen Äußerungen geradezu Lügen strafen; daß ich zwar geheilt bin, aber nur teilweise, und daß über die vielen wunden Stellen, die immer noch da sind, von Zeit zu Zeit die großen salzigen Wellen der Erinnerung hinwegfluten und wie Feuer brennen . . .

Aber Dolly, die heute mehr denn je der glatten Oberfläche eines klaren Teiches ähnelt, wich nicht von Mrs. Barnes' Seite; vermutlich um wiedergutzumachen, daß sie gestern den ganzen Tag weg war.

Kurz vor dem Tee merkte ich, wie Mrs. Barnes mich mit bekümmerter Miene betrachtete, der wohlvertrauten bekümmerten, besorgten Miene, und ich ahnte, daß sie nur zu gern gewußt hätte, ob Dolly bei unserem Picknick aus dem Nähkästchen geplaudert und mir Dinge erzählt hat, bei denen es mir vor lauter Entsetzen die Sprache verschlagen hatte. Also suchte ich nach einer Erklärung, die sie beruhigen würde, und glücklicherweise — so dachte ich jedenfalls — fielen mir gleich die Trauben wieder ein.

»Ich fürchte, ich habe gestern zu viele Trauben gegessen«, sagte ich, als mich ihr besorgter, fragender Blick das nächste Mal traf.

Ihre Miene klarte auf. Ich beglückwünschte mich, allerdings nicht lange; denn Mrs. Barnes, ganz mütterliche Besorgtheit, wollte wissen, ob ich zufällig vielleicht einige Steine hinuntergeschluckt hätte; und da ich sie, was den Grund meiner Nachdenklichkeit anging, nach Kräften beruhigen wollte, entgegnete ich, daß es höchstwahrscheinlich so sei; nach meinem Gefühl zu urteilen, wegen der gewissen Schwere . . . Und ehe ich sie aufhalten konnte, war sie in die Küche geschossen – diese dürren Frauen sind so schrecklich flink –, und ehe ich mich umdrehen oder eine Entscheidung über mein weiteres Vorgehen treffen konnte, denn mittlerweile schwante mir Schlimmes, war sie mit Mrs. Antoine und Rizinusöl samt allem schrecklichen Zubehör wieder da. Und ich mußte es trinken. Und es erschien mir hart, daß ich, nur weil ich in meiner Menschenfreundlichkeit Mrs. Barnes hatte beruhigen wollen, nun Rizinusöl trinken und ihr dafür auch noch dankbar sein mußte.

»Das habe ich nicht verdient«, dachte ich und beäugte die Flasche mit düsterem Blick – und haderte mit dem Schicksal.

Aber da ich das Zeug ohnehin trinken mußte, konnte ich die Sache ebensogut auch tapfer hinter mich bringen. Und das tat ich denn auch, goß es mit Todesverachtung hinunter, nachdem ich das Glas erhoben und den Zuschauern in einem fröhlichen Trinkspruch Gesundheit und Glück gewünscht hatte.

Mrs. Barnes, Mrs. Antoine und Dolly standen dabei

und beobachteten mich gebannt. Ein Schauer überlief sie, als die letzten Tropfen hinunterglitten.

Dann ging ich hier rauf.

22. September

Laß mich deine Aufmerksamkeit, o altehrwürdige Frau, die du am Ende meines Lebens sein wirst, lenken auf die Farbe der Bäume und Sträucher an diesem Ort, wo du einst die Herbstmonate verbrachtest, die dir nun so fern erscheinen. Weißt du noch, daß sie aussahen wie Flammen, und daß selbst die Luft einen goldenen Schimmer hatte? Die Haselnußsträucher — erinnerst du dich an sie? Die den Pfad säumten, der von der Terrasse ins Tal hinabführte? Daß jeder einzelne Strauch wie ein Bündel von Licht war? Weißt du noch, wie du den heutigen Tag verbrachtest, den 22. September 1919, als du unter einem dieser Büsche auf einer Decke in der Sonne lagst und froh und zufrieden auf die goldgelben Blätter starrtest, die sich gegen den wundervollen Himmel abzeichneten? Du wirst es wohl vergessen haben. Du denkst nur noch an die nächste Mahlzeit und daß man dich ins Bett legt. Dabei hast du heute wirklich einen erinnerungswürdigen Tag verbracht. Du warst rundum zufrieden. Du warst ganz im Einklang mit der Gegenwart, ohne ein einziges Mal an die Vergangenheit zu denken, einer Zeit, der gegenüber du damals noch nicht jene sorglose Gleichgültigkeit einnehmen konntest, die dich heute auszeichnet, oder über die Zukunft nachzugrübeln, die dich damals, wie sehr dich das auch heute belustigen mag, mit Zweifel und oft auch mit Angst erfüllte. Mrs. Barnes ließ dich heute gehen, da sie die Privilegien, die einem Rekonvaleszenten zustehen, anerkennt, und du nahmst ein Kissen und eine Decke – wie rührig du doch damals warst –, und so bliebst du den lieben langen Tag liegen, die Sonne schien warm auf deinen Körper, frische Luft hüllte dich ein, und du dachtest nur an angenehme Dinge. Fast wie ein Baby fühltest du dich; ein Baby, das Daumen lutschend auf dem Rücken liegt und seelenruhig die Decke des Kinderzimmers betrachtet. Aber die Decke war das mächtige Himmelsgewölbe mit zwei Adlern, die ganz weit oben ihre Kreise zogen, und wenn sie ihre Schwingen neigten, glänzte ihr Gefieder in der Sonne.

Es ist ein Jammer, daß man diese Dinge vergißt. Letztlich sind sie es, die das Leben wertvoll machen. Aber ich fürchte, dadurch, daß ich sie aufschreibe, wirst du dich nicht wieder daran erfreuen können, altes Mädchen. Du wirst so gebrechlich sein und an Rheuma leiden, daß dich die Vorstellung, einen ganzen Tag im Gras zu liegen, höchstens mit Entsetzen erfüllt. Es graut mir allmählich, einmal in deinen alten Körper schlüpfen zu müssen; und wenn ich es mir recht überlege, hat deine philosophische Distanz und Gleichgültigkeit, in der dir der Gedanke an die Hoffnungen und Kümmernisse, die Freuden, Enttäuschungen und bitteren Leiden deiner Vergangenheit allenfalls ein Lachen entlocken kann, für mich etwas vom starren Grinsen eines Totenkopfes an sich.

23. September

Wie sehr sich auch Mrs. Barnes bemüht, es gelingt ihr nicht, rund um die Uhr bei uns zu sein. Ihre Wachsamkeit ist unvermeidlicherweise lückenhaft. Heute bot sich eine solcherart entstandene Gelegenheit, und ich machte sie mir sofort zunutze, indem ich Dolly über den kurzzeitig verwaisten mittleren Stuhl hinweg zuraunte – wir saßen auf der Terrasse, und es wurde wieder vorgelesen –: »Seit dem Tag mit den Trauben habe ich Sie nicht mehr allein angetroffen. Ich wollte Ihnen sagen, daß ich nicht geheilt bin. Noch in derselben Nacht erlitt ich einen Rückfall. Alles was ich Ihnen erzählt habe, war mein voller Ernst, aber das gilt auch für alles, was mir während meines Rückfalls durch den Kopf ging. Es ist besser, wenn Sie das Schlimmste erfahren: Ich habe mich wirklich vor Sehnsucht verzehrt.«

Dolly ließ Merivale in ihren Schoß fallen und blickte gedankenverloren auf die fernen Berge jenseits des Talschlusses.

»Es ist nur das letzte Donnergrollen«, sagte sie nach kurzem Nachdenken.

»Donnergrollen?« wiederholte ich.

»Es ist nur das letzte Donnergrollen und Murren eines abziehenden Gewitters. Was immer Ihnen auch zugestoßen sein mag – Sie haben es mir ja nie erzählt, aber ich kann es mir durchaus denken –, es war wie ein Gewitter. Ein schweres Gewitter. Es war ziemlich kurz und sehr heftig, und dann verzog es sich. Während es tobte, waren Sie zwar niedergedrückt, wie Getreide, das eine gute Ernte versprochen hätte ...«

»Oh«, protestierte ich; aber ich mußte lachen.

»– doch als es sich verzog, vermißten Sie es. Ich würde nicht so reden«, sagte sie und wandte mir ihre zauberhaften Augen zu, »ich würde nicht scherzen, wenn ich nicht überzeugt wäre, daß Sie irgendwie auf dem Weg der Besserung sind. Bald schon werden Sie den Punkt erreicht haben, wo Ihnen klar zu werden beginnt, daß das Ende einer Liebe nicht weniger angenehm ist als sich zu verlieben. So ist es nämlich. Ein wundervolles Gefühl, wenn man nach und nach seine Freiheit wiedererlangt und zu seinen Freundinnen zurückfindet.«

»Sie verstehen also doch nicht«, sagte ich.

Dolly widersprach.

»Nein. Weil Sie vom Ende einer Liebe sprechen. Was mir widerfuhr, ist viel schlimmer als das. Das Ende einer Liebe? Das ist kein Drama. Jeder erlebt es irgendwann einmal. Ich habe meinen Glauben an die Menschheit verloren. Es war, als verlöre man Gott, nachdem man viele Jahre an ihn geglaubt hat. Ich glaubte von ganzem Herzen. Und nun bin ich zu Tode betrübt.«

Aber Dolly schüttelte nur den Kopf. »Sie sind nicht mehr so betrübt, wie Sie schon mal waren«, sagte sie. »Niemand, der all das hier so liebt wie Sie —«, und sie hob das Gesicht der warmen Sonne entgegen und blinzelte mit den Augen —, »kann auf Dauer traurig sein. Außerdem — ja, schauen Sie mal, wirklich, schauen Sie dort hinüber.«

Und sie zeigte auf die leuchtenden Berge jenseits des östlichen Talendes.

Ja. Das ist ewig. Schönheit ist etwas Ewiges. Wenn ich auf die Bergkette blicke und heiterer Gemütsverfassung bin, so daß ich die Berge auch wirklich sehe, kommt mir alles übrige, die Bestürzung und das Wehklagen, das verzweifelte Festhalten an Vergangenem und die verzehrende Sehnsucht in der Tat unwürdig vor. Man stelle sich vor: die ganze herrliche Welt mit ihrer weiten Landschaft liegt ausgebreitet vor einem, und man schreitet nicht frei und unbeschwert immer weiter in sie hinein und freut sich und lobt Gott, sondern bleibt reglos, geradezu sedimentiert auf seinem Fleckchen Erde sitzen und jammert.

»Sagten Sie sentimental?« fragte Dolly.

»Sagte ich etwas?« entfuhr es mir ganz überrascht, und ich wandte ihr mein Gesicht zu. »Ich war der Meinung, ich hätte nur gedacht.«

»Dann haben Sie eben laut gedacht«, konterte Dolly. »Sagten Sie sentimental?«

»Nein, sedimentiert.«

»Das ist dasselbe. Ich hasse beides.«

24. September

Was wird aus Mrs. Barnes und Dolly, wenn ich nach England zurückkehre? Heute und gestern war das Wetter etwas nervös, etwas unruhig, wie ein Wesen, das sich im Schlaf verdrießlich von einer Seite auf die andere wälzt, und das stimmte mich nachdenklich. Denn wenn in dieser Jahreszeit der Witterungsumschwung erst einmal einsetzt, ist er nicht mehr aufzuhalten. Die Tage werden zunehmend unfreundlicher, mit Windböen, Schneefall und Herbststürmen, bis nach Weihnachten der eigentliche Winter beginnt. Dann ist der Himmel wolkenlos, es regt sich kein Lüftchen, die kurzen Tage glänzen im Sonnenschein, und die Morgen- und Abendröten sind wahre Farbwunder.

Das ganze Durcheinander und Getöse mit Schneeschauern und heulenden Winden dient nur als Vorbereitung auf die große Ruhe am Jahresende. Der letzte Schneesturm, der über die Berge hinwegfegt, ist wie ein häßlicher Vorhang, der hochgezogen wird; und siehe da: eine neue Welt bietet sich den Blicken dar. Eines Nachts, während man schläft, hört das Heulen und Rattern plötzlich auf, und am Morgen, wenn man aus dem Fenster schaut, sieht man zum erstenmal die Berge am Ende des Tales gestochen scharf in den östlichen Himmel ragen, vom Gipfel bis ins Tal in Neuschnee gehüllt, und dahinter, wo die Sonne gerade aufgeht, das liebliche Grün. Ich kenne das alles, weil ich in dem Jahr, als das Haus gebaut und eingerichtet wurde, von Oktober bis Dezember hierbleiben mußte. Es waren drei fürchterliche Monate; und danach war alles himmlisch.

Aber was wird aus Mrs. Barnes und Dolly werden, wenn das Wetter endgültig umschlägt?

Mir ist die Vorstellung unerträglich, daß sie den Winter in einem düsteren, schlecht geheizten Zimmer in einer billigen Pension drunten im Tal verbringen, einen endlosen Winter, in dem sie auf alles verzichten und jeden Franc zweimal umdrehen müssen. Seit fünf Jahren leben sie nun schon so. Woher nur Dolly ihre wohltuend heitere Gemütsruhe hat? Ich würde die beiden so gern mit nach England nehmen. Aber Dolly kann nicht nach England. Sie ist Deutsche. Sie ist Persona non grata. Und Mrs. Barnes ebenfalls, unlösbar mit Dollys Schicksal verknüpft. Natürlich werde ich sie bitten, hierzubleiben, aber ich komme mir irgendwie erbärmlich vor, wenn ich ihnen anbiete, hier oben inmitten von Schneestürmen zu leben, und ich selbst das Weite suche. Es ist wirklich ein recht fragwürdiges Angebot von Gastfreundschaft. Ich müßte eigentlich bei ihnen hierbleiben. Und das könnte ich einfach nicht. Ich glaube, es wäre mein Tod, wenn ich drei Monate lang auf engstem Raum mit Mrs. Barnes inmitten von Schneestürmen ausharren müßte. Alles soll sie haben — das Haus, die Antoines, alles, alles, was mir gehört; aber nur mich laßt gehen!

Mir sinkt der Mut, wenn ich an die vor mir liegende Aufgabe denke, an die Überredungskünste, die ich einsetzen, und die Proteste, die ich mir anhören muß. Und dann Dolly — wie kann ich Dolly im Stich lassen? In London werde ich dauernd vor Augen haben, wie die beiden hier oben sitzen, der Wind ums Haus tobt, der Schnee sich bis zu den Schlafzimmerfenstern türmt. Manchmal werden sie womöglich eine ganze Woche vom nächsten Dorf abgeschnitten sein, weil die kleinen schwarzen Gestalten, die Bauern, sich nur dann mit ihren Schaufeln einen Weg bahnen können, um die Bewohner des Hauses auszubuddeln, wenn der Schneesturm mal eine Pause einlegt. Ich kenne das, ich habe es in jenem ersten Winter selbst erlebt. Aber damals hatte all das noch den Reiz des Neuen für uns, und wir bildeten eine sorglose, fröhliche Hausgemeinschaft, fünf Leute, die ein Herz und eine Seele waren und kein Blatt vor den Mund nahmen. Zudem hatten wir die beruhigende Gewißheit, auf einen Sack Linsen und mehrere Säcke Kartoffeln zurückgreifen zu können, die Antoine, der schon damals sehr umsichtig und meine rechte Hand war, für solche Notfälle eingelagert hatte. Wir schürten gewaltige Feuer und brauten seltsame Getränke. Bis tief in die Nacht saßen wir vor dem Kamin und erzählten uns Gespenstergeschichten. Wir lachten viel und sagten, wonach uns gerade der Sinn stand. Aber Mrs. Barnes und

Dolly? Allein hier oben und hoffnungslos eingeschneit? Diese Vorstellung wird mir schlaflose Nächte bereiten.

25. September

Das Wetter ist ihr noch nicht aufgefallen. Zumindest hat sie noch keine Schlüsse daraus gezogen. Offensichtlich meint sie, daß seine Launen, einmal Sonnenschein, dann wieder drohende Wolken, nur vorübergehender Natur seien und es bald wieder so beständig werden wird wie zuvor. Schließlich, sagt sie sich bestimmt, haben wir immer noch September. Aber Antoine weiß es besser und ich auch, und es kann sich nur noch um Stunden handeln, bis selbst Mrs. Barnes erkennen muß, daß es mit dem schönen Wetter endgültig vorbei ist. Dann werden die *combats de générosité* einsetzen. Ich kann nicht, ich kann einfach nicht hierbleiben, bloß damit Mrs. Barnes sich mit der Begründung, mir meine Einsamkeit zu versüßen, berechtigt fühlen kann, ebenfalls zu bleiben. Das Rizinusöl habe ich getrunken, um sie zu beruhigen, aber mit diesem schrecklichen Edelmut muß es nun ein Ende haben. Ich ginge sonst daran zugrunde.

26. September

Heute habe ich zwölf Zigaretten geraucht — damit es im Haus etwas nach Mann riecht. Sie eignen sich dazu nicht so gut wie eine Pfeife, aber Zigarettenrauch ist allemal besser als der ewige fade Geruch nach reinlichen selbstlosen Frauen.

Nach jeder Zigarette erhob sich Mrs. Barnes unauffällig und lüftete das Zimmer. Hierauf zündete ich mir eine neue an.

Auch schmiß ich die Kissen auf den Boden, ehe ich mich aufs Sofa in der Diele warf; und sogleich kam sie herbei und legte sie ordentlich an ihren Platz zurück.

Hierauf warf ich sie abermals auf den Boden.

Gegen Abend fragte sie mich, ob ich mich denn ganz wohl fühle. Wohl fühlte ich mich zwar nicht, wegen der Zigaretten, aber das sagte ich ihr nicht. Ich sagte, es gehe mir blendend. Natürlich konnte ich ihr nicht verständlich machen, daß ich nur so zu tun versucht hatte, als sei ein Mann hier.

»Sind Sie sicher, daß diese Traubenkerne —?« begann sie besorgt.

»Oh, gewiß!« rief ich; und sofort war mir der Schneid abgekauft.

27. September

Flüche, das wär's. Ich schrecke davor zurück, auch das noch in Erwägung zu ziehen, aber Flüche haben ihr Gutes. Sie sind so kurz. Sie vertreiben einem die schlechte Laune. Sie reinigen die Atmosphäre. Frauen ergehen sich in Erklärungen und Einwänden und schleichen taktvoll um das herum, was sie für die Gefühle des anderen halten, und das geht dann endlos so weiter. Und wenn es zudem noch gütige Frauen sind, gütige, liebevolle, selbstlose Frauen, so haben sie die Eigenart, einem zu verzeihen. Sie verzeihen einem andauernd. Aus freien Stücken. Mit einer entsetzlichen Großmut. Mrs. Barnes betonte gestern ausdrücklich, daß sie mir die Zigaretten, die Unordentlichkeit verzeihe. In einem kleinen einsamen Haus eingesperrt zu sein und verziehen zu bekommen ist nicht sehr spaßig, finde ich.

28. September

In der Nacht rüttelte der Wind an den Fenstern, und der Regen klatschte gegen die Scheiben, und ich wußte, daß der Kampf mit Mrs. Barnes beginnen würde, wenn ich zum Frühstück hinunterging.

So war es auch. Er begann gleich nach dem Frühstück in der Diele, wo Antoine mit der entschiedenen Bemerkung *»C'est l'hiver«* ein prasselndes Feuer entzündet hatte, diesmal fest entschlossen, keine Sparsamkeitsmarotten zu dulden, und mit den unabdingbaren Verschnaufpausen dauerte der Kampf den ganzen Tag an.

Nichts ist geklärt. Noch immer habe ich nicht die leiseste Ahnung, was ich tun soll. Mrs. Barnes übt sich unerschütterlich in Selbstlosigkeit. Ihr und Dolly, wiederholt sie ständig, fiele es im Traum nicht ein, hierzubleiben, es sei denn, sie hätten den Eindruck, mir dadurch von Nutzen sein zu können, indem sie mir Gesellschaft leisteten. Wenn ich nicht hier sei, könne man mir auch nicht Gesellschaft leisten; das, sagt sie, müsse ich doch zugeben.

Das tue ich ja. Jedesmal, wenn sie es sagt — es war ein Tag der Wiederholungen —, gebe ich es zu. Wenn ich ginge, gingen sie auch, beendet sie ihre Ausführungen dann immer mit einer Art düsteren Triumph darüber, daß sie so entschlossen ist, keine Umstände zu machen oder Ausgaben zu verursachen; aber, fügt sie hinzu, es fehlten ihr die Worte (das ist eine Selbsttäuschung), um ihrer Dankbarkeit für mein Angebot Ausdruck zu verleihen etc., und bis an ihr Lebensende vergäßen sie und Dolly niemals, wie entzückend etc.

Was soll ich tun? Ich weiß es nicht. Wie leichtfertig

man sich doch auf Ehen und auf Gäste einläßt und in welch unvorhergesehene Richtungen sich beide entwikkeln! Außerdem, welch schreckliche Sache ist Selbstlosigkeit! Wenn sie erst einmal zu einer Gewohnheit geworden ist, wie zäh, wie schwer ist sie auszurotten. Eine einzige unbeirrbar selbstlose Person kann einen ganzen Haushalt um sein Glück bringen. Ob ich doch hierbleiben muß? Und in England warten so viele Dinge auf mich, die getan werden müssen.

In meinem Schlafzimmer brennt ein Kaminfeuer, und seit einer Stunde sitze ich auf dem Boden und starre hinein, auf der Suche nach einer Lösung. Denn während sich Mrs. Barnes standhaft weigert, meinen eindringlichen Bitten Gehör zu schenken, steht ihr doch das hungrige Verlangen, mein Angebot anzunehmen, ins hagere Gesicht geschrieben, und während sie davon redet, wie tapfer auch immer, die alte Odyssee wiederaufzunehmen, füllen sich ihre Augen mit Tränen.

Einmal war ich so verzweifelt, daß ich sie bat hierzubleiben, um mir einen Gefallen zu tun, um ein Auge auf die Antoines zu haben, deren Tüchtigkeit und Vertrauenswürdigkeit freilich über jeden Zweifel erhaben sind. Das war natürlich der berühmte Strohhalm, an den sich der Ertrinkende klammert, und da mußte selbst Mrs. Barnes lächeln, die wirklich selten lächelt.

Nein. Ich weiß nicht, was ich tun soll. Wie der Wind heult! Ich will jetzt zu Bett gehen.

Und mit Dolly ist auch nichts anzufangen.

»Sie haben mir einmal gesagt, daß Sie manchmal ein Machtwort sprechen«, wandte ich mich heute morgen an sie, während Mrs. Barnes mal wieder kurz weg war, »warum nicht jetzt?«

»Weil ich nicht will«, sagte Dolly.

»Aber warum denn nicht?« fragte ich erbost. »Mein Vorschlag ist doch so vernünftig, so leicht –«

»Ohne Sie mag ich auch nicht hierbleiben«, sagte Dolly. »Dieses Haus, das *sind* Sie. Es ist Ihr Werk. Es ist gewissermaßen mit Ihnen durchtränkt. Ohne Sie würde ich hier Gespenster sehen. Ja, ich würde mir wirklich ganz verloren vorkommen.«

»Nicht doch! Wo wir doch kaum miteinander gesprochen haben –«

»Aber ich beobachte Sie«, sagte Dolly lächelnd, »und ich weiß, was Sie denken. Sie ahnen ja nicht, wie gut man Ihnen vom Gesicht ablesen kann, was Sie denken.«

»Aber wenn sich Ihre unglückliche Schwester doch hier wohler fühlt? Wenn sie hier doch ihre Sorgen vergißt? Wenn sie das Gefühl hat, daß Sie hier geborgen sind?« setzte ich ihr leidenschaftlich auseinander.

»Ich will nicht geborgen sein.«

»Ach Dolly – Sie wollen doch nicht wieder ausbrechen?« fragte ich, und die arme Mrs. Barnes hätte nicht besorgter fragen können.

Dolly lachte. »Ich werde nie wieder etwas tun, was Kitty Kummer bereiten könnte. Aber ich mag das Gefühl –«, sie bewegte die Arme, als seien es Flügel –, »ich mag das Gefühl, viel Platz um mich zu haben!«

30. September

Das Wetter hat sich wieder gebessert, und in unseren Kämpfen ist eine Pause eingetreten. Vor lauter Erschöpfung sind Mrs. Barnes und ich wieder in die alte Gewohnheit verfallen, ausschließlich über die Lage des Hauses und die Aussicht zu sprechen, wobei ich mein Heil in der Zuflucht der Schwachen suchte und eine Entscheidung einfach aufschob. Wenn Mrs. Barnes nur entweder weniger gütig oder weniger dumm wäre! Aber gegen Dummheit in Verbindung mit Güte ist kein Kraut gewachsen. Man kommt einfach nicht an sie ran. Nichts kommt an sie ran. Man gibt auf. Man streckt die Waffen. Man wird zum Sklaven. Und die Sache ist wirklich hoffnungslos, wenn die Dummen und Guten zugleich auch noch die edel duldenden Opfer unverschuldeten Unglücks sind.

Abends

Etwas wirklich Merkwürdiges hat sich heute zugetragen: Mein Gebet wurde erhört. Nie wieder werde ich wagen zu beten. Ich hatte gebetet, daß ein Mann, irgendein Mann, käme und uns wie Hefe zum Gären brächte, und ich habe ihn bekommen.

Doch alles der Reihe nach:

Heute nachmittag auf unserem Spaziergang, kurz nachdem wir das Haus verlassen hatten und uns gegen Windstöße und wirbelnde Blätter zufällig in die Richtung kämpften, wo die Fahrstraße vom Tal hochführt, sagte Dolly: »Wer ist denn das ulkige Männchen, das uns dort entgegenkommt?«

Und ich guckte hin und sagte nach einem Augenblick, in dem mir das Herz stehenblieb — denn weshalb war *ausgerechnet er* gekommen? —: »Das ulkige Männchen dort ist mein Onkel.«

Da war er nun, der leibhaftige Onkel: Gamaschen, Talar, Schaufelhut. Er hielt seinen Hut fest, und der unverschämte Wind, der nun mit diesem nicht mehr sein Spielchen treiben konnte, ließ seinen Mutwillen statt dessen am Talar aus, riß ihn hoch und blähte ihn auf, so daß mein Onkel mit der freien Hand, so gut es ging, den Talar wieder geziemend glattstreifen und deshalb den Regenschirm unter seinen Arm geklemmt tragen mußte.

»Aber doch nicht Ihr Onkel, der Dekan?« fragte Mrs. Barnes mit vor Ehrfurcht bebender Stimme und rückte hastig ihre Toque zurecht; denn ein Hauch von Kirche, und sei es auch nur ein so schwacher wie jener, der von einem Hilfsgeistlichen ausgeht, ist für sie eine Art Lebensodem.

»Doch«, entgegnete ich, erstaunt und hilflos. »Mein Onkel Rudolph.«

»Er könnte ja fast ein Deutscher sein«, sagte Dolly, »mit diesem Namen.«

»Lassen Sie ihn das bloß nicht hören!« rief ich. »Deutsche sind ihm ein Graus —«

Die Bemerkung war mir herausgerutscht, ehe ich mir's versah, ehe ich sie zurückhalten konnte. Großer Gott, dachte ich, großer Gott.

Aus den Augenwinkeln warf ich einen Blick auf Mrs. Barnes. Sie war leider puterrot. Also machte ich mich gleich daran, sie nach Kräften zu beruhigen: »Das heißt«, sagte ich, »während des Krieges waren sie ihm ein Graus. Aber jetzt, wo der Krieg vorbei ist, wäre es natürlich reine Dummheit — kein Mensch hat mehr etwas gegen

Deutsche — niemand *sollte* jetzt mehr etwas gegen sie haben —«

Meine Stimme verlor sich jedoch in Schweigen, denn ich wußte, und Mrs. Barnes wußte, daß die Leute doch etwas gegen sie haben.

Inzwischen waren wir in Rufweite meines Onkels gelangt, und in der Wiedersehensfreude, die sich bei solchen Gelegenheiten unwillkürlich einstellt, winkte ich ihm zu, indem ich meinen Spazierstock fröhlich in der Luft kreisen ließ, und rief: »Wie reizend von dir, Onkel Rudolph!« Und da die beiden anderen taktvoll zurückblieben, ging ich ihm allein entgegen, um ihn zu begrüßen.

Dort auf dem Berghang, wo der freche Wind respektlos an seinem Gewand herumzerrte, gaben wir uns den Begrüßungskuß; und im Kuß meines Onkels spürte ich sogleich etwas, das mich an Mrs. Barnes' Äußerungen an jenem Tag, als ich die zwölf Zigaretten rauchte, erinnerte: er verzieh mir.

»Ich komme, um dich nach England heimzugeleiten«, sagte er, und aus seiner Miene war zu lesen, daß er Vergangenes ruhen lassen wolle; und in diesem Sinne ließ er seinen Talar los, um mir aufmunternd auf die Schulter zu klopfen.

Sofort bauschte sich der Talar auf. Unverzüglich mußte mein Onkel die Hand von meiner Schulter nehmen, um ihn wieder nach unten zu drücken. »Du bist in Damenbegleitung?« bemerkte er, etwas durcheinander, und hielt dabei diesen aufrührerischen Teil seines Gewandes fest.

»Ja, Onkel Rudolph«, erwiderte ich bescheiden. »Ich hoffe, du wähntest mich nicht in Herrenbegleitung?«

»Ich wähnte dich so anzutreffen, liebes Kind, wie ich dich immer antraf — bereit, etwas zuzugeben und rückgängig zu machen. Großherzig bereit, etwas zuzugeben und rückgängig zu machen —«

»Lieb von dir«, murmelte ich. »Aber du hättest es mich wissen lassen sollen, daß du kommst. Ich hätte dir einen tüchtigen Willkommensschmaus bereiten lassen.«

»Bei mir handelt es sich ja schließlich nicht«, sagte er in der sanftesten Stimme, die er angesichts des nach wie vor heftigen Windes aufbringen konnte, »um die Heimkehr des verlorenen Sohnes. Ich wünschte wirklich, es wäre so, und zwar deinetwegen. Meine Schultern könnten die Last besser tragen als deine schmalen.«

Dies klang unheilverkündend, deshalb sagte ich: »Laß mich dir Mrs. Barnes und ihre Schwester, Mrs. Jewks, vorstellen. Darf ich Ihnen«, wandte ich mich förmlich den beiden anderen zu, die zum Glück nicht weit weg standen, »meinen Onkel Rudolph vorstellen, von dem Sie schon viel gehört haben.«

»O ja, das haben wir«, entgegnete Mrs. Barnes so herzlich, wie es ihre Ehrfurcht erlaubte.

Mein Onkel, offenkundig erleichtert, seine Nichte nicht exzentrischerweise alleine anzutreffen, sondern von so ehrwürdigen Gestalten flankiert, sozusagen sicher zwischen zwei Witwen geborgen, gab sich sehr huldvoll. Ehrfürchtig und verzückt nahm Mrs. Barnes seine wohltuenden Worte auf; und als wir zum Haus zurückgingen, denn Ankömmlinge aus England führt man als erstes in ihr Badezimmer, gesellten sich die beiden auf dem schmalen Pfad ganz selbstverständlich zueinander, und Dolly und ich gingen hinterher.

Wir tauschten einen Blick, und uns wurde gleichzeitig bewußt, daß eine Gruppe von vier Personen gegenüber einem Trio gewisse Vorteile hat. Hinter dem Rücken der hingebungsvoll lauschenden Mrs. Barnes tauschten wir einen verständnisinnigen Blick, und vor unseren Augen eröffneten sich plötzlich unzählige Möglichkeiten, endlich unbehelligt miteinander plaudern zu können.

»Sie sind also doch zu etwas nütze«, sagte ich mit gesenkter Stimme — dabei hätte ich sie bei diesem Wind gar nicht zu senken brauchen.

»Dekane«, stimmte Dolly nickend zu.

Ich hätte am liebsten gelacht — verhalten, lautlos, jederzeit gefaßt, wieder eine ernste Miene aufzusetzen und zu den Wolken hochzublicken, falls sich unsere Verwandten umdrehen würden, aber das Lachen blieb mir im Halse stecken angesichts der niederschmetternden Gewißheit, daß das Kommen meines Onkels für mich nichts Gutes zu bedeuten hatte.

Er wird mit mir reden wollen; über Dinge reden, die ich so verzweifelt zu vergessen versuche, die ich mittlerweile tatsächlich zu verdrängen vermag; und er wird das betrübliche Thema in christlicher Absicht angehen, so wird er jedenfalls behaupten und es sich vielleicht sogar selbst einbilden, aber in Wirklichkeit verfolgt er ganz irdische Absichten. Er hat begründete Hoffnung, bald Bischof zu werden. Ich bin seine Nichte. Die Frauen in der Familie eines Bischofs sollten keinerlei Aufsehen erregen, sollten darauf achten, daß sie nicht ins Gerede kommen. Deshalb wird er mich zu überreden versuchen, daß ich mich wieder in ein Leben unerträglicher Nichtswürdigkeit schicke, nur damit es nach außen hin so aussieht, als sei alles in Ordnung. Koste es, was es wolle, nach außen hin muß das Haus — das Haus der Nichte eines Bischofs — ordentlich geführt werden, so geführt, daß es sich nicht von den anderen in der Straße unterscheidet; damit niemand weiß, was hinter der Fassade vorgeht, und die Nachbarn sich über den Onkel nicht den Mund zerreißen.

Wenn ich nicht mit ihm verwandt wäre, sondern einfach bloß ein gewöhnlicher Mitmensch in Nöten, hätte er, derselbe Mann, vollstes Verständnis, ja, er würde, so wie die Dinge nun einmal liegen, alles daran setzen, um mich davor zu bewahren, das zu tun, was er »rückfällig werden« nennt. Und gleichzeitig würde er mich nach Kräften in jener Gemütslage bestärken, die bestimmt die einzig richtige ist und tatsächlich oft wiederkehrt, einer seelischen Verfassung, in der ich überhaupt keinen Groll hege und froh bin, daß mir zumindest die Erinnerung an die schönen Dinge bleibt, an die ich einst glaubte. Aber ich bin eben seine Nichte. Er wird bald Bischof. Natürlich muß er sich da hüten, nicht allzusehr wie Christus zu sein.

Mit entsprechend mulmigen Gefühlen lief ich hinter ihm drein aufs Haus zu, graute mir doch vor dem, was als nächstes geschehen würde. Aber es ist nichts geschehen. Noch nicht jedenfalls. Morgen, nehme ich an . . .

Wir verbrachten einen äußerst harmonischen Abend. Ich bin so schläfrig und so gesättigt durch kirchliche Wohltaten, als hätte ich den ganzen Tag in der Kirche gesessen. Mein Onkel, gewaschen, frisch rasiert und durch den Tee erquickt, legte sich mächtig ins Zeug, um uns zu unterhalten. Er war die Seele des Teekränzchens.

Er überließ sich jenem wohltemperierten Überschwang, mit dem wackere Männer seines Metiers gern beweisen, daß zwischen ihnen und normalen Menschen im Grunde gar kein so großer Unterschied besteht. Nach dem Tee und dann erneut nach dem Abendessen scharten wir uns um das Kaminfeuer in der Diele. Dolly und ich saßen einander rechts und links an den Ecken gegenüber, mein Onkel und Mrs. Barnes in der Mitte, und der Raum hallte leise wider von fröhlichem, aber niemals unschicklichem Lachen, das die harmlosen Scherze auslösten. »Wie schön«, schien mein Onkel jedesmal zu sagen, wenn er eine seiner erbaulichen Geschichten zum besten gegeben hatte, in die Runde blickte und unseren Beifall erntete, »wie schön ist es doch, wenn man sich an unverfänglichen Späßen erfreuen kann. Warum auch sollte man sich je in Zweideutigkeiten ergehen?«

Und seine Geschichten waren wirklich so harmlos, daß in ihnen die Beteiligten immer erst vor den Traualtar treten mußten, ehe die eigentliche Pointe kam.

Dolly saß da und strickte, das Licht fiel auf ihr kindliches Blondhaar, die Augen waren gesenkt in sanfter Demut. Genau zum richtigen Augenblick kam bei jeder Anekdote ihr Grübchen zum Vorschein. Sie schien instinktiv zu wissen, an welcher Stelle sie lächeln mußte; und daß die bewußte Stelle gekommen war, merkte ich mehrmals nur daran, weil mein Blick auf ihr Grübchen fiel.

Was nun Mrs. Barnes betrifft, so erstrahlte ihr Gesicht zum erstenmal, seit ich sie kenne, in ungetrübter Heiterkeit. Mein Onkel, der sich nun einmal auf Anekdoten verlegt hatte, erwähnte den Krieg mit keinem Wort.

Kein einziges Mal war von Deutschen die Rede. Mrs. Barnes konnte sich unbesorgt dem Vergnügen hingeben. Sie strahlte. Sie war erfüllt von ehrfürchtigem Entzükken. Und wie sie da in ihrem Sessel saß, sah man ihr an, daß sie die Worte meines Onkels mit allen Poren ihres Körpers in sich aufnahm, damit ihr auch ja kein einziges entgehe. Diesen Eifer hätte er gewiß mit großer Befriedigung registriert, wenn er nicht bereits daran gewöhnt gewesen wäre. Es ist schon merkwürdig, wie sich Witwen an Geistliche klammern. Seit ich denken kann, kommen sie zu Onkel Rudolph in Scharen wie die Ängste der bedrückten Margaret in Wordsworths Gedicht. Meine Tante zog immer die Augenbrauen hoch und fragte mich, ob ich ihr sagen könne, was sie in ihm sähen.

Als wir einander gute Nacht wünschten, las ich aus Mrs. Barnes' Benehmen mir gegenüber, daß die Gegenwart eines Mannes bereits ihre Wirkung tat. Mrs. Barnes sprudelte regelrecht. Frische Luft war in sie gedrungen und zirkulierte ungehemmt in ihr. An meiner Schlafzimmertür umarmte sie mich mit inniger, schlichter Herzlichkeit, ohne wie sonst peinlich in meinem Gesicht zu forschen, ob sie ihre Pflicht, selbstlos zu sein, in irgendeinem Punkt verabsäumt habe. Die Ankunft meines Onkels hat ihre Gedanken ein bißchen von mir abgelenkt. Ich wußte, daß uns ein Mann gefehlt hatte. Nicht, daß ein Dekan meiner Vorstellung von Mann ganz entspräche, aber andererseits entspricht er auch nicht ganz meiner Vorstellung von einer Frau, und seine Ankunft macht Mrs. Barnes und meinen fürchterlichen *combats de générosité* fürs erste ein Ende. Er bringt frisches Blut in unseren blutarmen kleinen Zirkel. Anderes Blut, sollte ich vielleicht besser sagen; das Blut von Dekanen ist gewiß nicht sehr frisch.

»Gute Nacht, Onkel Rudolph«, sagte ich, als ich um zehn Uhr aufstand und ihm meine Wange hinhielt. »Wir haben dir für einen herrlichen Abend zu danken.«

»Ganz, ganz herrlich«, echote Mrs. Barnes begeistert, wobei auch sie aufstand und ihr Strickzeug zusammenrollte.

Mein Onkel war zufrieden. Er spürte, daß er in Bestform gewesen war und daß man seine Bestform zu schätzen gewußt hatte.

»Gute Nacht, liebes Kind«, sagte er und küßte meine dargebotene Wange. »Mögen die seligen Engel über deinem Bett wachen.«

»Danke, Onkel Rudolph«, sagte ich und senkte den Kopf unter seinem Segen.

Mrs. Barnes sah dem kleinen Familienidyll mit ehrfürchtiger Anteilnahme zu. Dann kam sie an die Reihe.

»*Gute* Nacht, Mrs. Barnes«, sagte mein Onkel höchst huldvoll, schüttelte ihr die Hand und machte das, was meine Tanzlehrerin einen Diener genannt hatte.

Und zu Dolly: »*Gute* Nacht, Miß —«

Dann zögerte er, suchte nach dem Namen.

»Mrs.«, sagte Dolly, ihn sanft verbessernd, ihre Hand in der seinen.

»Ach, ich bitte im Verzeihung. Verheiratet. Wenn man einander so vorgestellt wird — besonders bei diesem fürchterlichen Wind.«

»Nein — nicht eigentlich verheiratet«, verbesserte ihn Dolly abermals sanft, ihre Hand noch immer in der seinen.

»Nicht eigentlich — ?«

»Meine Schwester hat ihren — meine Schwester ist Witwe«, schaltete sich Mrs. Barnes hastig und nervös ein; ach, immer diese Komplikationen mit Dolly!

»Was Sie nicht sagen. Was Sie nicht sagen. Wie traurig«, bemerkte mein Onkel mitfühlend und hielt immer noch ihre Hand. »Und dabei noch so jung. Ach. Ja. Nun denn, also gute Nacht, Mrs. — «

Aber er mußte wieder innehalten und suchen.

»Jewks«, sagte Dolly sanft.

»Verzeihen Sie mir. Sie können sich darauf verlassen, noch einmal werde ich nicht so einfältig sein. Gute Nacht. Und mögen die seligen Engel — «

Er hielt ein drittes Mal inne; stutzig geworden, vermute ich, bei dem Gedanken, daß es vielleicht nicht ganz schicklich sei, die Aufmerksamkeit, und sei es auch nur die der Engel, auf das Bett einer wildfremden Dame zu lenken. Also schüttelte er ihr nur sehr herzlich die Hand, während sie ihm ein in der Tat himmlisches Lächeln schenkte.

Wir verließen ihn, und er blieb mit dem Rücken zum Kamin stehen und sah uns nach, wie wir die Treppe hochgingen, wobei er fast zärtlich ein Glas heißen Wassers hielt, denn er mußte sein Mitgefühl ja auf irgend etwas richten.

Mein Onkel ist ein sehr mitfühlender Mensch. In Dingen, die sein eigenes Fortkommen nicht berühren, ist er ganz Mitgefühl. Deshalb mögen ihn die Witwen so, vermute ich. Meine Tante hätte wohl gewußt warum, wenn sie nicht seine Frau gewesen wäre.

1. Oktober

Ich habe die Angewohnheit, beim Anziehen zu lesen. Irgendein Buch lehnt immer aufgeschlagen gegen den Spiegel, und die Folge davon ist, daß ich manchmal den einen oder anderen Haken an meinem Kleid vergesse, denn man kann seine Augen schließlich nicht überall gleichzeitig haben. Eigentlich wäre ich ein sehr ordentlicher Mensch, wenn ich könnte, aber es gibt eben noch andere Dinge. Heute morgen war das besagte Buch die Bibel, und darin las ich: *Die Weisheit des Klugen* — und erst recht die einer klugen Frau! — *gibt ihm Einsicht in seinen Weg, / aber die Dummheit der Toren führt zur Täuschung.*

Dadurch kam ich zu spät zum Frühstück. Die Hände im Schoß, saß ich da, schaute aus dem Fenster, ließ mir die weisen Worte Salomons durch den Kopf gehen und überlegte, ob es irgendeine Möglichkeit gebe, dem Schicksal der Toren zu entgehen.

Es gab keine Möglichkeit. Es schien hart, daß ich, ohne eigentlich zu den Toren zu gehören, dennoch ihr Los teilen sollte. Und draußen war es kalt und windig, einer jener Morgen, an denen einen männliche Verwandte partout zu einem »Gang« mitnehmen wollen — als ob man ein Hund wäre —, damit man sich jener öden Prozedur unterziehe, die bewirken soll, daß man »einen klaren Kopf bekommt«, wie sie es nennen. Ich mag aber keinen klaren Kopf bekommen. Mein Kopf gefällt mir ganz gut so, wie er ist. Onkel Rudolph ist ein agiles Männchen, außerdem hat er seit dem Tod meiner Tante beträchtlich abgenommen unter seinem Talar, und ich war überzeugt, daß er mich nach dem Frühstück auf den

Berg hinaufscheuchen und mir, nachdem ich dort oben völlig außer Atem und wortlos auf einen Felsen gesunken wäre, all das sagen würde, wovor mir so graute.

Es kostete mich große Überwindung hinunterzugehen. Ich kam mir vor wie angewurzelt. Da ich nun einmal in die unglückselige Lage einer Gastgeberin geraten war, wußte ich, daß meine Pflicht darin besteht, morgens hinter der Kaffeekanne hervorzulächeln; aber die Gewißheit dessen, was mir nach der Kaffeekanne widerfahren würde, ließ mich wie angewurzelt sitzen bleiben, selbst dann noch, als die Klingel zum zweiten Male ertönte.

Als ich allerdings nach dem zweiten Läuten eilige Schritte den Gang entlang zu meiner Tür trippeln hörte, stand ich auf, ja, fuhr hoch, aus Angst vor dem, was möglicherweise gleich hereinkommen würde. Schlafzimmer bieten keinen echten Schutz vor Onkeln. Diese schnellen Schritte konnten durchaus die von Onkel Rudolph sein. Ich eilte zur Tür und riß sie auf, damit ich ihn durch mein Hinaustreten zumindest am Eintreten hindern konnte; aber da stand Mrs. Antoine, die gerade die Hand gehoben hatte, um anzuklopfen.

»*Ces dames et Monsieur l'Evêque attendent* [Diese Damen und der Herr Bischof warten]«, sagte sie mit vorwurfsvoll befremdeter Miene.

»*Il n'est pas un évêque* [Er ist kein Bischof]«, erwiderte ich etwas unwirsch, denn ich wußte, daß es nicht recht von mir war, einfach hier oben sitzen zu bleiben, und ich ärgerte mich natürlich, daß man mich nicht in Ruhe ließ. »*Il est seulement presque un.* [Er ist nur fast einer.]«

Hierauf entgegnete Mrs. Antoine gar nichts, sondern

trat zur Seite, um mich vorbeizulassen. Dann gab sie mir ziemlich streng zu verstehen, daß der Kaffee schon seit einer Viertelstunde auf dem Tisch stehe.

»*Comment appelle-t-on chez vous* [Wie nennt man bei Ihnen]«, sagte ich und blieb in der Tür stehen, um Zeit zu gewinnen, »*ce qui vient devant un évêque?* [das, was vor einem Bischof kommt?]«

»*Ce qui vient devant un évêque?* wiederholte Mrs. Antoine unschlüssig.

»*Oui. L'espèce de monsieur qui n'est pas tout à fait évêque mais presque?* [Ja. Die Art von Herr, die nicht ganz, aber fast ein Bischof ist?]«

Mrs. Antoine runzelte die Stirn. »*Ma foi* – [Meiner Treu]«, begann sie.

»*Oh, j'ai oublié* [Oh, ich habe vergessen]«, sagte ich. »*Vous n'êtes plus catholique. Il n' y a rien comme des évêques et comme des messieurs qui sont presque évêques dans votre église protestante, n'est-ce pas?* [Sie sind ja nicht mehr katholisch. In Ihrer protestantischen Kirche gibt es ja so etwas wie Bischöfe und Männer, die fast Bischöfe sind, gar nicht, oder?]«

»*Mais rien, rien, rien*«, erklärte Mrs. Antoine feierlich und entschieden, die Hände ausgestreckt, die Schultern zu den Ohren hochgezogen, und beteuerte leidenschaftlich die nüchterne Reinheit ihrer neuen Kirche, – »*mais rien du tout, du tout. Madame peut venir un dimanche voir...* [Aber nichts, nichts, überhaupt nichts. Madame kann an einem Sonntag kommen und selbst sehen.]«

Und nachdem sie diese Unterstellungen ausgeräumt hatte, kam sie dann gleich wieder auf den Kaffee zurück. »*Le café – Madame désire que j'en fasse encore? Ces dames et Monsieur l'évêque* – [Der Kaffee – wünschen Madame, daß ich frischen mache? Diese Damen und der Herr Bischof –]«

»*Il n'est pas un év* – [Er ist doch kein Bisch –]«

»Ah – da bist du ja!« rief mein Onkel aus, dessen Kopf am oberen Treppenabsatz auftauchte. »Ich wollte gerade schauen, ob dir was fehlt. Da ist sie – sie kommt, sie kommt!« brüllte er den andern fröhlich zu; und nachdem ich mich eilends zu ihm gesellt hatte, denn ich gehöre nicht zu den Leuten, die gegen das Unvermeidliche ankämpfen, schob er seinen Arm durch den meinen, und wir gingen gemeinsam hinunter.

Als wir am Fuß der Treppe angelangt waren, legte er seine Hände auf meine Schultern und drehte mich zum Licht. »Mein liebes Kind«, sagte er und musterte eingehend mein Gesicht, während er mich in dieser Stellung festhielt, »wir haben uns allmählich richtig Sorgen um dich gemacht. Mrs. Barnes fürchtete, du könntest krank sein, und faßte bereits gewisse Hausmittel ins Auge –«, mich schauderte, »aber –«, er drehte mich zu Mrs. Barnes um, »Sie sehen, Mrs. Barnes, die kleine Dame ist kerngesund.«

Hierauf nahm er mein Kinn zwischen Zeigefinger und Daumen und drückte mir unverzagt, ja, sogar etwas ausgelassen, auf jede Wange einen Kuß. Dann ließ er mich los, rieb sich die Hände und steuerte energisch auf den Tisch zu. Wie üblich, wenn ich mich verspätete, waren die warmen Gerichte auf dem Frühstückstisch entweder mit Servietten oder irgendwelchen Kleidungsstücken von Mrs. Barnes umwickelt.

»Beeil dich – nun beeil dich schon! – Frühstück,

Frühstück«, rief mein Onkel. *»Für diese und alle Deine Gaben, Herr —«*, fuhr er, die Augen geschlossen und die Hände über Mrs. Barnes' weißen Wollschal zum Segen ausgebreitet, recht unvermittelt fort.

Wir waren überwältigt. Ein Mann war gekommen und hatte uns unter seine Fittiche genommen. Aber nach Mrs. Barnes' Miene zu urteilen, war es ein Glück, so überwältigt worden zu sein. Zum erstenmal seit sie bei mir ist, war für ihr Ei der Segen des Himmels erfleht und vermutlich auch erlangt worden, und an dem Gesichtsausdruck, mit dem sie es aß, merkte ich, wie sehr sie darunter gelitten hatte, aufgrund meines gottlosen Lebenswandels jeden Morgen ein ungeweihtes Ei essen zu müssen. Und auch Dolly wirkte rundherum zufrieden, wie immer, wenn ihre arme Kitty glücklich ist. Nur ich war es nicht. Gedankenverloren saß ich hinter der Kaffeekanne. Allzu gut wußte ich, was mir bevorstand. Ich traute der Heiterkeit meines Onkels nicht. Er hatte in der Nacht alles überdacht und war zu dem Schluß gelangt, daß man das peinliche Thema, den Grund seines Kommens, am besten in fröhlicher und herzlicher Atmosphäre angehe. Ich hatte ihn wirklich noch nie so guter Laune gesehen; aber andererseits habe ich ihn seit dem Tod meiner Tante überhaupt nicht mehr gesehen.

»Liebes Kind«, sagte er, als die Frühstückstafel von den Antoines im wahrsten Sinne des Wortes aufgehoben und aus unserer Mitte getragen worden war und wir nun mit jenem überraschten Gefühl plötzlicher Nacktheit in der Runde saßen, das, wie ich bereits erläutert habe, diese Art des Abtragens hinterläßt — meinem Onkel blieb vor lauter Verblüffung tatsächlich kurz die Sprache weg —: »Liebes Kind, ich würde mit dir gern vor dem Mittagessen noch einen kleinen Gang machen.«

»Ja, Onkel Rudolph?«

»Damit wir wieder einen klaren Kopf bekommen.«

»Ja, Onkel Rudolph.«

»Ich weiß, du bist eine sportliche kleine Dame —«

»Ja, Onkel Rudolph?«

»So kann ich mit dir meinen gröbsten Bewegungsdrang etwas stillen.«

»Ja, Onkel Rudolph.«

»Vielleicht kann dann heute nachmittag eine dieser beiden Damen —« Mir fiel auf, wie vorsichtig er es vermied, von beiden zu sprechen.

»Oh, das wäre herrlich«, beeilte sich Mrs. Barnes ihm zu versichern. »Es wird uns eine Freude sein, Sie zu begleiten. Wir sind große Wanderer vor dem Herrn. Auf die Vorzüge regelmäßiger Bewegung im Freien lassen wir nichts kommen. Unser Vater hat uns schon in unserer Kindheit beigebracht, wie nötig sie ist. Wenn wir nicht so entschieden der Ansicht wären, daß der größte Teil des Tages auf eine nützliche Tätigkeit verwandt werden sollte, würden wir wohl fast die ganze Zeit im Freien verbringen und uns Bewegung verschaffen.«

»Warum dann nicht heute morgen mit meinem Onkel gehen?« fragte ich und klammerte mich an einen Strohhalm. »Ich muß noch Anweisungen fürs Abendessen —«

»O nein, nein — auf gar keinen Fall. Die Wünsche des Dekans —«

Aber wer ging in diesem Augenblick mit den monatlichen Rechnungen durch die Diele zu dem kleinen Zimmer, in dem ich immer meine Haushaltsangelegenheiten erledige? Niemand anders als Antoine. Heute ist der erste Oktober. Zahltag. Ich hatte es ganz vergessen. Und ich wußte nun, daß ich zumindest für diesen Vormittag gerettet war.

»Schauen Sie«, sagte ich zu Mrs. Barnes und wies mit dem Kinn in die Richtung, wo Antoine mit seiner Last verschwunden war.

Wie alle unbescholtenen armen Leute würde sie bestimmt einsehen, daß Monatsabrechnungen eine ernste Angelegenheit sind und sich nicht aufschieben lassen und daß selbst Dekane sich diesem heiligen Haushaltsritual beugen müssen.

»Ach, was für ein Pech!« rief sie aus. »Ausgerechnet heute — am ersten Tag, wo Ihr Onkel hier ist.«

Aber da war nichts zu machen. Das sah sie ein. Und außerdem war noch nie eine Frau so eigensinnig entschlossen gewesen wie ich, ihren Pflichten nachzukommen.

»Lieber Onkel Rudolph«, sagte ich sehr verbindlich — mir war plötzlich sehr verbindlich zumute —, »es tut mir ja so leid. Dies heute ist der einzige Tag im Monat, wo mir die Hände gebunden sind. An *jedem* anderen Tag —«

Und mit allen Anzeichen widerstrebenden, aber unbeugsamen Pflichtbewußtseins zog ich mich in mein kleines Zimmer zurück, schloß mich ein und blieb dort unbehelligt, bis ich sie weggehen hörte.

Vom Fenster aus sah ich kurz darauf, wie sie den Berg hochstiegen, behende angeführt von meinem Onkel, dem es nicht gelungen war, nur eine mitzunehmen. Mrs. Barnes folgte so devot — sie, die bei unseren Spaziergängen immer vorausgeht und den Weg weist — wie eine gehorsame Henne, und Dolly, als ob sie ebenso ungern einen klaren Kopf bekommen wolle wie ich, trottete etwas hinterher. Dann, als sie oben am Hang nur noch winzige schwarze Tupfer in der Landschaft waren, machte ich mich ausgesprochen vergnügt an die Arbeit.

Diese gesegneten Rechnungen! Wenn ich sie bloß immer und immer wieder hätte begleichen können, den lieben langen Tag! Aber nachdem ich damit fertig war und mich mit Antoine über die Hühner, die Bienen und die Kuh unterhalten hatte und es auf die Mittagszeit zuging und vom Fenster aus die drei Flecken, die immer kleiner geworden waren, bald wieder, zur vollen Größe angeschwollen, zu sehen sein würden, da glaubte ich, Kopfschmerzen zu verspüren.

Vom Addieren von Zahlen bekomme ich oft Kopfschmerzen, besonders dann, wenn, was merkwürdigerweise oft geschieht, beim zweiten Zusammenzählen ein anderer Betrag herauskommt, so daß es durchaus nicht abwegig war, daß ich tatsächlich Kopfschmerzen bekommen hatte. Ich saß da und wartete, um ganz sicher zu sein, und bald darauf, gerade als die drei winzigen Punkte am Horizont auftauchten, war ich mir ganz sicher; und ich ging in dieses Zimmer herauf und legte mich ins Bett. Denn, sagte ich mir, diesmal sind es keine Traubenkerne, sondern Zahlen, und Mrs. Barnes kann mir wegen etwas, das bloße Arithmetik ist, keine Medizin verabreichen; und selbst wenn Onkel Rudolph darauf besteht, an mein Bett zu kommen, kann er seine Unmenschlichkeit nicht so weit treiben, jemanden zu quälen, dem es nicht gutgeht.

Somit habe ich seither ganz behaglich im Bett gelegen, und ich muß sagen, meine Gäste sind überaus rücksichtsvoll gewesen. Sie haben mich fast die ganze Zeit über in Ruhe gelassen. Mrs. Barnes schaute einmal herein, und als ich mit geschlossenen Augen sagte: »Es waren die Rechnungen«, verstand sie sofort, nickte lediglich und verschwand.

Dolly kam und saß ein Weilchen bei mir, aber wir hatten uns kaum unterhalten, da ließ ihr mein Onkel durch Mrs. Antoine ausrichten, sie möge doch bitte zum Tee herunterkommen.

»Was macht ihr denn die ganze Zeit?« fragte ich.

»Oh, wir sitzen schweigend um den Kamin herum«, erwiderte sie lächelnd.

»Schweigend?« wiederholte ich befremdet.

Aber sie war schon weg.

Vielleicht, dachte ich, schweigen sie aus Angst, mich zu stören. Sie sind wirklich ungeheuer rücksichtsvoll.

Onkel Rudolph beispielsweise hat nicht einmal den Versuch gemacht, mir einen Krankenbesuch abzustatten. Das einzige Lebenszeichen, das er von sich gab, war die letzte Ausgabe des *Nineteenth Century*, die er mir heraufschickte. Er hatte sie aus England mitgebracht, und es steht ein Artikel von ihm drin — ein sehr guter. Ansonsten verhielt auch er sich völlig ruhig; und ich habe gelesen, nachgedacht, diese Zeilen hier geschrieben, und jetzt ist es wirklich Zeit, zu Bett zu gehen, und ich werde sofort einschlafen.

Na ja, immerhin war damit ein ganzer Tag gewonnen, und ich hatte Stunden um Stunden tiefen Friedens erlebt! Ja, ziemlich überraschend viel Frieden, in der Tat.

Es ist etwas überraschend, finde ich. Damit will ich sagen, daß sie ein solch geringes Verlangen verspürten, mich zu besuchen. Nicht einmal gute Nacht hat mir jemand gewünscht. Dabei lasse ich mir gern gute Nacht sagen. Besonders, wenn es niemand sagt.

2. Oktober

Vierundzwanzig Stunden haben zuweilen bemerkenswerte Veränderungen zur Folge. Die letzten jedenfalls.

Wieder ist es Nacht und wieder bin ich in meinem Zimmer und schlafe gleich ein; aber ehe ich noch schläfriger werde, will ich so viel wie möglich aufschreiben, weil heute ein äußerst interessanter Tag war. Ich wußte es ja: was uns fehlte, war ein Mann.

Beim Frühstück, zu dem ich pünktlich erschien, erquickt durch meinen gestrigen Rückzug, von Kopf bis Fuß gerüstet mit all den Argumenten, die ich mir während jener geruhsamen Stunden zurechtgelegt hatte und die mich höchstwahrscheinlich gegen Onkel Rudolphs unvermeidliche Angriffe immun machen würden, und nachdem ich mein Morgengebet gesprochen und meinen Kopf von lähmenden Erinnerungen befreit hatte, beim Frühstück also, schlug mir von seiten meiner drei Gäste Schweigen entgegen. Onkel Rudolphs Gesprächigkeit, so auffallend beim gestrigen Frühstück, beschränkte sich beim heutigen auf das Tischgebet. Von diesem abgesehen, gab er keinen Ton von sich. Und auch Mrs. Barnes schwieg, nachdem sie Amen gesagt hatte. Und ebenso Dolly, aber sie äußert sich ja auch sonst nie.

»Ich habe keine Kopfschmerzen mehr«, sagte ich schließlich leise und sah in die Runde.

Vielleicht nehmen sie immer noch Rücksicht, dachte ich. Zumindest Mrs. Barnes vielleicht. Unheilvoll verhieß das Schweigen meines Onkels, was mir nun bevorstand und wie sehr er sich, nach einer weiteren durchgrübelten Nacht, über meine Affären echauffierte und besonders über die Tatsache, daß Gott mich ihm zur Nichte gegeben hat, und er somit bedauernswerterweise mit mir verbunden war. Aber Mrs. Barnes — warum sagte *sie* nichts? Sie konnte doch wohl nicht für den Rest unserer gemeinsamen Tage auf Zehenspitzen gehen wollen, nur weil ich einmal Kopfschmerzen hatte?

Da niemand von meiner ersten Ankündigung Notiz genommen hatte, sagte ich abermals: »Heute morgen geht es mir, Gott sei Dank, wirklich gut.«

Hierauf lachte Dolly, und ihre Augen sandten kleine Morgenküsse zu mir herüber. Sie zumindest war wie immer.

»Freut ihr euch —«, fragte ich mit Blick auf die beiden anderen einsilbigen Köpfe, die über das Frühstück gebeugt waren —, »freut ihr euch denn gar nicht?«

»Sehr«, sagte Mrs. Barnes. »Sehr.« Aber sie blickte nicht von ihrem Ei auf, und mein Onkel reagierte auch diesmal nicht.

Da dachte ich bei mir, daß auch ich mich nicht weiter um die anderen zu kümmern brauche, und so verzehrte ich mein Frühstück mit stoischer Gelassenheit und wappnete mich gelegentlich durch einen Blick auf Dollys friedliches, erfrischendes Gesicht gegen das, was mich danach erwartete.

So ein heiteres Gesicht, so süß, so rein, so sonnig in seiner morgendlichen Anmut. Wirklich ein ideales Frühstückstischgesicht. Glücklicher Juchs, glücklicher Siegfried, dachte ich, die sich jeden Morgen darauf freuen konnten. Daß sie so viel Glück nicht verdient hatten, davon war ich in meinem patriotischen Herzen überzeugt, als ich den sanften Schwung ihrer Wimpern betrachtete, während sie ihren Toast mit Butter bestrich. Und doch hatten beide sie glücklich gemacht; oder vielleicht hatte Dolly sie glücklich gemacht und ihr eigenes Glück gewissermaßen als Reaktion darauf zurückbekommen. Bei einem mittelmäßig netten und anständigen Ehemann muß das möglich sein. Daß sie glücklich gewesen war, steht außer Frage, denn Unglücklichsein hinterläßt Spuren, und ich habe noch nie etwas so Glattes, etwas so Offenes gesehen wie Dollys intelligente, bezaubernde Stirn.

Schweigend beendeten wir unser Frühstück; und kaum war der Tisch durch die verwirrend flinken Antoines aus unserer Mitte gerissen worden, da stand mein Onkel auf und ging zum Fenster.

Dort blieb er mit dem Rücken zu uns stehen.

»Fühlst du dich zu einem Spaziergang imstande?« fragte er, ohne sich umzudrehen.

Tiefes Schweigen.

Wir drei, die immer noch um die leere Fläche saßen, die der Tisch hinterlassen hatte, sahen einander mit stumm fragenden Augen an: »Ich?«

Aber ich wußte, daß ich gemeint war.

»Meinst du mich, Onkel Rudolph?« fragte ich daher; denn schließlich war es das Beste, die Sache schnell hinter sich zu bringen.

»Ja, mein liebes Kind.«

»Jetzt gleich?«

»Wenn du willst.«

»Es gibt kein Entrin – du findest das Wetter nicht zu scheußlich?«

»Erfrischend.«

Ich seufzte und ging, um meine Nagelschuhe anzuziehen. Verwandte... was hatte er für ein Recht... als wenn ich nicht schon entsetzlich genug gelitten hätte... und an einem so unfreundlichen Vormittag... wenn es wenigstens schön und warm gewesen wäre... aber bei bitterkaltem Wind einen Berg hochgescheucht zu werden, um dann oben das Herz schwergemacht zu bekommen...

Und zwei Stunden später, als ich, genau wie befürchtet, auf einem kalten Felsen hockte, ganz außer Atem nach dem mühsamen Aufstieg bei scharfem Wind, als ich da hockte an zugiger Stelle und einen so klaren Kopf bekommen hatte wie nie zuvor in meinem Leben und ich mich hilflos der gefürchteten Standpauke ausgesetzt sah, sagte Onkel Rudolph, der sich zu meinen Füßen niederließ, nach langem schrecklichen Schweigen, in dem ich zitternd meine Verteidigungsargumente durchging und mir vergebens einzureden versuchte, daß es ja vielleicht gar nicht so weh tun werde:

»Wie schreibt sie sich?«

Man ist wirklich ein dummes Schaf. Völlig mit mir selbst beschäftigt, hatte ich überhaupt nicht an Dolly gedacht.

3. Oktober

Als ich gestern nacht zu diesem Satz kam, war es schon so spät, daß ich ins Bett ging. Nun gibt es gleich Frühstück, und ich will meinen Bericht über den gestrigen Tag beenden.

Onkel Rudolph hatte mich auf den Berg geführt, nur um mit mir über Dolly zu reden. So unglaublich es auch scheinen mag, er hat sich verliebt. Auf den ersten Blick. Mit sechzig. Ich bin sicher, eine Frau bringt das nicht fertig, so daß allein das mich schon überzeugt, daß er ein Mann ist. Vor drei Tagen schrieb ich in dieses Buch, daß ein Dekan nicht ganz meiner Vorstellung von einem Mann entspricht. Ich nehme es zurück. Er ist einer.

Während ich also um mich selbst bangte und zitterte, darauf wartete, daß er nun in meinen alten Wunden herumwühlen würde, sagte er statt dessen: »Wie schreibt sie sich?«, und brachte mich total aus dem Konzept.

Verdutzt sah ich ihn an, während ich mich abmühte, meine Gedanken neu zu ordnen. Die Frage kam so gänzlich unerwartet. In diesem Augenblick hatte ich ja keine Ahnung, was mit ihm geschehen war. Ich wäre nie auf die Idee gekommen, daß Dolly eine so prompte Wirkung hinterlassen könnte, ohne etwas anderes zu tun, als einfach dazusitzen und im passenden Moment ihr Grübchen hervorzuzaubern. So attraktiv sie auch war, das, was sie so entzückend macht, sind mehr ihre Eigenarten als ihr Aussehen; und was konnte Onkel Rudolph in so kurzer Zeit von ihren Eigenarten mitbekommen haben? Er hat sich einfach in ein Lächeln verliebt. Und er ist sechzig. Und er ist mein Onkel. Erstaunliche Dolly! Anscheinend kann ihr kein Onkel widerstehen.

»Meinst du Mrs. Jewks' Familiennamen?« fragte ich, als ich die Sprache wiedergefunden hatte.

»Ja«, erwiderte mein Onkel.

»Ich habe ihn noch nicht geschrieben gesehen«, sagte ich vor lauter Erleichterung, so weit wieder Herr meiner selbst zu sein — denn Dolly hatte mich gerettet —, daß ich die Geistesgegenwart besaß, ausweichend zu antworten. Ich mußte es tun. Vor meinem inneren Auge tauchte Mrs. Barnes' Gesicht auf, das mich flehentlich ansah.

»Kein Zweifel«, sagte mein Onkel nach weiterem Schweigen, »er wird nach demselben Prinzip buchstabiert wie Molyneux.«

»Sehr gut möglich«, pflichtete ich ihm bei.

»Er klingt so, als sei die Familie ihres verstorbenen Mannes französischer Abstammung gewesen.«

»Es sieht ganz danach aus.«

»Möglicherweise Hugenotten.«

»Ja.«

»Ich war sehr erstaunt, daß sie Witwe ist.«

»Und noch dazu eine doppelte . . .«, ging es mir hierauf wie ein Refrain im Kopf herum, vielleicht weil ich so dicht neben einem Dekan saß. Laut sagte ich, denn inzwischen hatte ich mich wieder vollständig im Griff: »Warum, Onkel Rudolph? Es gibt massenhaft Witwen.«

»Leider, ja. Aber Mrs. Jewks hat etwas so eigentümlich Jungfräuliches an sich.«

Ich gab zu, daß dem so sei. Dollys Attraktivität hat ihre Ursache zum Teil in dem sonderbaren Eindruck von Unberührtheit, von heiterer Erhabenheit, den sie vermittelt.

Mein Onkel brach einen Halm von dem verdorrten Gras des vergangenen Sommers und begann daran zu kauen. Ein Stückchen unterhalb von mir lag er auf seiner einen Seite und stützte sich auf den Ellenbogen. Seine schwarzen, tadellos gebügelten Hosenbeine wirkten inmitten des hohen gelben Grases komisch. Er hatte seinen Hut abgenommen, der Verwegene, und der Wind wehte sein graues Haar hin und her, und manchmal drückte er es ihm wie einen Pony über die Augen. Dann sah mein Onkel richtig wüst aus, aber er schob das Haar immer gleich zurück und strich es mit geistesabwesender Sorgfalt wieder glatt, die Augen auf das Tal drunten gerichtet. Aber er sah das Tal nicht.

»Wie lange ist denn das arme junge Ding ...«, begann er.

»Du wirst überrascht sein, wenn ich dir sage«, unterbrach ich ihn, »daß Mrs. Jewks vierzig ist.«

»Was du nicht sagst. Das ist in der Tat erstaunlich.« Und nach einer Pause fügte er hinzu: »Erstaunlich und erfreulich.«

»Warum denn erfreulich, Onkel Rudolph?« fragte ich.

»Wann hat sie ihren Mann verloren?« wollte er wissen, ohne auf meine Frage einzugehen.

Die Einleitung zu einer wahrheitsgemäßen Antwort auf diese Frage mußte natürlich lauten: Welchen? Aber wieder tauchte im Geiste Mrs. Barnes' flehentliche Miene vor mir auf, und somit beschränkte ich mich auf Juchs, und sagte, sie habe ihn kurz vor Ausbruch des Krieges verloren.

»Ah. So wurde ihm die Ehre verwehrt, dem armen Kerl, für England zu sterben.«

»Ja, Onkel Rudolph.«

meine Arme um ihn zu legen — einfach um ihn zu trösten, ihn zu wärmen. Es muß schrecklich sein, wenn man sechzig ist und mutterseelenallein. Man sieht so erwachsen aus. Man sieht aus, als habe man fast alles, als sei man nahezu bedürfnislos; und man gilt als gemachter Mann, der eine Karriere hinter sich und Häuser, Personal, Bücher und alles übrige zur Verfügung hat — all den leeren bedeutungslosen Kram; denn in Wirklichkeit ist man das mitleiderregendste mutterlose kalte Baby, das weiß, daß es keine Mutter hat, daß nie mehr ein weiches, liebes, schmachtendes Wesen kommt, um einem ins Ohr zu summen und einen Gutenachtkuß zu geben und einen am nächsten Morgen, wenn man erwacht, anzulächeln.

»Onkel Rudolph —«, begann ich.

Dann hielt ich inne, beugte mich über ihn und nahm ihm den Grashalm aus der Hand, auf dem er dauernd herumbiß.

»Ich kann nicht mitansehen, wie du noch mehr davon ißt«, sagte ich. »Es bekommt dir nicht.«

Und nachdem ich seine Hand ergriffen hatte, ließ ich sie nicht mehr los. »Na siehst du!« sagte ich und hielt sie fest.

Mit merkwürdig unbestimmbarem Ausdruck sah er zu mir hoch, versunken in seine Gedanken; dann, als er merkte, wie fest seine Hand gehalten wurde, lächelte er.

»Du liebes Kind«, sagte er und besah sich mein Gesicht, als habe er es noch nie gesehen.

»Ja«, sagte ich, lächelte meinerseits und ließ seine Hand nicht los. »Dieses ›liebe Kind‹ lasse ich mir gefallen. Die anderen lieben Kinder, die ich einst war, mochte ich nicht.«

»Welche anderen lieben Kinder?«

»Onkel Rudolph«, sagte ich, »laß uns nach Hause gehen. Hier ist es so unwirtlich. Warum sitzen wir fröstelnd und verlassen hier herum, wo drunten alles auf uns wartet.«

Und ich ließ seine Hand los und rappelte mich auf, und als ich wieder auf den Beinen war, streckte ich ihm beide Hände entgegen, und zog ihn hoch, und da er tiefer stand als ich, befanden sich unsere Augen auf gleicher Höhe.

»Alles was?« fragte er, und sein Blick suchte den meinen.

»Ach, Onkel Rudolph! Wärme und Dolly natürlich.«

4. Oktober

Aber ganz so einfach war es dann doch nicht. Gestern abend blieb alles beim alten. Mein Onkel bekam den Mund nicht auf. Dolly saß da und wartete, um über Anekdoten zu lächeln, die er nicht erzählte. Mrs. Barnes strickte bekümmert. Weil er so merkwürdig schwieg, fürchtete sie vielleicht bereits, daß er irgendwie von Siegfried Wind bekommen haben könnte, wie sonst war sein merkwürdiges Schweigen zu erklären nach jenem vielversprechenden, wunderbaren ersten Abend und dem darauffolgenden Morgen?

Gestern abend bestritt ich die Unterhaltung alleine, indem ich jene harmlose Unterhaltung fortführte, an der sich mein Onkel nicht mehr beteiligte. Auch ich erzählte Anekdoten, und als ich alle, die ich kannte, erzählt hatte und noch immer niemand etwas sagte, machte ich mich an die, die ich nicht kannte. Alles war besser als dieses fortdauernde unbehagliche Schweigen. Aber wie mühselig! Ich schwitzte regelrecht vor lauter Anstrengung. Und niemand außer Dolly schenkte mir ein Lächeln; und selbst Dolly, obzwar sie lächelte, besonders, als ich mit meiner zweiten Reihe von Anekdoten begann, schaute mich leicht fragend an, als wundere sie sich, was mit mir los ist.

Eine Gastgeberin, deren Gäste plötzlich, aus welchem Grund auch immer, wie vom Schlag gerührt sind, ist wirklich ein bedauernswertes Geschöpf.

5. Oktober

In seiner Biographie über den Vater fragte Crabbes Sohn: *»Wird es verwundern, daß Mr. Crabbe bei seinem überaus empfindsamen Herzen, seiner besonderen Vorliebe für weibliche Gesellschaft und seiner immer noch ungebrochenen Leidenschaftlichkeit selbst in seinem zweiundsechzigsten Lebensjahr wieder an Heirat dachte, wenn wir uns vor Augen halten, in welcher Lage er sich damals befand? Ich bin überzeugt, es wird niemand ernsthaft schockiert sein, daß er solcherart die Frische seiner Gefühle unter Beweis stellte.«*

Ein bißchen schockiert; so viel war Crabbes Sohn bereit, zuzugeben; aber nicht *ernsthaft*.

Nun, es ist gut, daß mein Onkel nicht in jener Zeit lebte, denn es wäre ihm wohl schlimm ergangen. Seine Gefühle sind mehr als frisch, sie sind heftig.

6. Oktober

Solange Dolly im Zimmer ist, rührt sich Onkel Rudolph nicht von der Stelle, sondern sitzt stumm in seinem Sessel und starrt sie an. Wenn sie hinausgeht, steht er sofort auf, faßt mich am Arm und führt mich auf die Terrasse, wo wir bei schneidendem Wind auf und ab laufen.

Unsere Rollen sind nun vollkommen vertauscht. Ich bin jetzt die erfahrene, alte Verwandte, die Ratschläge erteilt, Mut macht und ihm zuhört, wenn er ihr sein Herz ausschüttet. Arm in Arm laufen wir in einem zu auf und ab, und das sehr schnell, weil Onkel Rudolphs Gefühle so frisch sind und auch der Wind nicht an Frische zu wünschen übrig läßt. Ich bemühe mich, mit ihm Schritt zu halten, während er an solche Banalitäten wie Schritte keine Gedanken verschwendet, so beschäftigt ist er mit seiner momentanen Lage, seinen Hoffnungen, seinen Ängsten — besonders mit letzteren. Denn er hat schreckliche Angst, daß die Traumfrau, nachdem er sie nun endlich gefunden hat, womöglich nichts von ihm wissen will. »Warum sollte sie?« fragt er dann immer fast zornig. »Warum sollte sie? Sag mir das einmal.«

»Ich weiß nicht«, antwortete ich, denn Onkel Rudolph und ich sind inzwischen die dicksten Freunde. »Aber ich weiß auch nicht, warum sie nicht sollte. Bedenke doch, wie nett du bist, Onkel Rudolph. Und Dolly ist von Natur aus sehr liebevoll.«

»Sie ist makellos, makellos«, erklärt dann mein Onkel leidenschaftlich.

Und Mrs. Barnes, die vom Fenster aus beobachtet, wie wir auf und ab gehen, schaut mich ängstlich fragend an, wenn wir ins Zimmer treten. Was mag mein Onkel mit mir nur so heftig zu bereden haben, wenn er draußen auf der Terrasse ist, und warum starrt er Dolly so eisig schweigend an, wenn er reinkommt? Arme Mrs. Barnes.

7. Oktober

Die Schwierigkeit, die sich jemandem stellt, der um Dolly werben möchte, besteht darin, daß man sie nie allein zu fassen kriegt, nicht einmal in irgendeinem Winkel, wo Mrs. Barnes sie nicht hören kann. Außer in Begleitung von Dolly verläßt Mrs. Barnes niemals auch nur für eine Sekunde das Zimmer. Toll, wie geschickt sie das macht! Sie ist besessen von entsetzlicher Angst, daß die schreckliche Heirat mit dem deutschen Onkel irgendwie ans Licht kommen könnte. Wenn sie schon fürchtete, ich könne davon erfahren, so fürchtet sie noch hundertmal mehr, daß Onkel Rudolph dahinterkommen könnte. Sie ist so unbeirrbar in ihrer Unterwürfigkeit und ein kirchlicher Würdenträger in ihren Augen eine so bedeutende und geradezu übermenschliche Persönlichkeit, daß sie noch nicht einmal eine dunkle Ahnung hat, was wirklich los ist. Ihr einziger Herzenswunsch besteht darin, sich die gute Meinung dieses heiligen, vornehmen Mannes zu erhalten und ihre Dolly, ihren auf Abwege geratenen Liebling vor seiner gerechten, aber unerträglichen Verachtung zu bewahren. Deshalb rührt sie sich nicht von der Stelle. Dolly kriegt man also nie allein zu fassen.

»Ein Mann«, sagte mein Onkel heute morgen wütend zu mir, »kann doch einer Frau vor den Augen ihrer Schwester keinen Heiratsantrag machen.«

»Du bist also fest dazu entschlossen?« fragte ich und versuchte nach Kräften, mit ihm Schritt zu halten, als ich neben ihm auf der Terrasse auf und ab ging.

»Sobald ich sie allein zu fassen kriege. Ich halte das nicht mehr länger aus. Ich muß Gewißheit haben. Wenn sie mich nicht haben will — mein Gott, wenn sie mich nicht haben will —!«

Liebevoll ergriff ich seinen Arm. »Oh, aber sie will ja«, sagte ich beruhigend. »Dolly ist eher ein Gewohnheitsmensch, mußt du wissen.«

»Du meinst, sie ist schon an die Ehe gewöhnt —«

»Na, ich denke schon, daß sie ziemlich daran gewöhnt ist. Onkel Rudolph«, fuhr ich fort und zögerte, wie ich während der letzten paar Tage dutzendmal gezögert hatte, ob ich ihm von Juchs erzählen sollte — Siegfried wäre ein Schock, aber Juchs würde meinem Onkel den Rest geben, wenn man ihm die Hintergründe nicht sehr behutsam erläuterte —, »du hast nicht das Gefühl — du möchtest nicht vielleicht zuerst noch etwas mehr über Dolly erfahren? Ich meine, bevor du ihr den Antrag machst?«

»Nein!« schrie mein Onkel.

Später sagte er etwas ruhiger, daß er das Gras wachsen höre wie die meisten Männer und daß Dolly schließlich kein Gras sei, sondern die Traumfrau. Was konnte er erfahren, was er nicht schon selbst wußte? Nichts, sagte mein Onkel.

Was kann man mit einem verliebten Mann machen? Nichts, behaupte ich.

8. Oktober

Manchmal bin ich richtig böse auf Dolly, daß sie sich auf so ärgerliche Weise mit Deutschen einließ. Wie einfach wäre nun alles, wenn sie es nur nicht getan hätte! Aber wenn ich mich dann wieder beruhigt habe, wird mir klar, daß sie nicht anders konnte. Anschluß zu finden, ist für sie so selbstverständlich wie das Atmen. Sehr sanfte, liebevolle Wesen finden immer schnell Anschluß. Wäre Mrs. Barnes nicht andauernd so wachsam und Dolly so ernsthaft bestrebt gewesen, der armen Kitty nie mehr Kummer zu bereiten, so hätte sie vermutlich schon zu Beginn ihrer kriegsbedingten Wanderschaft einem feurigen Schweizer Hotelbesitzer das Jawort gegeben. Bloß um ihm einen Gefallen zu tun; bloß weil er sonst todunglücklich gewesen wäre. Dolly sollte verheiratet sein. Es ist der einzig sichere Weg, sie vor dem Heiraten zu bewahren.

9. Oktober

Es schneit. Der Wind heult, und der Schnee wirbelt ums Haus — und wir können nicht raus und uns aus den Augen gehen. Wenn Dolly nicht da ist, hat Onkel Rudolph gar keine andere Wahl, als bei Mrs. Barnes sitzenzubleiben. Er kann mich heute nicht auf die Terrasse hinausscheuchen. In diesem Haus gibt es nur einen Gemeinschaftsraum, in dem man sich aufhalten kann, denn jenes Zimmer, in dem ich meine Rechnungen begleiche, ist nicht größer als ein Geschirrschrank.

Onkel Rudolph konnte Mrs. Barnes gerade noch ertragen, als er die Möglichkeit hatte, vor ihr wegzulaufen; heute kann er sie überhaupt nicht ertragen. Alles, was einen Dekan auszeichnen sollte — Geduld, Höflichkeit, Güte, ist wie weggeblasen, seit er auf Freiersfüßen wandelt und nicht zum Ziel kommt. Nichts ist übriggeblieben von dem, was er einmal war, bis auf jenes leere Symbol, seinen Talar.

10. Oktober

Mein Onkel kocht innerlich vor Wut, weil er in seinem Werben nicht zum Zuge gelangt. Und dabei sollte er längst wieder in England sein. Er hätte eigentlich fast gleich nach seiner Ankunft wieder die Rückreise antreten müssen, sagt er. Er sei nur auf drei oder vier Tage gekommen –

»Ja, gerade Zeit genug, um *mich* zur Vernunft zu bringen«, sagte ich.

»Ja«, gab er lächelnd zu, »und dich dann am Ohr nach Hause zu ziehen.«

In Kürze werden einige sehr wichtige Versammlungen über die Bühne gehen, bei denen er den Vorsitz führen soll, und noch immer wird er hier aufgehalten. Das liegt einzig und allein an Mrs. Barnes, und natürlich ist er nicht sehr nett zu ihr. Vergebens versucht sie, ihm alles recht zu machen; dabei will er nur, daß sie ihn endlich mit Dolly allein läßt, das freilich tut sie nicht. Sie sitzt da, gibt schüchterne Bemerkungen übers Wetter von sich, wobei sie gedämpften Optimismus äußert, bereit, selbst den aufzugeben, sollte mein Onkel anderer Meinung sein. Wenn er ein Buch zur Hand nimmt, verfällt sie in respektvolles Schweigen, ist aber, sobald er es weglegt, sofort bereit, sich mit ihm zu freuen, sollte ihm der Sinn danach stehen, oder Tränen zu vergießen, sollte ihm mehr nach Weinen zumute sein; und je beflissener sie Zufriedenheit verbreiten möchte, desto mürrischer ist er ihr gegenüber. Er kann ihr diese unerklärliche Beständigkeit nicht verzeihen. Ihr beharrliches, ungebrochenes Geselligkeitsbedürfnis ist ihm schlechterdings unbegreiflich. Alles was er, durch die Liebe bescheiden geworden, will, ist, mit Dolly allein gelassen zu werden. Da er ein Mann ist, kann er nicht verstehen, warum er nicht bekommt, was er will.

»Du bist nicht sehr nett zu Mrs. Barnes«, sagte ich heute nachmittag zu ihm. »Du hast sie ganz verstört. Sie ist eingeschüchtert.«

»Ich sehe mich außerstande, sie zu mögen«, sagte mein Onkel kurzangebunden.

»Du tust ihr wirklich unrecht. Sie hat Schlimmes durchgemacht und ist die Güte in Person. Ich kann mich nicht erinnern, jemals einem Menschen begegnet zu sein, der so durch und durch selbstlos war.«

»Dann soll sie sich in ihr Zimmer begeben und dort selbstlos sein«, entgegnete mein Onkel.

»Ich erkenne dich nicht wieder«, sagte ich achselzuckend. »Als du kamst, verströmtest du salbungsvolle Worte und Barmherzigkeit, und jetzt –«

»Warum gibt sie mir keine Chance?« rief er. »Sie rührt sich nie vom Fleck. Diese Frauen, die dauernd an einem kleben, die nicht mit sich allein sein können – großer Gott, hat sie denn keine Gebete zu sprechen, keine Unterröcke zu flicken?«

»Ich glaube, du machst dir letztlich doch nicht soviel aus Dolly«, sagte ich, »sonst würdest du nett sein zu der Schwester, an der sie mit allen Fasern ihres Herzens hängt.«

Das setzte ihm den Kopf zurecht. »Ich will es versuchen«, sagte mein Onkel; und ich mußte wirklich an mich halten, um nicht über unsere vertauschten Rollen zu lachen – ich nun der Graubart, der kluge Mahner, er der hitzköpfige, wenn auch wohlmeinende junge Verwandte.

Ich finde, Gäste sollten einander mögen, meinetwegen auch lieben, wenn sie das vorziehen, aber zumindest mögen. Auch sie haben gewisse Pflichten, und eine davon lautet, keine Aversionen zu hegen, oder, falls sie das aufgrund unversöhnlicher Wesensarten nicht verhindern können, sollten sie dann nicht wenigstens mit allen Mitteln versuchen, diese Aversionen zu verbergen? Sie sollten berücksichtigen, in welch einer hilflosen Lage sich die Gastgeberin befindet — sie, die jedenfalls theoretisch gehalten ist, allen in gleicher Weise zugetan zu sein.

Ehe mein Onkel kam, waren wir zwar allmählich vermodert, aber wir hatten dabei die Form gewahrt. Mrs. Barnes und ich legten dabei jede erdenkliche Rücksicht und Zuvorkommenheit an den Tag. Wir waren eben Damen. Onkel Rudolph ist keine Dame; und in diesem kleinen Haus, das von außen ein Bild des Friedens bietet, mit dem Schnee, der aufs Dach fällt, und dem Kaminfeuer, das in seinen Fenstern flackert, schwelen elementare Leidenschaften. Angst, Liebe, Wut — diese Leidenschaften herrschen nun in seinem Inneren, alle von ihm eingeschleppt, allesamt das Ergebnis der vermeintlich so ungefährlichen und, wie man meinen sollte, nur Früchte des Geistes zeitigenden Mischung — der Mischung aus zwei Witwen und einem Geistlichen. Erstaunlich, wie viel man mit geringen Mitteln erreichen kann! Höchst erstaunlich auch, wie unendlich lang es her zu sein scheint seit jenen Julitagen, als ich unschuldig im Gras lag und die Wolken über dem Blau der Ritterspornspitzen dahinziehen sah, ehe ich Mrs. Barnes und Dolly zum erstenmal zu Gesicht bekam und ehe Onkel Rudolph, der damals im fernen England wie immer in seinem Dekanat saß, überhaupt daran dachte, einen Paß zu beantragen.

Bestimmt hat er sein Versprechen gehalten und versucht, zu Mrs. Barnes netter zu sein, und ich kann nur vermuten, daß es ihm nicht gelungen ist, denn ich stelle keinen Unterschied fest. Nach wie vor schaut er finster drein, und sie strickt unerschütterlich vor sich hin. Und trotz des anhaltenden Schweigens, das nur dann mal kurz unterbrochen wird, wenn ich einen verzweifelten Versuch unternehme, witzig zu sein, besteht der merkwürdige Eindruck, als lebten wir tatsächlich in einem Dauerzustand mühsam unterdrückten Gezeters und Gezänks. Mir ist, als müsse bei der kleinsten Kleinigkeit, der leisesten Berührung, ja, schon wenn jemand hustet, das Haus in die Luft fliegen. Ich ertappe mich dabei, wie ich vorsichtig durch die Diele gehe, um keine Erschütterung zu verursachen, um nicht gegen die Möbel zu stoßen. Wie geruhsam, wie friedlich, wie unkompliziert und herrlich doch jene Julitage waren, ehe die Gäste kamen!

12. Oktober

Gestern abend ging ich in Dollys Schlafzimmer. Weil es darin eine Tür gibt, die in Mrs. Barnes' Zimmer führt, stahl ich mich auf Zehenspitzen hinein, packte Dolly am Handgelenk und führte sie wortlos in mein Zimmer, wobei ich mir unendliche Mühe gab, keinen Lärm zu machen. Dann, nachdem ich hinter ihr zugeschlossen hatte, sagte ich: »Was haben Sie nun vor?«

Sie tat gar nicht erst, als verstehe sie nicht. Dollys offene Stirn ist wahrlich ein Spiegel ihrer Seele. »Mit

Ihrem Onkel?« sagte sie nickend. »Ich kann ihn sehr gut leiden.«

»Genug, um ihn zu heiraten?«

»Oh, durchaus. Ich finde Leute immer sympathisch genug, um sie zu heiraten.« Und sie setzte hinzu, um diesen vielleicht etwas übertrieben anmutenden leutseligen Zug zu erklären: »Ehemänner sind so nett.«

»Sie müßten es eigentlich wissen«, gab ich zu.

»Ja«, sagte Dolly mit dem süßesten, in Erinnerungen schwelgenden Lächeln.

»Onkel Rudolph wartet nur darauf, daß er Sie mal allein zu fassen kriegt, um Ihnen einen Antrag zu machen.«

Dolly nickte. Ich konnte ihr einfach nichts erzählen, was sie nicht selbst schon wußte.

»Da Sie anscheinend bereits alles gemerkt haben«, sagte ich, »ist Ihnen vermutlich nicht entgangen, daß er über beide Ohren in Sie verliebt ist.«

»O ja«, sagte Dolly seelenruhig.

»So verliebt, daß er sogar vergessen zu haben scheint, daß er ein kirchlicher Würdenträger ist, und wenn er mit mir allein ist, benimmt er sich in einer Weise, die bei der Kirche bestimmt keinen großen Anklang finden würde. Er fängt schon bald an zu fluchen.«

»Aber das ist doch gut, oder?« meinte Dolly beiläufig.

»Ja. Aber was machen wir denn jetzt mit Siegfried —«

»Mein lieber Siegfried«, murmelte Dolly.

»Und Juchs —«

»Armer Liebling«, murmelte Dolly.

»Ja, ja. Aber sollte es Onkel Rudolph nicht lieber erfahren?«

»Natürlich«, antwortete Dolly mit leicht überraschtem Blick, daß ich nach etwas so Selbstverständlichem überhaupt fragte.

»Sie sagten mir, es würde Kitty umbringen, wenn ich über Juchs Bescheid wüßte. Dann würde es sie doch gleich zweimal umbringen, wenn Onkel Rudolph von ihm wüßte.«

»Kitty wird nichts davon erfahren. Zumindest nicht, bis alles vorbei ist. Meine Liebe, wenn es ans Heiraten geht, kann ich doch keine Geheimnisse mit mir herumschleppen.«

»Wollen Sie es denn meinem Onkel selbst sagen?«

»Natürlich«, entgegnete Dolly, und wieder trat ein überraschter Ausdruck in ihre Augen.

»Wann?«

»Wenn er mich bittet, ihn zu heiraten. Ich wüßte nicht recht, was es ihn vorher angeht.«

»Und Sie haben keine Angst — Sie meinen nicht, daß Ihre zweite Ehe ein großer Schock für ihn sein wird? Er ist schließlich Dekan und hat das Verzeichnis der Schwägerschaften sozusagen mit der Muttermilch eingesogen.«

»Dann kann ich auch nicht helfen. Er muß es wissen. Wenn er mich wirklich liebt, wird es ihm nichts ausmachen, und wenn er mich nicht liebt, wird es ihm ebenfalls nichts ausmachen.«

»Weil dann seine Einwände gegen Juchs größer wären als sein Wunsch, Sie zu heiraten?«

»Ja«, sagte Dolly lächelnd. »Das würde bedeuten«, fuhr sie fort, »daß er nicht vernarrt genug in mich war.«

»Und es würde Ihnen nichts ausmachen?«

Ihre Augen weiteten sich ein wenig: »Warum sollte es mir denn etwas ausmachen?«

»Natürlich nicht. Das habe ich mir schon gedacht, da Sie ja nicht verliebt sind.«

Ich könne zwar verstehen, bemerkte ich hierauf, daß sie einen so alten Mann wie meinen Onkel nicht liebe, aber es stehe für mich fest, daß sie noch nie in ihrem Leben verliebt gewesen sei. Nicht einmal in Siegfried. In niemanden.

Dolly bejahte und meinte, sie möge die Leute viel zu sehr, als daß sie jemanden an sich klammern wollte.

»An Sie klammern?«

»Das ist die Folge dessen, was Sie verliebt sein nennen«, sagte Dolly. »Man klammert.«

»Aber Sie sind doch selbst geklammert worden, und es hat Ihnen gefallen. Onkel Rudolph ist gewiß darauf aus, Sie an sich zu klammern.«

»Ja. Aber ein Mann überwindet dieses Stadium schneller. Er klammert und hat es hinter sich und dann widmet er sich den eigentlichen Dingen — Zuneigung und Güte. Eine Frau wird nie damit fertig. Sie kann nicht loslassen. Und weil sie liebt, wie Sie es nennen, ist die Ärmste so schrecklich verwundbar, und erfährt solche Kränkungen, solche Kränkungen —«

Dolly begann mich zu küssen und mir übers Haar zu streichen.

»Ich glaube allerdings«, sagte ich, während sie mich liebkoste, »ich wäre lieber über beide Ohren verliebt gewesen — nennen Sie es ruhig klammern, wenn Sie mögen, es ist mir egal, welche häßlichen Worte Sie dafür wählen — und verletzbar und hätte lieber Kränkungen erfahren, als niemals gespürt zu haben — als bloß eine Art von leutseliger Amöbe gewesen —«

»Ist Ihnen schon der Gedanke gekommen«, fiel mir Dolly ins Wort, ohne mit ihren Küssen innezuhalten — ihre Wange lag an der meinen, und sie streichelte mir ganz sacht übers Haar —, »daß ich Ihre Tante sein werde, wenn ich Ihren lieben kleinen Onkel heirate?«

13. Oktober

Nun, wenn also Dolly bereit ist, meinen Onkel zu heiraten, und mein Onkel danach vergeht, Dolly zu heiraten, bleibt nur noch, Mrs. Barnes für eine Stunde aus der Diele zu entfernen. Eine Stunde dürfte wohl ausreichen, um alles zur Sprache zu bringen: fünf Minuten für den Heiratsantrag, fünfzehn, um Siegfried aufs Tapet zu bringen, fünfunddreißig, um die Sache mit Juchs zu erläutern, und fünf für das glückliche gegenseitige Jawort am Ende.

Noch heute morgen muß ich es irgendwie schaffen, Mrs. Barnes aus dem Zimmer zu lotsen. Wie das geschehen soll, weiß ich nicht, zumal wenn das ganze eine Stunde dauert. Doch unter fünfzig Minuten geht es bestimmt nicht ab, um die Sache mit Juchs und Siegfried verständlich zu machen. Ja, eine Stunde wird schon nötig sein.

In den letzten Tagen habe ich immer wieder versucht, Mrs. Barnes aus der Diele zu locken, aber es war zwecklos. Ob ich mir wohl selbst etwas antun, eine Verletzung zufügen, eine Wunde werde beibringen müssen, die Zeit zum Verbinden braucht? Die Vorstellung ist mir widerwärtig; dennoch, es kann nicht so weitergehen.

Gestern abend fragte ich Dolly, ob es nicht besser

wäre, wenn ich Mrs. Barnes' Aufmerksamkeit auf meinen sich vor Liebe verzehrenden Onkel lenkte, denn die Heirat würde ja doch zweifellos all ihre Probleme lösen und könne für sie nur ungeheuere Erleichterung und Freude bedeuten; aber Dolly wollte nichts davon wissen. Sie sagte, die arme Kitty würde sich nur zu Tode grämen, wenn sie dahinterkäme, daß mein Onkel verliebt ist, denn es bestünde für sie dann kein Zweifel, daß an die Stelle der Liebe Entsetzen träte, sobald er von Juchs erführe. Wie könnte sich ein Dekan der Kirche von England, würde Kitty einwenden, durchringen, eine Person zur Frau zu nehmen, die einst mit einem in der Verbotsliste des Schwägerschaftsverzeichnisses aufgeführten Exemplar verheiratet gewesen war? Und da Juchs Deutscher gewesen war, würde das in ihren Augen alles nur noch viel schlimmer machen. Außerdem, sagte Dolly lächelnd und schüttelte den Kopf, wisse man ja gar nicht, ob ihr mein Onkel tatsächlich einen Antrag machen werde. Er könnte sich möglicherweise wieder anders besinnen. Ich sei doch selbst erstaunt gewesen, erinnerte sie mich, über die plötzliche heftige Wandlung, die er durchgemacht habe von salbungsvollen Worten zu solchen, die man fast Flüche nennen könnte; es sei doch ohne weiteres denkbar, daß er sich ebenso schnell in seinen alten Zustand zurückverwandele, und wie bedauerlich wäre es dann, die arme Kitty um ihr bißchen Seelenfrieden gebracht zu haben.

»Sie hat doch noch nie welchen gehabt«, sagte ich, leider etwas unwirsch.

»Nicht sehr viel«, gab Dolly voll wehmütiger Reue zu. »Und alles war meine Schuld.«

Insgeheim dachte ich, daß Kitty deshalb nie so etwas wie Seelenfrieden gehabt hatte, weil ihre seelische Verfassung auf einen solchen nicht eingerichtet war.

Ich sprach es jedoch nicht aus.

Ich übte mich in Takt.

Später

So, es ist geschafft. Mrs. Barnes hat die Diele verlassen, und just in diesem Augenblick sind Onkel Rudolph und Dolly allein dort drinnen, der Werbende und die Umworbene. Er sagt ihr, daß er sie anbete, und sie lenkt sodann seine Aufmerksamkeit sachte auf Siegfried und Juchs. Wird er ihr die beiden sehr übelnehmen? Wird er ihr die beiden überhaupt übelnehmen? Wird seine Liebe sie triumphierend schlucken, oder wird er sich außerstande sehen, nach Siegfried auch noch Juchs zu schlucken?

Oh, ich mag es, wenn Leute glücklich sind. Ich mag es, wenn sie einander lieben! Ich hoffe inständig, daß alles gut wird! Dolly mag sagen, was sie will: Liebe ist das einzige auf der Welt, was Wunder bewirkt. Man braucht sich nur Onkel Rudolph anzuschauen! Über das Ergebnis bin ich mir nicht mehr so sicher wie gestern, weil das, was für Mrs. Barnes' Flucht aus der Diele sorgte, in mir gewisse Zweifel hat entstehen lassen, wie er die Eröffnung bezüglich Juchs aufnehmen wird.

Da ich ohnehin zum Warten verurteilt bin, kann ich das alles genausogut auch aufschreiben, — nach meiner Uhr muß Dolly nun ein Drittel des Wegs hinter sich haben und mit Siegfried fertig sein, so daß ich noch eine dreiviertel Stunde Zeit habe.

Passiert ist folgendes:

Der Morgen fing schlimm, ja, schrecklich an. Dolly,

die es leid war, schweigend angestarrt zu werden, sagte etwas von neuer Wolle und ging kurz nach dem Frühstück in ihr Zimmer hoch. Mein Onkel warf einen trostlosen Blick aufs Fenster und das Schneetreiben dahinter, fixierte Mrs. Barnes ein paar Sekunden lang mürrisch, nahm sich dann eine alte Ausgabe der *Times* und versteckte sich dahinter.

Um seinen wirklich fürchterlichen Blick auf Mrs. Barnes wiedergutzumachen, fing ich mit ihr eine belanglose Unterhaltung an, aber sie gebot mir sogleich Schweigen, sagte: »Pst — pst —«, und wies mit ihrer Stricknadel ehrerbietig auf meinen Onkel.

Erbost über eine solch sklavische Gesinnung, wollte ich gerade aufbegehren und auf der Unterhaltung bestehen, als er, offenbar erregt über etwas Blutrünstiges, das er in der *Times* las, mit sehr lauter Stimme ausrief: »So sehr ich auch in mich gehen mag — und ich bin sehr gewissenhaft in mich gegangen —, ich kann an den Deutschen kein gutes Haar finden.«

Das schlug ein wie eine Bombe. Er hat sich bisher kein einziges Mal über Deutsche geäußert. Ich hatte mich ganz sicher gefühlt. Der Schock über diese Äußerung machte mich sprachlos. Wie vom Schlag gerührt, hielten Mrs. Barnes' Stricknadeln inne. Ich wagte es nicht, sie anzusehen. Tödliches Schweigen. Mein Onkel senkte die Zeitung und blickte, Zustimmung erheischend, in die Runde, voller Ungeduld, weil wir ihm nicht sogleich beipflichteten.

»Du etwa?« fragte er mich, da ich, völlig versteinert, nicht antwortete.

Ich konnte bloß den Kopf schütteln.

»Sie etwa?« fragte er, sich Mrs. Barnes zuwendend.

Ihre überraschende Antwort — überraschend natürlich nur für meinen Onkel — bestand darin, aufzuspringen, ihre ganze Wolle auf den Boden fallen zu lassen und nach oben zu eilen.

Verblüfft beobachtete er ihren Abgang. Immer noch verblüfft, nachdem sie verschwunden war, suchten seine Augen die meinen.

»Nanu«, sagte er und starrte mich verdutzt an, »die Frau ist pro-deutsch!«

Nun war ich es, die verdutzt dreinschaute.

»Mrs. *Barnes?*« entfuhr es mir, ob dieser eklatanten Ungerechtigkeit zu einem regelrechten Aufschrei hingerissen.

»Ja«, sagte mein Onkel entsetzt. »Ja. Hast du nicht gesehen, was sie für ein Gesicht gemacht hat? Großer Gott — und ich, der ich mich fünf Jahre lang gehütet habe, mit einem zu sprechen, der pro-deutsch ist, und gehofft hatte, daß ich, so Gott will, nie wieder mit einem reden muß, geschweige denn —«, er schlug mit den Fäusten auf die Armlehnen, und die *Times* glitt zu Boden —, »geschweige denn, mit einer solchen Person unter einem Dach leben muß.«

»Nun ja, du siehst also, Gott hat es nicht so gewollt«, erwiderte ich, ganz empört.

Hier kam nun wieder der Kirchenmann zum Vorschein und trieb alle typisch unchristlichen Eigenschaften auf die Spitze; und die Bereitwilligkeit, mit der er der armen, völlig aufgelösten Mrs. Barnes das allerschlimmste unterstellte, brachte mich derart in Rage, daß ich die Vorsicht in den Wind schlug und entrüstet fortfuhr: »Nicht Mrs.

Barnes ist es, die in diesem Hause pro-deutsch denkt — es ist Dolly.«

»Was?« rief mein Onkel.

»Ja«, wiederholte ich, und nickte ihm herausfordernd zu, denn nachdem ich es ausgesprochen hatte, war sowieso alles egal, »es ist Dolly.«

»Dolly?« wiederholte mein Onkel und klammerte sich an die Armlehnen seines Sessels.

»Pro-deutsch ist vielleicht nicht das richtige Wort«, plapperte ich nervös weiter, »und doch weiß ich nicht — ich glaube, es trifft es doch. Vielleicht sollte man besser sagen, daß sie keine Vorurteile hat und international denkt —«

Dann wurde mir plötzlich klar, daß Mrs. Barnes weg war. Davongescheucht. Und sie sich wahrscheinlich nicht so schnell wieder blicken lassen würde.

Ich stand schnell auf. »Hör zu, Onkel Rudolph«, sagte ich und begab mich so hastig wie gerade eben Mrs. Barnes zur Treppe, »du fragst Dolly am besten selbst. Ich werde ihr nun ausrichten, daß sie herunterkommen soll. Du fragst sie, was es mit ihrem Pro-Deutschsein auf sich hat. Sie wird es dir erzählen. Nur —«, ich rannte zu ihm zurück und senkte die Stimme, »mach ihr zuerst den Heiratsantrag. Sie wird dir nichts erzählen, bevor du ihr nicht den Antrag gemacht hast.«

Dann, während er die Armlehnen seines Sessels umklammerte und mich anstarrte, beugte ich mich hinunter und flüsterte: »Deine Chance ist nun gekommen, Onkel Rudolph. Du bist die arme Mrs. Barnes für ein Weilchen los. Sie wird dich nicht stören. Ich schicke dir jetzt Dolly — adieu —, viel Glück!«

Ich gab ihm noch schnell einen Kuß und eilte zu Dollys Zimmer hoch.

Wegen der Tür, die von diesem in Mrs. Barnes Zimmer führt, mußte ich die gleiche Vorsicht walten lassen wie am Vorabend. Ich tat genau dasselbe: ging auf Zehenspitzen hinein, faßte sie fest am Handgelenk und führte sie wortlos heraus. Dann brauchte ich nur noch zur Treppe zu deuten und ein Gesicht zu schneiden – aber ein freundliches Gesicht, hoffe ich – zur geschlossenen Tür ihrer Schwester, und die intelligente Dolly besorgte den Rest.

Sie bot einen hübschen Anblick, als sie so gelassen und würdevoll den Gang entlangschritt, um den Antrag entgegenzunehmen. Die Übung, die sie in solchen Dingen hat, verlieh ihr diese innere Sicherheit und Grazie. Auf der obersten Treppenstufe drehte sie sich um und lächelte mir zu – ihr Grübchen war allerliebst. Ich winkte mit der Hand; sie verschwand; und hier bin ich nun.

Vierzig Minuten sind inzwischen vergangen. Sie muß jetzt gerade bei Juchs sein.

Spätabends

Ich wußte schon immer, daß dieses kleine Haus für Zärtlichkeit und Liebe wie geschaffen ist. Von Anfang an war ich überzeugt, daß ein Segen auf ihm liegt. Nein, es trog nicht, mein inneres Gefühl, das mich hieß, England zu verlassen und unverdrossen den Berg hochzukrabbeln, um meine Sorgenlast auf diesem Fleckchen Erde abzuwerfen. Stets ergreift es von einem Besitz. Niemand kann ihm widerstehen. Niemand geht im selben Zustand von hier weg, in dem er angekommen ist, es sei denn, die

Leute gehören, um es vorwegzunehmen, zu jenen Glücklichen, die, wo immer sie auch hingehen, Frieden in ihren Herzen tragen. Von Anfang an war ich überzeugt, daß die von Ängsten Gequälten nur hierherzukommen brauchen, um Linderung zu erfahren, und die Einsamen, um aufgeheitert zu werden, und die Unglücklichen, um getröstet zu werden, und die Alten, um wieder jung zu werden. Nun ist diese Liste zu ergänzen um den Zusatz: und die Verwitweten, um geheiratet zu werden, weil mit Onkel Rudolph und Dolly nun alles in Ordnung ist, und das Haus wieder zu seinem Normalzustand zurückgefunden hat, das heißt: es gibt keinen in seinen vier Wänden, der nicht glücklich ist.

Denn als ich nach unten ging und Onkel Rudolphs Gesicht sah, erfaßte auch mich ein Glücksgefühl — fürs erste bin ich rundherum glücklich, und es würde mich nicht wundern, wenn ich jetzt auch mit der anderen Sache wirklich abgeschlossen hätte.

Dolly saß am Kamin und schaute zufrieden drein. Mein Onkel stand auf dem Kaminvorleger, und als er mich erblickte, lief er mir mit ausgestreckten Händen entgegen, und ich blieb auf der untersten Stufe stehen, meine Hände in den seinen, und wir sahen einander an und lachten — wir lachten vor Glück.

Hierauf gaben wir uns einen Kuß, ich immer noch auf der untersten Stufe stehend und deshalb mit ihm auf Augenhöhe, und dann sagte er, und sein Gesicht strahlte von jener die ganze Welt miteinbeziehenden Liebe, die von Leuten in seiner Lage auszugehen pflegt: »Und wenn man bedenkt, daß ich nur herkam, um dich ins Gebet zu nehmen!«

»Ja, Onkel Rudolph«, sagte ich. »Wenn man das bedenkt!«

»Nun ja, wenn ich auch gekommen bin, um zu schelten, so bin ich doch geblieben, um zu lieben«, sagte er.

»Was«, entgegnete ich, während wir einander anstrahlten, »der Bibel zufolge weitaus besser ist.«

Darauf ging Dolly nach oben, um es Mrs. Barnes zu eröffnen — wie herrlich, wenn man jemanden mit einem einzigen Satz von allen Sorgen befreien kann! —, und mein Onkel gestand mir, daß sein Bild von Dolly zum erstenmal von einem Zweifel getrübt worden sei, nachdem ich ihn hier sitzengelassen hatte, um sie zu holen —

»Stell dir das einmal vor — stell dir das einmal vor!« rief er und schlug die Hände zusammen. »Man stelle sich vor, Deutsche — ausgerechnet *Deutsche* — auch nur für den Bruchteil einer Sekunde zwischen sie und mich geraten zu lassen!« Aber in dem Augenblick, als er sie herunterkommen sah, wurde er von einer solchen Liebe zu ihr durchströmt, daß er aufstand und ihr einen Heiratsantrag machte, ehe sie die unterste Stufe erreicht hatte. Und wie von einer Kanzel herab setzte ihm Dolly, auf der Treppe stehend und sich am Geländer festhaltend, die Sache mit Siegfried und Juchs auseinander.

Sie weigerte sich herunterzukommen, ehe sie nicht alles losgeworden war. Offenbar verbreitete sie sich ausführlich über Siegfried, aber als Juchs an die Reihe kam, gab es kein Halten mehr. Des langen und breiten erging sie sich über die beiden und ließ nichts aus, was aller Wahrscheinlichkeit nach dazu angetan sein konnte, einen Dekan vom Gedanken, sie zu heiraten, Abstand nehmen zu lassen. Sie werde sich nicht von der Stelle bewegen, verkündete sie, bis mein Onkel über alle Einzelheiten informiert sei und sich dabei gleichzeitig das Schwägerschaftsverzeichnis sorgfältig vor Augen halte.

»Und warst du denn schrecklich überrascht und geschockt, Onkel Rudolph?« fragte ich, als wir beide in unserer mittlerweile vertrauten Haltung Arm in Arm mit dem Rücken zum Kamin standen.

Mein Onkel ist ein häßlicher kleiner Mann, doch in diesem Augenblick hätte ich schwören können, daß er das Gesicht eines Engels hatte. Er sah mich an und lächelte. Es war das wundervollste Lächeln.

»Ich weiß es nicht«, antwortete er. »Als sie fertig war, sagte ich nur: ›Mein Liebling‹, und da kam sie herunter.«

15. Oktober

Dies ist meine letzte Nacht hier oben, und dies ist das letzte Mal, daß ich in das für meine alten Tage bestimmte Buch schreiben werde. Morgen reisen wir alle ab und fahren gemeinsam nach Bern, wo mein Onkel und Dolly getraut werden, und dann nimmt er sie mit nach England. Mrs. Barnes und ich werden diskreterweise auf einer anderen Route folgen.

So hat nun für Mrs. Barnes und Dolly die jahrelange Wanderschaft ein Ende gefunden, und für Mrs. Barnes erfüllt sich nun ihr Traum vom Glück: im Schoß der Kirche zu leben und die Kathedrale beinah im Garten hinterm Haus zu haben. Denn mein Onkel, der in diesem Augenblick alle Welt umarmen möchte, liebt auch Mrs. Barnes und hat sie eingeladen, sich bei ihm häuslich einzurichten. In diesem Augenblick würde er wirklich jeden einladen, sich bei ihm häuslich einzurichten, denn er hat nicht nur mich eingeladen, ich hörte sogar, wie er die beiden Antoines, diese Muster an Seßhaftigkeit, herzlich bedrängte, sein Haus als ihren Stützpunkt zu betrachten, wann immer sie zufällig in England weilten.

Ich glaube, der ganzen Familie liegt das Einladen im Blut, denn auch ich bin mit Einladungen immer leicht bei der Hand gewesen. Ich habe Mrs. Barnes eingeladen, bei mir in London zu wohnen, bis sie ins Dekanat zieht, und sie hat angenommen. Gemeinsam werden wir dorthin reisen, und dort werden wir zweifellos in jener vom Psalmisten als gut und wohltuend gepriesenen Gemeinschaft leben.

Sie wird während der ersten Wochen bei mir wohnen, in denen mein Onkel Dolly ganz für sich haben will. Ich denke, es werden sehr viele Wochen werden, nach allem, was ich von Dolly weiß; aber das Zusammenleben mit einer glücklichen Mrs. Barnes wird sich grundlegend von unserer hiesigen Gemeinschaft unterscheiden. Sie ist so glücklich, daß sie nur noch aus ungetrübter Freundlichkeit besteht. Von ihrem Gesicht sind die Falten, aus ihrem Herzen die Ängste und Heimlichkeiten verschwunden. Sie ist so unkompliziert und offen wie ein Kind. Offen war sie immer, aber ohne es zu wissen. Nun hat sie sich selbst ihre Schleier heruntergerissen und möchte von Herzen, daß man einen prüfenden Blick auf sie wirft und sich selbst vergewissert, daß alles eitel Sonnenschein an ihr ist. Ein kleines Glück — welche Wunder es doch bewirkt! Hat es je so etwas gegeben?

Dies hier ist ein segensreiches Stückchen Erde. Als ich vor drei Monaten meinen Berg hochkam, allein und so unglücklich, hatte ich ja keine Ahnung, daß ich als eine von vier Personen wieder hinuntergehen würde, deren jede das kleine Haus mit neuem Lebensmut verläßt, mit wiedererwachter Hoffnung und Vorfreude, geläutert, wieder zu Kräften gekommen, sich selbst und der Welt von Nutzen. Keiner von uns wird sich unterkriegen lassen. Was immer in jedem von uns an Gutem steckt, wird also doch nicht durch die Umstände zerstört und als nutzlos beiseite geworfen werden. Wenn mich die törichte Anwandlung überkommt — *falls*, sollte ich besser sagen, denn ich fühle mich völlig geheilt —, meine Gedanken wieder voll Groll in die Vergangenheit schweifen zu lassen, werde ich sofort hierherfahren und die unglücklichsten unter meinen Freunden einladen, zu mir zu kommen, und dann erleben, wie wir alle gesunden.

Das Haus, finde ich, sollte umgetauft werden. Es sollte von nun an *Chalet du Fleuve Jordan* [Chalet zum Jordan] heißen.

Aber vielleicht würde das meinen Gästen gar nicht gefallen.